次回連載小說豫告

눈물에 젓는 사람들

◇‥今廿四日부터本紙三面連載

작품(作品)은상상(想像)에대한 정신의곤난한승리(勝利)이다 『눈물에젓는사람들』을쓰는리쉬구(李瑞求)군으로가론드사람드에쓰진사람이다한대의인정으로매란거리한감각(感覺)의련쇄(連鎖)이다누가뭇들에쩟지안이하야스랴 이눈물 「쩟진가련이」이성을눈물에쩟진미묘(微妙)한마음(心曉)으로묘사(描寫)한인성의애사(哀史)가ス이일면의소설」요 또한작자(作者)의눈물의승리(勝利)이다더욱히독자에게 가장친절빈정의틀가진작자(作者)는그윽고도갑여운독특한필치(筆致)보혁막향으리문다 에신괴축(新輯)을지여대중(大衆文藝)를시작(試作)한것이다보라전면上투하야 坻기는인성의애 쓴든노틱가뭇들의 쩟진우을(憂鬱)한강정에무엇을빗치워쥬나

눈물에 젖는 사람들 연재 예고 기사(매일신보, 1927년 11월 23일)

「압만해도 표션서는사려갈도
리가업스시간도로가기로놋양
다그리고파년한화숙이는다리
꼬가기가아려워파일삿사하는
권츈사에게산부탁하얏스니
회숙이는당분신권츈사집서가
잇다가시집을가게될스라
고한며그는수년버처음으로가슴
에석피물엇는듯아우는넛을 보
엿다」

첫거을 애면한석양은 탁뗩이
날니는 조선호텔후원니 가득
히맛기웟너
말업시서잇는 고식창연한 一함
구단」의츄회에 젓는가슴을발커
나쥬는다시…
청심때닌발서지버고 저녁시간
은아즉 도머렷는지란 넓은호텔
안은 자눈듯이 고요하다

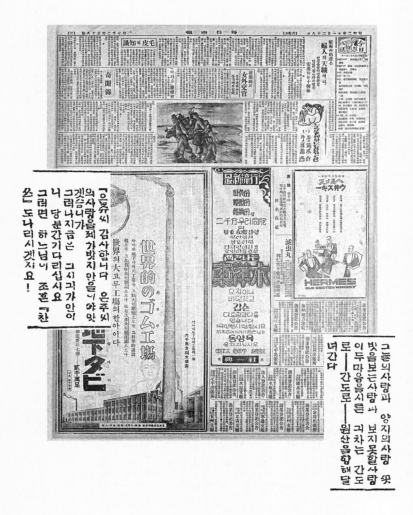

눈물에 젖는 사람들 연재 지면

「아이고 저겄슘보서요
하얏다 룡규도임의바라본웃ᄀ
엇다 아ㅣ얼마나기맛킨 쌀락
슴이랴!

박아치화 이봄보둥이를지고고
우에는다사 씨 네살되는아해
를업엇다 어린아해는집우에
안직쉬 아해들님은 아바지의

빌립우흐로고개를내밀고잇다
이것이 간도로ㅡ간도로 살
길을차즈러가든 죠선농민의쇼
락슨이다 그림도
누덕이에감긴 로파가 그림도
새세상구경이나하랴는드시
누리의뒤를따라허둥대고 철분
녀자들의 가슴에는원머이 가며개

謹賀新年

| 平安北道銀食堂 | 東洋醫院 | 大同齒科醫院 | 李熙○趙 | 朴有楨 | 崔昌朝 | 朴榮漢 | 安○○店 |
| 一 浩江新 伊賀 | 新義州 職員 | 每日申報 | 宣川 | 東華 | 士 | 鶴山 | 正敏 古○武人 |

「옵바 최이밀도 간도로가는
이이지오

「그림! 우리하고 갓치갈사
람들이 아버지께서도 저
럭케 가셧슬터이지

「네ㅣ그째에도 엇더케만히
들갓는지물낫서요 청량리첫
거장게서시만 그날빔명이탓나
고그뒷쇠요

「흥! 간도가아모리별다하기
로 아모나가면 산다는수야
잇나

「그림도 좃타는소문이잇기에
쩌럭케들가지요
이ᄉᆱ에업혀섯든 목사가

「쪼흥게 무엇이오니가 쩌럭
케 가든사람들이 멧달뒤에는
가지고간든박앗치죳는고사하
고 귀녀운달자지 쫑국지쥬
에게쎈앗기기 다시고향들자
나오나니다

「흥ㅣ그러니 살질어업서지
자

「옵바ー 인제야 불빛이 보힘
니다
하며 담요로 컨신을들더싸고
달달떨고안첫는 회숙이가 나
죽히임을녀러다 눈을닥감고묵
도(獸體)를훕하든 용규도눈을뜨
고마차앞흘바라다보왓다
피연마진편언덕밋흐로 십여개
불빛이반작〜한다

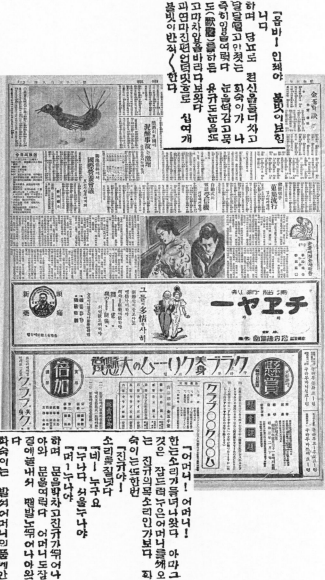

「어머니! 어머니!
한는소리가들녀나왓다 아마그
것은 잡드러누은어머니를에오
는 진규의목소리인가보다 회
숙이는또한번
「진규야ー
소리를질넛다
「네ー 누구요
「누나 누구요
「누나 쇠울누냐야
「머ー누냐야
하며 몸을딱차고진규가뒤어나
아와 문을여러라 어머니도잠
결에놀너서 뻔발노뛰어나와왓
다
학숙이는 발쳐어머니의품에안
겨 흑흑〜울기를시작하얏다

아ー망향촌아잘잇거라 흰옷입
은나 그네의눈물을늣기는 망향
촌ー 슌결무후한커녀의 피를
바는망향촌아ー 어것이영원한
리별이다
그러나그러나 아즉도마의구혈
에 활수업시남아잇는 빗여만
동포는엇더케나될가 용규의
가슴은 터질지경이엇다

새르살니자하는 오뇌에싸인조
친에 둔안에는 똣수한청춘남녀
의령혼들이 눈물에젓고 헌승
에나붓기고잇다
그러나 그것은 그럿케 그더
로써바려누는외는 도리가업
섯든가
간두망향촌ー잇는동포들은 아
즉도아침마다 짜눈물을쑤리며
고향늘바라보고잇슬것이요
그네가 그리든고국ㅆ는 씨다
시간도에 가잇는 동포들의 커
지릉오히려워하고지나버지가
는가힘써거라 명리하거라 청
서압날개가되라 그리하야눈물
에젓는눈을느며 한시밧비조선
의구하고자하는바를쑷키살피리
ー이것이 씨재에드러서죄을
에열억한김봇규의말이엇다ー

ー끗ー

한국근대대중문학총서 **틈**

〈한국근대대중문학총서 틈〉은 한국근대대중소설의 커다란 흐름, 그 틈새에서 잘 알려지지 않은 소설을 발굴합니다. 당대에 보기 힘들었던 과감한 작품들을 통해 우리의 장르 서사가 움트기 시작하는 모습을 볼 수 있습니다. 한국 문학의 새로운 지평을 서서히 밝히는 이 가능성의 세계를 즐겨주시기 바랍니다.

한국 근 대 대 중 문 학 총 서 를
발 간 하 며

한반도에서 한국어를 사용하며 살아가는 우리는 언어공동체이면서
독서공동체이기도 하다. 김유정의 「동백꽃」이나 김소월의 「진달래
꽃」과 같은 한국근대문학의 명작들은 독서공동체로서 우리가 기억
해야 할 자산들이다. 우리는 같은 작품을 읽으며 유사한 감성과 정
서의 바탕을 형성해왔다. 그런데 한편 생각해 보면 우리 독서공동체
를 묶기가 그렇게 간단하지만은 않다. 누군가는 『만세전』이나 『현
대영미시선』 같은 책을 읽기도 했겠지만 또 다른 누군가는 장터거
리에서 『옥중화』나 『장한몽』처럼 표지는 울긋불긋한 그림들로 장
식되어 있고 책을 펴면 속의 글자가 커다랗게 인쇄된 책을 사서 읽기
도 했다. 공부깨나 한 사람들이 워즈워드를 말하고 괴테를 말했다
면 많은 민중들은 이수일과 심순애의 사랑싸움에 울고 웃었다.

　한국근대문학관에서 근대대중소설총서를 기획한 것은 이처럼 우
리 독서공동체가 단순하지 않았다는 점에 착안했다. 본격 소설도
아니고 그렇다고 '춘향전'이나 '심청전'류의 고소설이나 장터의 딱
지본 소설도 아닌 소설들이 또 하나의 부류를 이루고 있었다. 이는
문학관의 실물자료들이 증명한다. 한국근대문학관의 수장고에는

근대계몽기 이후부터 한국전쟁 무렵까지로 한정해 놓고 보더라도 꽤 많은 문학 자료가 보관되어 있다. 염상섭의 『만세전』이나 윤동주의 『하늘과 바람과 별과 시』처럼 한국문학을 빛낸 명작들의 출간 당시의 판본, 잡지와 신문에 연재된 소설의 스크랩본들도 많다. 그런데 그중에는 우리 문학사에서 한 번도 거론되지 않았던 소설책들도 적지 않다. 전혀 알려지지 않은 낯선 작가의 작품도 있고 유명한 작가의 작품도 있다. 대개가 그동안 잘 알려지지 않았던 작품들이다. 본격 문학으로 보기 어려운 이 소설들은 문학사에서는 제대로 다뤄지지 않았던 것들이다.

한국근대문학관에서는 이런 자료들 가운데 그래도 오늘날 독자들에게 소개할 만한 것을 가려 재출간함으로써 그동안 잊고 있었던 우리 근대문학사의 빈 공간을 채워넣으려 한다. 근대 독서공동체의 모습이 이를 통해 조금 더 실체적으로 드러나기를 기대한다.

다만 이번에 기획한 총서는 기존의 여타 시리즈와 다르게 작품의 내용을 이해하기 쉽게 하자는 것을 주된 편집 원칙으로 삼는다. 주석을 조금 더 친절하게 붙이고 작품의 배경이 되는 시대를 이해하는 데 도움을 주기 위해 다양한 참고 도판을 충분히 활용하는 것이 한국근대대중문학총서의 발행 의도와 방향을 잘 보여준다. 책의 선정과 해제, 주석 작업은 전문가로 구성된 기획편집위원회가 주도한다.

어차피 근대는 시각(視覺)의 시대이기도 하다. 읽는 문학에서 읽고 보는 문학으로 전환하여 이 총서를 통해 근대 대중문화의 한 양상을 체험할 수 있도록 하자는 것이 기획의 취지이다. 일정한 볼륨을 갖출 때까지 지속적이고도 정기적으로 출간할 예정이다. 앞으로 많은 관심과 애정을 부탁드린다.

인 천 문 화 재 단 한 국 근 대 문 학 관

한국근대대중문학총서 틈 05

이서구 소설
모희준 책임편집 및 해설

눈물에 젖는 사람들

기획   인천문화재단 한국근대문학관

●홍시

- 『눈물에 젖는 사람들』은 1927년 11월 24일부터 1928년 2월 17일까지 『매일신보』에 연재된 연재소설이다. 원제는 "눈물에 젓는 사람들"이지만 현행 한글맞춤법에 의거하여 "눈물에 젖는 사람들"로 수정했다. 또한 이 작품은 단행본으로 출간된 바 없으므로 『매일신보』에 연재된 작품을 원문으로 삼았다.

- 원문은 연재소설이므로 회차를 적는 것이 맞으나, 독자들의 편의를 위해 소설의 전반부를 상, 후반부를 하로 나눠 구성했다.

- 『매일신보』 원문의 경우, 지워진 글자나 알아보기 어려울 정도로 흐릿한 글자가 있으며 다양한 방언, 일본어, 그리고 당대의 언어들이 혼재되어 있다. 이를 현대 독자들이 이해하기 쉽도록 원문의 작의나 분위기를 훼손하지 않는 선에서 약간의 의역을 하거나 현대의 감각에 맞게 수정했다.

- 단어의 뜻풀이나 설명이 필요한 어휘의 경우, 주석을 달았으며, 본문과 관련된 도판을 삽입하여 독자들의 이해를 돕고자 했다.

- 김용규

  미국에서 신학을 공부하고 조선으로 돌아온 인물. 고지식하고 융통성이 없으며 내성적인 성격이지만, 상황에 따라서는 강직함과 용기를 보여 주기도 한다. 기생이 된 누이동생 김화숙과 간도로 떠난 가족들로 인해 고뇌하는 인물이다.

- 김화숙

  김용규의 첫째 누이동생. 김용규가 조선에 귀국했을 당시까지 기생으로 일하고 있었다. 영화배우인 이병선과 연인 사이다.

- 김석황

  반도매일신문 사주이자 김용규와는 친구 사이. 김용규의 누이동생인 김화숙을 좋아한다.

- 박홍식

  김용규의 친구이자 서울대학교수. 김용규가 조선에 귀국하자 물심양면으로 그에게 도움을 준다. 언변이 뛰어난 인물이다.

- 박은주
  박홍식의 누이동생이자 작가로 활동 중이다. 김용규를 내심 좋아하고 있다.

- 이병선
  가난하지만 인기가 많은 태양키네마 소속 영화배우. 김화숙과는 연인 사이다.

- 박 씨
  간도로 이주한 김용규의 어머니.

- 김인숙
  김용규의 둘째 누이동생. 간도에서 어머니와 함께 살고 있다.

- 김진규
  김용규의 남동생. 간도에서 어머니, 누나 김인숙과 함께 살고 있다.

- 강팔
  반도매일신문 사회부장이자 김석황의 오른팔.

- 김영자
  김석황의 누이동생.

상

매일 아침 해가 뜨기 전에 일어나서 하나님께 기도를 드리지 못하면, 그날 하루의 죄를 속죄할 수 없다는 굳은 신앙을 가진 김 박사도 오늘 아침에는 여덟 시 반이나 되어서야 겨우 눈을 떴다. 어젯밤 명월관[1] 본점에서 여러 사람들의 술잔을 거절하느라 그는 극도로 피곤했던 것이다.

"자, 아무리 예수교를 신봉하셔도 포도주 한 잔 못하실 것이 있습니까"라며 일부러 포도주를 가지고 와서 권하는 술무대 시인도 있었다.

"아, 그래, 그렇게 입에도 대지 못하세요?" 하며 술병을 들어 권하다가 거절당하는 바람에 무안해서 낯을 붉히는 기생도 있었다. 다행히 좌석이 어지러운 기회를 타서 윤 박사와 함께 자리를 피해 여관에 돌아오니 벌써 새벽 한

[1] 1909년경 현재 서울 종로구 세종로에 개점한 요릿집

- 명월관 본점
- 장구 연주하는 기생

시가 되었다.

　십오 년 만에 고국이라고 찾아와 각 방면의 유지가 백여 명이나 모여서 환영회를 베풀어 주니 기쁘지 않은 것은 아니다. 그러나 제일 요릿집에 가는 것이 그에게는 그리 탐탁지 않았다. 더욱이 반도일일신문사 사장이자 미국에서 친히 온 김석황의 이차회[2]에는 기생들까지 몰려들어 그야말로 김 박사는 가시방석에서 노는 듯 쪼그리고 있다가 온 것이다.

　자신이 십오 년 동안 그야말로 사랑과 같이 그리워하던 조선은 너무나 허황한 것 같았으며, 하나님 나라와 거리가 멀어진 것 같았다.

　평소 조선에서 미국에 오는 사람들의 소문만 듣고 기대도 하고 존경도 하던 분들이 요릿집에서 기생들을 얼싸안고 앉아 술을 들이마시는 것을 보고, 그는 간 곳 모르는 부모 형제의 소식을 모르는 슬픔보다 한층 더 기가 막혔다.

　그래도 김 박사의 엄격한 인격이며 경건한 신앙심을 이미 아는, 미국에서 먼저 건너와 잡지사장을 하는 신 박사는 기생의 손은 차마 못 놓고 김 박사를 향해 허허 웃으며 말했다.

　"김 군, 조선에서는 이래야만 사는 것 같다네. 이것이 유지 신사! 피가 있고, 눈물이 있는 자들의 보호석이야."

　자리에서 일어난 김 박사는 이런 모든 생각이 머리에서

2) 이차회(二次會): 연회나 회의 따위가 끝난 뒤에 자리를 옮겨 다시 여는 모임

사라지기를 바랐다. 그래서 그는 즉시 세수를 하고 기도를 했다.

그는 맨 처음 십오 년 동안 부모에게 소식을 끊었던 자신의 잘못을 속죄하고 다시 한시바삐 부모 형제가 있는 곳을 알려 달라는 탄원을 했다. 그리고 한시라도 바쁘게 하나님의 위대한 섭리로 이 혼돈에 빠진 조선 일꾼의 머리를 깨끗이 해 달라고 눈물로 빌었다.

태평양에서 고국을 바라고 그리던 그의 모든 꿈은 경성역에 발을 내딛으며, 아니 횡빈(橫濱)3) 항구에 내려 동양의 땅을 밟는 순간부터 무참히 깨져 버렸다.

그것은 횡빈까지 마중을 온 동경 조선인 기독교회 목사 박응선을 만나 여러 가지 이야기를 들은 까닭이었다. 어쨌든 후줄근한 조선의 모습에 차마 못 볼 것을 억지로 보는, 하는 수 없이 대하는 그런 생각으로 겨우 경성으로 향했다. 그러나 십오 년을 즐기며 기대했는데, 그리던 부모 형제의 간 곳도 모르게 되니, 이제는 오직 하나님이 시키는 대로 하나님의 역사(譯使)나 되리라는 비장한 결심을 가지고 경성에서 당분간 여관살이를 하기로 한 것이다.

그는 물론 경성에 내리는 길로 즉시 자기의 고향이 되는 철원(鐵原)4)으로 내려갔었다. 그러나 그의 부모 형제 일가족은 그 동네를 떠난 지 일 년이나 된다고 했다. 그리고

---

3) 일본 요코하마의 한자식 이름
4) 강원도 서북부, 영서 지방 북부에 위치한 고장

는 달리 물어볼 곳이 없어 하는 수 없이 그대로 돌아온 것이다. 오늘 아침 기도는 삼십 분 정도나 걸렸다. 그는 울면서 기도를 그칠 줄 몰랐다.

"선생님, 편지 왔습니다."

소리에 깜짝 놀라 돌아보니 여관 하인이 편지 한 장을 들여 놓는다. 편지를 받아 보니 "김용규 선생님께"라고 언문으로 쓰고 편지 뒤에는 아무런 이름도 없다. 김 박사는 즉시 봉투를 뜯었다. 봉투 속에서는 뜻하지 않게 서투른 여자의 필적으로 된 편지 한 장이 나왔다. 김 박사의 낯빛이 이상해졌다. 조선에 돌아온 지 사흘이 되는 아침, 자기에게 편지를 할 여자가 아무도 없기 때문이다.

오라버님 전상서

저는 십오 년 전에 오라버니를 잃은 김화숙입니다. 아버님은 김유진, 어머님은 박 씨. 이제는 모두 남의 나라에 가 계시고 저만 홀로 경성에 떨어져 있습니다.

어젯밤 환영회 이차회 때 김석황 씨 옆에 앉은 기생이 바로 접니다.

요릿집에서는 무심히 모시고 놀다가 집에 돌아와 신문을 보고서야 비로소 저의 오라버님이 되시는 줄을 분명히 알게 되었습니다. 십오 년 동안을 두고 밤낮으로 바라고 그리셨을 어머님 아버님에게 저는 오라버님 말씀을 귀가 젖도록 들었습니다.

그러나 그렇게 그리셨을 양친은 지금 먼 데 가 계세요. 오라버님께서 돌아오신 줄도 모르시고 눈물만 지우실 것입니다. 오라버니! 저는 신문에서 오라버님의 사진과 성공하고 돌아오신 이야기, 어머니 아버지, 동생들을 찾으신다는 말씀을 자세히 보았습니다. 반갑고 기쁜 생각만으로 밤에 오라버니 여관으로 뛰어가려 했지만, 저는 지금 기생이 된 몸입니다. 애써 성공하고 돌아오신 오라버님의 명예에 누가 될까 하여 차마 못 가고 편지로 우선 말씀드립니다. 제가 어렸을 적에 집을 떠나신 뒤 이제야 돌아오셨고 사진 한 장 본 일이 없으니 어찌 뵈어도 알 수가 있었겠습니까. 저는 지금 다방골5) 수양모6)에게 몸을 맡기고 있습니다. 어쨌든 얼른 뵙고 싶습니다. 어머님께 기별도 해야 하고, 오라버님 무릎에 통곡도 해야겠습니다. 어떻게 만나 뵈어야 좋을지 어서 답장 주세요.

 -다옥정 십오 번지, 누이 김화숙 상서

김 박사의 손은 떨렸다. 그의 얼굴은 해쓱해지고 옆에서 누가 보기라도 하는 듯 얼른 편지를 접었다. 그러나 접은 편지에는 눈물이 한 방울 두 방울 소리 없이 떨어졌다.

  운다 한들 소용없고, 가슴을 친들 소용없다. 후줄근한 조선의 꼴을 볼 때 당장의 비운이 자기의 한 가족에게 닥

---

5) 현재 서울 중구 다동 일대
6) 수양모(收養母): 자기를 낳지는 않았으나 길러 준 어머니

친 것이다. 그러나 자신의 누이가 설마 기생이 되었으리라고는 생각하지 못했다. 그는 금세 천근만근의 쇳덩어리가 머리를 누르는 것 같았다. 세계가 다 무너지고, 오직 번개와 뇌성만 사납게 뛰노는 것 같았다.

그는 실신한 사람같이 편지를 든 채로 가만히 앉았다. 얼굴은 해쓱한 채로, 눈은 감은 채로, 눈물은 흐르는 대로 꼼짝도 하지 않고 일 분, 이 분 자는 듯이 앉아 있을 뿐이다. 기생이 된 누이에 대한 가련한 생각, 기생 누이를 둔 불명예, 이 두 가지가 그의 가슴을 들들 볶고 있었다. 그러나 도무지 어떻게 해야 좋을지 생각도 못 하고 오직 정신만 아득한 것이다.

"김 선생님, 전화 왔습니다."

문밖에서 아이가 소리를 지른다.

김 박사는 겨우 정신을 차리고 물었다.

"누구라고 하시니?"

"다방골이라고 하시는데, 여성분이세요."

김 박사의 가슴은 또 한 번 내려앉았다. 어쨌든 무거운 걸음을 옮겨 전화를 받았다.

"누구시오?"

"저……. 저는 화숙이에요."

"그렇구나."

화숙이 훌쩍거리며 우는 소리가 들렸다.

"거기가 도대체 어디냐?"

김 박사의 목소리도 흐려졌다.

"저……. 자동 전화예요."

그러나 지금 처지로 화숙에게 여관으로 찾아오라고 할 수도 없었고, 화숙의 집을 찾아갈 수도 없었으며, 그렇다고 아무 데서나 만날 수도 없었다. 그뿐만 아니라 십오 년 만에 돌아온 경성의 형편을 모르니 조용히 이야기할 곳이 어디가 좋은지 알 수도 없었다.

"얘야, 울지 마라. 어디든 조용한 곳에서 만나자."

"그러면 경성자동차부에서 자동차를 불러 타시고 동소문의 청화원7)으로 오세요. 제가 먼저 가서 기다릴게요."

"거기는 어떤 곳이니?"

"아주 조용한 곳이에요."

"청화원……. 청화원! 알겠다. 그러면 나도 즉시 갈 것이니 네가 먼저 가서 기다리거라. 나는 도무지 어디가 어디인지 모르니."

십오 년 동안 그리던 남매간의 이와 같은 기막힌 대화는 눈물 속에서 끝이 났다.

김 박사는 즉시 옷을 갈아입고 나섰다. 여관집 하인이 서

---

7) 청화원에 대한 명확한 정보는 없다. 다만 『조선신문』 1927년 2월 9일 자에 "숭삼동(현재 서울 종로구 명륜동) 오십육 번지 료리집 청화원 안의 뒤뜰에 잇는 조선식 초가에서 불이 일어나서…" 라는 기사가 있으며, 이외에도 안석주의 영화소설 「인간궤도」에도 청화원이 등장하는데, 청화원을 '목욕하고, 술 먹고, 밥 먹고 하는 곳'으로 표현했다.

두르며 "선생님, 아침진지는 잡수셔야지요"라고 말했다.

"응, 오늘 아침은 다른 데 가서 먹겠네."

하인은 빙글빙글 웃는다. 그 웃음이 김 박사에게는 다시 없이 부끄러웠다. 마치 자기의 얼굴에 침이라도 뱉으려는 것처럼 보였다. 이놈아! 종교는 무엇이고, 인격은 무엇이냐. 누이를 기생 노릇을 시켜 놓고서.

어디서인지 이 같은 소리가 들리는 것 같았다. 그만 등에서는 땀이 배었다.

늦은 가을 선선한 아침바람이 얼굴을 식히지 않았다면 그의 얼굴은 불타오를 것 같았다.

여자의 목소리로 전화가 오고, 이어서 그 전화를 받은 손님이 급히 나가니까 하인은 그저 빙글빙글 웃었을 뿐이다. 그러나 양심을 가지고 살아온 김 박사에게는 마치 하인의 얼굴에 예수가 강림하시어 자기의 양심이 흐려지지는 않을까 감시하시는 것 같았다.

김 박사는 두려운 이의 앞을 빠져나가듯 하인의 앞을 떠나 큰길로 나섰다.

자전거가 눈앞으로 휙 지나간다. 유성기에서 유행 창가가 흘러나온다. 골목 사이로는 어린아이가 어머니에게 걸려 들어 가며 매를 맞는다. 전차 정류장 앞에서 양복 입은 신사와 다리를 저는 걸인이 몸이 부딪혔느니, 아니니 하며 싸움을 하고 있었다.

김 박사는 전기선대 옆에 가서 섰다. 그의 머리는 극도로 혼란스러웠다. 그러나 기생이 된 누이라도 누이는 누이다. 한번 간다고 약속한 이상 안 갈 수는 없었다.

그는 즉시 전화를 빌려 경성자동차를 타고 청화원으로 가자고 했다. 열 시도 되기 전에 청화원으로 놀러 가는 손님은 그리 흔하지 않다. 운전수 또한 김 박사를 힐끔힐끔 쳐다보며 자동차 문을 열었다.

차에 앉은 김 박사는 눈을 딱 감았다. 청화원이 어디인 줄도 모른다. 어쨌든 사나운 꿈속에서 헤매는 것같이, 이제는 다시 생각하거나 돌아볼 여지도 없이 자동차가 가는 대로 가게만 된 것이다.

탑골공원 앞에서 자동차를 타고 가면 성균관 앞 송림까지는 이십 분밖에 안 걸린다. 그러나 김 박사에게는 천당에서 지옥으로 가는 만큼이나 멀게 느껴졌다. 자동차 안에서는 눈을 딱 감았으므로 어디를 어떻게 지나왔는지 모른다. 자동차가 멈추면서 운전수가 "다 왔습니다. 여기서부터는 걸어 들어가셔야 합니다" 하는 소리에 겨우 정신을 차려서 자동차에서 내렸다.

내려 보니 송림 사이로 성균관의 대궐 같은 집이 고색창연하게 서 있고 반백 된 노인이 지게에다가 무와 배추를 지고 지나간다. 새소리가 곳곳에서 들린다. 기도를 올리기에는 다시없이 성스러운 곳이다. 그러나 그는 화숙, 기생, 지옥, 동기라는 기막힌 고민에 잠겨 있을 뿐이다. 화숙을 만나서 어떻게 할까. 왜 기생이 되었느냐고 꾸짖을까.

오죽했으면 기생이 되었겠느냐고 그녀를 위로해야 할까. 김 박사의 가슴은 더 줄어드는 것 같다.

지금까지 김 박사는 매춘부가 국민의 전도를 그르치고 인류의 죄악을 함양하며 하나님 앞에 무릎 꿇을 기회를 늦어지게 만든다는 주장을 가지고 있었다. 대학에 있을 때는 세계 부녀 매매 문제에 대하여 통렬한 공격도 했고, 부녀 매매 동맹에서 예외 규정을 가진 일본과 불란서8)의 정치가를 다 매도했다. 그러나 이제야 생각하니 자기를 자기가 공격하고, 자기를 자기가 경멸히 여긴 것이나 다름없는 것이다.

자동차에서 내리기는 했으나 걸음이 걸어지지 않았다. 반갑다는 생각이야 가슴 저릴 지경이나 그에게는 십여 년 동안 쌓아 온 신앙이 있다. 그의 인정을 가로막는 것이다. 동기를 만나는 자리에 앞서서 그는 누이의 비열한 생애를 돌아보지 않을 수 없는 것이다.

"오빠!"

깜짝 놀라서 돌아보니 어느 틈에 화숙은 자기가 서 있는 나무 사이에서 거의 쓰러진 채 울고 있었다.

김 박사는 조용히 화숙을 불렀다. 그리고 사람들의 눈을 피해 평생 처음 대면하는 남매는 청화원으로 무거운 걸음을 옮겼다.

8) 프랑스의 음역어

화숙이 세 살 되던 해, 김 박사는 어느 선교사를 따라 미국으로 갔다. 그때 이별한 후로 남매간에 만나 본 일도 없고 소식이나 편지를 전한 일도 없으니 거리에서 만나도 서로 모를 지경이다.

이미 어젯밤에 화숙은 루월이라는 기생의 이름을 가지고 환영회의 이차회에서 자기 오라버니를 그저 신수 좋고 얌전한 손님으로 다정하게 대접했던 것이다.

김 박사도 또한 일개 비천한 계집, 하나님의 나라에서 쫓겨난 가련한 여성으로만 보고 그녀의 시선을 애써 피해 가며 간신히 여관으로 달아났다.

김 박사의 아버지 되는 김유진은 근근이 농사를 하여 철원에서 한 집안을 지탱하는 고집 센 노인이었다.

용규가 십칠 세 되던 해 봄, 미국인 선교사에게 귀여움을 받아 미국으로 갈 때에 김유진은 장남은 집을 떠나지 못하는 법이라고 극렬하게 반대를 했었다. 그러나 새로운 환경을 동경하는 용규는 부모 몰래 미국으로 가 버렸다.

용규는 몇 번이나 부모에게 사죄 편지를 했으나 도무지 답장이 없었다. 그래서 용규도 부모를 야속하게 여겨 연락을 끊어 버리고 말았다. 화숙도 자신의 오라버니 이야기는 많이 들었으나, 만나 보기는커녕 사진 한 장도 구경하지 못하고 자랐다.

물론 용규도 후회를 하고 그의 양친도 뉘우쳤다. 그러나 용규와 아버지 사이에는 부자지간인 만큼 야속하고 괴

씸한 생각이 더한층 굳어진 것은 사실이다.

용규가 미국으로 간 지 일 년이 못 되어 그의 아버지는 시흥(始興)으로 이사를 해 버린지라 용규가 오륙 개월 편지를 하지 않다가 뉘우치고 편지를 보냈을 때는 '편지를 받는 사람이 간 곳을 모르겠다'는 쪽지가 붙어 반송되고 말았다.

그래서 세상에서 가장 가까워야 할 이 앞에서 걸어가고 있는 화숙의 뒷모습을 보며 따라가는 김 박사의 가슴에는 비분한 눈물이 용솟음쳤다.

그는 어젯밤에 자신의 친구들이 자기 누이의 손목을 잡고 얼싸안으며 "루월아! 너는 왜 그리 쌀쌀맞느냐?"라며 희롱하는 것을 보았다. 화숙의 몸을 감싼 외투, 목도리, 치마 모두가 그녀의 웃음과 살을 판 대가로 얻은 것인가 생각하니, 그는 바로 달려들어 화숙의 옷을 갈가리 찢어서 씻겨 주고 싶었다. 걸음을 옮길 때마다 외투 자락으로 나부끼는 치맛자락은 화숙의 짓밟힌 성애를 속살거리는 것 같았다.

청화원의 아침은 참으로 고요하고 맑았다. 창덕궁 뒤로 시냇물이 졸졸 노래를 부르며 흐르고, 발끝에 밟히는 낙엽 소리조차 감개무량했다.

화숙이 앞서 들어가자 '카이젤 수염'을 기른 주인이 나와 맞는다. 남매간에 남보다도 더한층 데면데면한 세월을 따로 보내게 되고 말았던 것이다. 화숙은 주인을 잘 아는 모양이었다. 화숙이 주인의 귀에 입을 대고 무엇이라고 소곤거리니, 주인은 고개를 끄덕이며 남쪽 언덕으로 높이 솟은 방으로 안내했다.

화숙이 주인과 귓속말을 하는 것이라든지 주인이 능글맞게 웃으며 뛰어다니는 것까지 김 박사에게는 일종의 견딜 수 없는 치욕인 것 같았다.

누이만 아니면, 십오 년 만에 만난 누이만 아니면 김 박사로서는 죽으면 죽었지 이러한 곳에는 차마 한 걸음도 들여놓지 못했을 것이다. 어쨌든 김 박사는 화숙의 뒤를 따라 방으로 들어갔다.

김 박사와 화숙은 작은 상을 사이에 두고 비로소 마주 앉았다. 두 사람의 감정은 남매 같기도 하고 남과 같기도 하며, 반갑기도 하고 겸연쩍기도 해서 서로 누가 먼저 말을 할지 기다리는 시간이 길었다.

김 박사보다는 화숙이 어려운 말을 스스럼없이 잘하는 직업을 가지고 있다. 화숙은 수건을 들어 눈물을 닦더니 "오빠! 온 집안이 모두 간도(間島)9)로 가셨어요!"라며 그만 목을 놓고 울고 말았다. '기생'이거나 '창부'거나, '교인'이거나 '성인'이거나 동생의 울음 속에 부모의 애달픈 소식이 담겨 있었다.

---

9) 중국 길림성의 동남부 지역. 두만강 유역의 동간도(북간도)와 압록강 유역의 서간도를 통틀어 이르는데, 이 소설에 등장하는 간도는 동간도, 즉 북간도를 이른다.

김 박사는 비로소 화숙의 울음 속에서 사람의 감정이 눈 뜨게 되었다.

그는 엎드리듯 화숙의 앞으로 가서 그녀의 어깨를 꽉 잡았다.

"화숙아! 오빠의 죄를 용서하려무나."

김 박사는 모두 자신이 잘못한 까닭에 집안이 유리되고 동생이 타락하게 된 것 같았다.

"그래, 울음을 그치고 자세한 이야기를 좀 해 보거라. 아버지 어머니는 모두 안녕하시냐."

"아……. 아버님께서는 돌아가셨어요."

"뭐? 언제?"

"지난달에요."

김 박사는 그만 화숙의 어깨 위로 쓰러지고 말았다. 그는 훌쩍훌쩍 울기 시작했다. 그리고 미친 듯이 "아! 아버지시여! 저의 죄를 용서하소서……"라며 나중에는 울음소리조차 높아져 갔다.

용규가 미국으로 달아날 때까지도 그의 집안은 그리 궁색하지는 않았다. 논 서 마지기, 밭도 몇 뙈기가 있었고 머슴과 소도 부리며 남에게 빚지지 않고 살았다. 그러나 용규가 떠나가던 이듬해 봄, 용규의 집 전답이 있는 곳에 광맥

이 있다고 해서 모조리 광산회사에서 사들이고 말았다.

한꺼번에 삼사천 원 돈을 손에 쥔 용규의 아버지는 시흥에다가 과수원을 사 가지고 이사를 가 버렸다. 용규의 아버지가 땅이 팔린 기회에 이사를 가게 된 동기는 여러 가지가 있는데, 우선 한 가지는 이런 일도 있었다. 가을이 되었을 때 주재소[10] 순사가 와서 청결을 잘 못했다며 용규의 아버지 뺨을 때린 일이 있었다.

뺨을 맞고 난 용규의 아버지는 "도무지 창피해서 동네 애들을 볼 수가 있어야지" 하며 쓸데없는 말을 일삼아 했다. 이런 끝에 그 순사에게 알리지 않고 자기가 먼저 전답을 팔아 버리게 되었으며, 내친걸음에 이사를 해 버리고만 것이다.

용규의 아버지가 이사를 한다고 하니 동네 사람들이 말리기도 했다. 그러나 자식이 달아나고, 창피를 보고, 전답이 팔리고, 내가 다시 이 동네에 바랄 것이 무엇이냐면서 처자를 데리고 나섰다.

시흥으로 과수원을 경영하러 간다는 이야기는 아무에게도 하지 않았다. 그리고 동네 사람에게는 서울 가서 장사를 한다고만 했다. 그것은 시골에서 시골로 간다는 것보다는 서울 가서 장사를 한다고 하는 것이 좋아 보였기 때문이다.

---

10) 주재소(駐在所): 일제 강점기에 순사가 머무르면서 사무를 맡아보던 경찰의 말단 기관

이리하여 용규의 일가족은 일제히 경기도 시흥으로 이사를 갔다. 이때 화숙은 네 살, 화숙의 동생 인숙은 두 살, 막내 남동생 진규는 채 낳기도 전이었다. 용규의 아버지는 술이 가득 취해 앞서서 소에 세간을 실어 끌고, 용규의 어머니 박 씨와 화숙, 인숙 자매는 그 뒤를 따라 누구 하나 우는 이 없이 삼대째 살던 고향을 떠나게 되었다. 그래도 박 씨는 서운한 듯 동네를 자주 돌아보았다.

그러나 새벽에 떠나는 길이라 누구 하나 잘 가라고 말하는 사람은 없었다. 용규의 아버지는 전날 밤 친하든 그렇지 않든 동네 친구들과 함께 밤이 새도록 술을 먹었기 때문에 친구들은 모두 한참 취해 있을 때였다.

"그렇게 못 잊겠소? 고향 버리고 떠나는 꼬락서니를 남들이 보기 전에 어서 고개나 넘읍시다."

용규의 아버지는 코가 멘 목소리로 이렇게 말했다.

시흥으로 이사를 한 뒤에도 십여 년 동안 아무 일 없이 해마다 사과, 복숭아가 가지마다 우거져 열리면 화숙과 동생 인숙은 손에 손을 잡고 과수원으로 뛰어다닐 뿐이었다. 그러나 용규 아버지의 우울증은 날로 깊어만 가서 매일 술에 취하지 않은 날이 없었다.

그의 집안이 바로 시흥으로 간 첫해 가을일이다. 자가 연초 경작 허가를 받은 용규의 아버지는 심다 남은 담배 모종을 버리기 아깝다고 해서 허가를 받은 밭 이외의 과수원 고랑에 심었는데, 그 일이 발각되었다. 용규의 아버지는 정말로 그것이 죄가 될 줄 몰랐다. 그는 그런 일에 관한 법까지는 깊이 알지 못하는 사람이었다.

허가 받아서 심는 곳에 몇 폭 남아 있는 모종을 버리기 아까워 과수원 골짜기에 심은 것이 무슨 죄가 될 것인가, 하는 대수롭지 않은 생각으로 한 일이었다. 하루는 젊은 연초 조합 서기 한 사람과 전매국 관리인이 찾아와서 가장 먼저 과수원 옆으로 가더니, 허가 받은 이외의 곳에 심은 담배를 발견해 냈다. 분명 소문을 듣고 온 것 같았다.

그만 그것이 트집과 말썽의 시초가 되어서 일주일이 채 못 되어 영등포 경찰서의 호출장이 나왔다. 조사원이 다녀간 뒤 용규의 아버지는 비로소 자기가 법에 어두운 것을 깨달았다. 그러나 설마 처음이고 모르고 한 일에 무슨 큰 일이 있을까, 하고 무심히 술만 마시고 지냈는데, 돌연히 호출이 된 것이다. 그때 화숙은 십오 세였다. 그녀는 시흥 보통학교 사 학년에 재학 중이었다.

화숙이 학교에서 돌아와 호출장이 나왔다는 말을 듣고 즉시 주임 선생을 찾아가서 논의도 했으나, 주임 선생은 피차에 길이 다르니 연초 조합에 가서 비는 것이 좋겠다고 했다. 그러나 빌어서 면할 시기는 이미 지나갔다. 용규의 아버지는 호출당한 날 아침에도 술을 많이 마시고 영등포 경찰서로 갔다.

벌금 오십 원을 바치라는 선고가 내렸다. 그 소리에 용규의 아버지는 정신이 번쩍 들었다. 지금 그의 재정 상태에서 오십 원은 큰돈이었다. 더욱이 용규 아버지의 생각으로는, 모르고 한 일이니 죄가 될 것 없다는 생각도 들었던 것이다.

그는 너무 세상에 어두웠다. 자신의 재산을 관리해 주는 사람과 교류가 너무나 없었던 것이다. 그리하여 적발된 이튿날 아침에 즉시 가서 전혀 모르고 한 일이라고 탄원을 하면 용서를 받는 경우가 있다는 선생과 구장의 말을 듣고는 조치를 취하지 않고 있었던 것이다.

그는 술이 취한 김에 경찰서에서 일장 술주정을 했다. 그는 결국 구속되고 말았다. 그 이튿날 아침에 아내 박 씨와 큰딸 화숙은 돈 오십 원을 동네 계에서 얻어 가지고 용규의 아버지를 데리러 갔다.

풀려난 날 밤에 그는 동네 술친구 오륙 명을 데리고 밤이 새도록 술을 마시고 떠들어 댔다. 그래서 그의 괴팍한 성격은 날로 날카로워져서 동네에서 그는 술친구 외에는 찾는 사람이 거의 없었다.

"이것이 모두 네 오라비가 달아난 탓이다" 하며 박 씨가 울면 "아버님 성미가 이상하신 것이지 오빠가 달아났다고 이런 일이 어디 있어요"라고 화숙도 눈물을 글썽인 채 말했다.

용규 아버지의 술은 날로 늘어만 갔다. 전에는 집에서만은 얌전했고 체면은 차리더니, 술 밑천만 떨어지면 집에 들어와 쓸데없는 트집까지 잡았다.

"아! 이놈의 집에는 술도 없나! 아! 나더러 술 안 마시고 어떻게 살란 말이냐!" 하며 비죽비죽 울기도 했다. 벌금을 물고 구속을 당하고 온 뒤로 그는 동네 주재소 앞을 결코 지나다니지 않았다. 혹시라도 호구 조사가 들어와도 대개 아내를 내보냈다. 그의 우울한 심경은 술과 트집으로 깊어 갔다. 철모르는 인숙은 순사를 무서워한다고 아버지를 놀리기도 했다. 이러는 동안에 집은 남의 손에 넘어가고, 그 이듬해 여름 홍수로 과수원까지 무너져 김유진 일가족은 오직 몸만 남게 되었다.

집안이 기울어 가기 시작하자 유진은 미국으로 간 용규의 생각이 더욱 깊어 갔다. 그러나 그는 아들이 있는 줄도 모르는 사람같이 입을 다물고 경성 출입만 잦았다. 경성 남대문 시장 안에는 그의 과수원 과일들을 도매로 사 가는 과일 장수 권동준이라는 사람이 있었다.

유진은 두세 달 동안 그날그날 양식에 몰리는 가족들을 내버려 두고 경성 출입만 자주 하더니, 하루는 아내와 화숙을 불러 놓고 말했다.

"아무래도 조선에서는 살아갈 도리가 없어서 간도로 가기로 했다. 그리고 과년한 화숙이는 데리고 가기가 어려워 과일 장사하는 권 주사에게 신신부탁을 했으니 화숙이는 당분간 권 주사 집에 가 있다가 시집을 가게 될 것 같구나."

그는 수년 만에 처음으로 가슴에서 피를 짜내는 듯이 우는 낯을 보였다. 박 씨와 화숙도 함께 울었다. 그뿐만이 아니라 화숙은 부모와 떨어지기 싫다고 며칠씩 야단도 해서 번번이 김유진은 딸의 머리를 쓰다듬으며 눈물을 흘리면서 달래기를 일삼았다.

간도로 떠나기 전날 권 주사가 내려왔다. 권 주사는 화숙을 수양딸로 데려간다고 했다. 그리하여 화숙은 권 주사에게 새삼스럽게 절을 하고 권 주사도 화숙의 머리를 쓰다듬으며 말했다.

"울지 마라. 친부모만이야 못하겠다만, 호의호식할 것이다. 게다가 너만큼 예쁜 처녀가 그리 흔하냐! 아무 걱정 없다."

권 주사는 유진을 돌아보았다. 유진은 권 주사의 입을 막는 듯 눈짓을 했다.

그 이튿날 아침에 바가지는 인숙이 들고, 입을 옷과 짐은 유진이 가지고, 그릇 등은 박 씨가 이고, 화숙은 권 주사의 뒤를 따라 시흥을 떠났다.

화숙의 고운 맵시를 보고 그윽한 장래를 꿈꾸던 동네 젊은이들의 가슴이 얼마나 타들어 갔는지는 영원히 알지 못할 것이다.

경성역에 내려 화숙의 일가족은 권 주사의 집에서 하룻밤을 묵었고, 그 이튿날에 청량리 정거장에서 간도로 향했다. 물론 그들의 여비는 권 주사가 대 주었다. 그뿐만 아

• 경성역
• 청량리 정거장

니라 김유진의 손에는 이백 원가량의 현금이 쥐어져 있었다. 박 씨는 수상하여 물었다.

"영감, 권 주사가 언제 받을 줄 알고 영감에게 그렇게 많은 돈을 주었소?"

김유진은 가볍게 대답했다.

"그러게 친구가 좋지."

청량리 정거장에서 권 주사와 화숙이 배웅을 했다. 차창에서 눈물에 젖은 눈동자와 역 뒤에서 눈물에 젖은 눈동자는 가물가물해질 때까지 서로 떨어지지를 못했다.

이리하여 화숙만 남기고 일가족은 전부 간도로 떠나 버리고 말았다. 화숙은 즉시 권 주사 아버지의 '첩의 집'이라는 다방골 집에 가서 머물게 되었다.

그 집에는 옥선이라는 기생이 있었다. 그녀가 매일 고운 옷을 입고 인력거만 타고 다니며 말쑥한 청년들이 찾아와서 여왕같이 대접하는 것을 촌에 살던 화숙이 보기에는 퍽 부럽기도 했다.

이리하여 권 주사와 화숙의 아버지만 알고 꾸민 일이 아무 문제없이 이루어졌으니, 그것은 화숙이 기생 되기를 즉시 승낙한 까닭이다. 권동준은 과일 장사를 하는 한편 기생 장사도 함께 했던 것이다. 그리하여 유진의 큰딸 화숙의 아름다운 자태를 보며 농담처럼 웃으며 말했다.

"이보게, 김 선달. 화숙이는 참 이렇게 예쁜지 꼭 기생 같아."

게다가 가산을 탕진한 유진은 자꾸 간도로 갈 돈을 꿔 달라고 졸랐다.

"그러면 화숙이를 기생으로 팔게그려."

권동준이 말했다.

물론 유진은 처음에는 반대를 했다. 그러나 기생이라 해도 매음은 절대로 시키지 않을 것이며, 다만 노래나 춤 정도만 가르쳐 좋은 배필이 생길 때까지 요릿집 출입이나 시킨다는 바람에, 더욱이 간도로 가는 여비와 농사 밑천으로 이백 원을 준다는 바람에 승낙을 해 버렸다.

이러는 동안 화숙은 이병선이라는 활동사진[11] 배우와 사랑이 깊어져서 기생 일이 부실해졌고, 돈푼이나 쓰는 손님이 찾아오더라도 내치기 일쑤여서 하는 수 없이 권 주사는 평양 마누라에게 천 원을 받고 다시 화숙을 넘겨 버렸다. 그리하여 화숙은 평양 기생 매홍의 모친에게 팔려서 기생 노릇을 하고 있는 것이다.

———————

물론 화숙은 스스로 기생 노릇을 즐겨서 한 것은 아니었다. 그러나 그녀는 눈물 반, 하소연 반으로 과거 십오 년간 기울어 가던 자신의 집 영락의 애사를 이야기했다.

11) 활동사진(活動寫眞): '영화'의 옛 용어. 움직이는 사진이라는 뜻으로, 무성 영화와 같은 초기 영화를 오늘날의 영화에 상대하여 이르는 말로도 쓰임.

"아버지께서는……."

"네, 간도로 가셔서 즉시 병환이 들어서 돌아가셨대요."

"어머님은……."

"어머님은 지금 인숙이와 진규를 데리고 간도에 계셔요."

"인숙이는 몇 살이냐?"

"열다섯 살이에요."

"진규는?"

"그 애는 지금 열한 살이지요."

"그러면 너의 언니는……."

용규는 미국으로 갈 때 친정에 있기로 했던 아내의 소식을 물었다. 용규의 아내 봉희는 용규보다 세 살이나 많았다.

"오빠가 가신 뒤로는 남편 없는 시집에 누가 가느냐고 오지를 않더니 어느 틈에 친정에도 없고, 어디로 갔는지 달아나 버렸다고 들었어요."

용규는 봉희를 잊지 못하거나 그리운 것은 아니었다. 그러나 아내는 달아나고 누이는 기생이 되었다는 기막힌 치욕과 불명예를 씻을 길이 없고, 불효자식의 이름을 부르며 돌아가신 불운한 부친의 죽음이 가슴에 사무쳤다.

이제 와서 무엇보다 급한 것은 화숙을 기생 일에서 빼내고, 간도로 어머님을 찾아갈 일이었다.

"그런데 너는 돈을 얼마나 들여야 기생 노릇을 그만둘 수 있느냐."

"천오백 원은 있어야 해요."

지금 당장 용규에게는 천오백 원이 없었다. 미국에서 올 때 가져온 여비는 불과 삼사백 원밖에는 남지 않았다. 지금부터라도 무슨 직업이든 얻게만 되면 어떻게라도 될 것이다. 기생 누이를 두고 양심의 가책을 받아 취직하기가 좀 그렇지만, 취직이라도 하지 않으면 누이의 삶을 구원할 수가 없었다.

이제 용규의 머릿속은 비탄에서 절망으로, 양심과 돈의 두 권세가 어우러져 춤을 추고 있었다. 그러나 용규에게는 신앙이 있었다. 어떠한 난처한 경우에 이를지라도 원망을 하지 않았다. 모든 것을 하나님의 시험과 단련으로 믿고 항상 양심이 가리키는 대로 어떠한 고통이든 참아 왔던 것이다.

"알겠다. 어떻게든 해결되겠지. 어쨌든 당분간 서로 만나지 말고 그대로 지내도록 하자. 한시라도 돈을 구해서 너를 빼내 줄 테니."

"네……."

화숙은 그 한마디가 얼마나 기뻤을까. 그녀는 시골 처녀의 눈으로 볼 때에 철없게도 처음에는 기생 노릇이 좋아 보였다. 그러나 이병선이라는 사랑하는 사람이 생긴 이후로는 인생에서 차마 못할 짓이 남에게 몸이 팔려 기생 노릇을 하는 것이라는 쓰라린 경험을 맛보았다.

화숙은 병선을 위하여 정조를 지켜 왔다. 그녀가 병선을 만나며 오늘까지 병선에 대한 희생은 컸다.

"이년! 돈 있는 손님은 모조리 내치고, 병선인지 뭔지 그 놈만 쫓아다니면 어떻게 할 작정이냐!"

화숙에게 평양 마누라는 하루에도 몇 번씩 욕을 하며 매질을 했다. 그러나 화숙은 비로소 사랑에 눈을 뜨고, 비로소 여자의 정조에 대한 귀중함과 기생의 천한 삶을 깨달았다. 화숙의 미모에 취하여 몰려드는 남자 중에서도 제일 화숙과 병선의 사랑을 저주하는 사람은 반도일일신문 사장 김석황이었다. 김석황이 천오백 원을 내고 데려가겠다는 바람에 화숙은 혼비백산했다.

"만일 내 몸을 남에게 다시 팔거나 다른 손님과 같이 자게 만들면 그때는 목을 찌르든지 약을 먹든지 해서 죽고 말겠어요!"

화숙은 죽기를 결심하고 매를 맞아 가며 발악하면서 겨우 오늘까지 사랑과 정조를 지킬 수 있었다. 이런 상황에서 오빠가 기생 일에서 몸을 빼내 주겠다는 말이 얼마나 반가웠는지 모른다.

용규 남매는 즉시 자동차 두 대를 불러 따로 타고 돌아가려고 했다. 남매가 앞서거니 뒤서거니 청화원 안뜰을 나올 때 등 뒤에서 말소리가 들렸다.

"아! 김 군! 이것 참 의월세그려."

깜짝 놀라 돌아보니 김석황이 어떤 기생을 데리고 서 있었다. 용규의 목에 칼이 들어오는 것 같았다.

놀란 사람은 김용규뿐만이 아니었다. 실은 김석황도 놀랐던 것이다. 설마 인격과 신앙이 두텁기로 미국에서부터 유명했던 신학 박사 김용규가 귀국한 지 사흘 만에 경성의 미인을 데리고 청화원으로 놀러 올 줄은 참으로 뜻밖이었으며, 더욱이 데리고 온 미인이 자신이 반해서 푹 빠진 김루월인 만큼 그의 가슴은 더한층 내려앉는 듯했다.

두 사람은 기생을 한 명씩 데리고 서로 멍하니 바라보기만 했다.

"대관절 언제 왔나?"

"온 지 얼마 안 되네."

"그래, 벌써 들어가는가?"

"응."

"피차 들켰으니 별말은 하지 않겠네만, 거참 용하네그려. 조선에 오자마자 저런 미인을 손에 넣다니."

김석황은 가만히 김용규의 눈치를 보았다. 그러나 김용규는 이 자리에서 길게 이야기하는 것이 오히려 불리하다는 것을 알았다. 그래서 헬쑥해진 얼굴을 들어 김석황을 바라보며 거의 빌다시피 하는 낮은 목소리로 말했다.

"여보게, 김 군. 내가 이곳까지 이렇게 오기에는 다른 사정이 있으니 오해하지 말아 주게. 이 자리에서 장황하게 사정을 이야기할 수는 없으니 오늘 저녁에 다시 좀 만나지."

"글쎄. 설마 자네가 난봉질이야 할 것 같지는 않네만, 겉으로만 보아서는 꼭 그렇지도 않은 것 같은데."

"그러니까 오늘 저녁때 내가 자네에게 전화를 걸 테니 집에서 꼭 기다려 주게. 기막힌 사정이 있네. 그리고 무슨 일이 있어도 나를 여기서 만났다는 소리는 누구에게도 하지 말아 주게."

너무 메마른 목으로 애원을 하는 바람에 김석황도 하는 수 없이 제법 점잖게 말했다.

"그야 내 입으로 이런 소문을 낼 리가 있나. 그러면 어쨌든 저녁에 기다릴 테니 어서 들어가게. 자네는 나랑 길이 달라서 이 모양새를 하면 큰일이 나지 않는가."

화숙은 오라버니가 애걸하는 모습이 가엾고 기가 막혔으나, 김석황이 아주 큰소리를 하고 있는 모습도 우습고 비열해 보였다.

김석황은 본래 구한국[12] 시대에 벼슬을 맡아서 돈을 모은 어느 부호 양반의 아들로, 돈이 많은 덕에 경영 곤란에 빠진 신문사를 사서 스스로 사장이 되었으나 방탕한 성격은 더욱 심해져서 오늘도 일전에 천여 원을 들여서 새로 머리를 얹힌[13] 어린 기생을 데리고 놀러 왔던 것이다.

그는 자기가 신문사 사장이라는, 사회에서 무조건 경의를 표하는 지위에 서 있는 것을 자랑해 왔다. 사장의 위세와 위풍은 사원들보다는 화려한 화류계에서 더한층 빛이

12) 구한국(舊韓國): 조선 고종 34년(1897년)에 새로 정한 우리나라의 국호. 1910년 국권 피탈로 멸망함. 대한 제국
13) 머리를 얹다: 남자가 어린 기생과 관계를 맺어 그 머리를 얹어 주다.

났다.

그러나 그에게는 일종의 의협심이 있었다. 그래서 눈치 빠른 사원들은 김 사장의 인정을 이용하여 때때로 분수 밖의 돈을 얻어다 쓰는 일이 있었고, 화류계에서는 김 사장을 일개 인사 상담소장으로 알고 있었다.

김석황은 화숙에게 보란 듯이 다시 어린 기생을 앞세우고 연못가로 돌아갔다. 김석황의 모습이 사라지자 화숙은 오빠에게 달려들며 말했다.

"오빠, 어떻게 하면 좋을까요."

"괜찮다. 김석황 씨는 내가 잘 아는 사람이야. 그러니 오늘 밤에 만나서 간곡히 말하면 소문이야 낼까."

"그렇게 친하세요?"

"응, 미국에서 한 일 년 같이 있었거든."

"그렇지만, 오빠. 저 사람이 저를 정말 미워하니 소문을 낼지도 몰라요."

"미워하다니?"

"저하고 같이 살자고 밤낮으로 졸라 대는 걸 거절했어요."

"그래, 그뿐이냐."

"네, 그뿐이에요. 저는 말만 기생이지 몸을 아무에게나 허락하지는 않았어요."

화숙은 피를 뱉어 내듯 힘 있게 대답했다.

"어쨌든 별 수가 있겠니. 어서 네가 먼저 들어가거라. 그리고 내가 무슨 기별을 할 동안 조용히 있어야 한다."

화숙은 먼저 돌아가고, 방 값을 치른 김용규는 나중에 여관으로 돌아왔다. 여관에 돌아오니 여러 사람이 그를 찾아왔었는지 하인이 대여섯 장의 명함을 건네주었다. 때는 벌써 한 시! 아직까지 식사를 하지 않은 용규는 자리로 가서 쓰러지며 목마른 소리로 말했다.

"얘야. 차나 한 잔 다오."

첫겨울, 슬퍼 보이는 석양은 낙엽이 날리는 조선호텔 뒤편에 가득 쌓였다. 말없이 서 있는 고색창연한 환구단14)의 추회에 젖는 가슴을 밝혀 주는 듯이…….

점심때는 벌써 지나고 저녁 시간은 아직 멀었는지라 넓은 호텔 안은 자는 듯 조용하다. 때때로 유희실에서 옥돌과 옥돌이 서로 부딪히는 소리가 경쾌하게 들릴 뿐이며 분수가 흩어져 수면에 다시 떨어지는 소리는 때가 때이니 만큼, 쓸쓸히 철창 속에 갇혀 자유를 그리는 원숭이 형제의 애수만 더해 주는 것 같았다.

김용규와 김석황 두 사람은 약속대로 다섯 시에 호텔에서 만났다. 날씨가 풀려 추위를 느끼지 못하는 두 사람은 노대15) 등나무 의자에 마주 앉아 사람을 피해 이야기를 나누었다.

14) 환구단(圜丘壇): 천자가 하늘과 땅에 제사를 드리던 단. 현재 서울 조선호텔 안에 일부가 남아 있음.
15) 노대(露臺): 이 층 이상의 양옥에서, 건물 벽면 바깥으로 돌출되어 난간이나 낮은 벽으로 둘러싸인 뜬 바닥이나 마루

"용규 군, 자네가 무슨 말을 할지 나는 이미 알아챘네. 루월이는 자네 친누이지? 자네가 미국 간 동안에 그 모양이 된 것이야."

용규는 또다시 가슴이 섬뜩했다. 석황이 알 길 없는데 너무나 당당하게 알아맞혔기 때문이다.

"어떻게 그리 잘 아는가?"

"그야, 그런 것도 몰라서 신문사를 운영이나 하겠나. 사회의 모든 일을 당사자보다 먼저 아는 것이 신문의 생명일세."

"그렇기도 하지만 신문의 또 한 가지 생명은 정의와 인도에 입각하여 불운한 사람, 복을 받지 못한 사람들을 성의 있게 구조하는 것 아니겠나."

"응, 알겠네. 내가 한 이천 원가량 내놓고 자네 일을 신문에 내지 않으면 정의로운 신문사 사장이 될 것이라는 말이구먼."

김석황의 말이 너무 술술 나와서 근엄한 신사 김용규의 말문은 점점 막혀만 갔다. 용규는 어떻게 자신의 사정을 설명해야 좋을지 몰랐다. 그 걱정 때문에 가슴이 조여들어 가는 것 같았다.

"여보게, 너무 그렇게만 말하지 말고 좀 신중히 생각해 주게. 자네 말대로 첫째, 악마의 손에 들어간 누이를 구원해야 하네. 그리고 둘째, 설마 그럴 리야 있겠네만, 아직이 비밀을 아는 사람은 자네와 자네가 데리고 나왔던 어

• 조선호텔

린 여자밖에 없으니 소문이 나지 않도록 신경을 써 줬으면 하네."

"그야 친구의 일을 그렇게 나쁘게 하겠나. 두 번째 청은 그렇다 쳐도 동생을 구원하는 일이 급한 것 아닌가."

"그렇지만 자네도 알다시피 내가 당장 어디 돈이 있나. 천오백 원은 있어야 한다니 그 돈을 무슨 수로 구하겠는 가."

"휴……. 참 딱한 일일세! 그러면 이렇게 하세. 내가 내일까지 현금으로 천오백 원을 만들어 놓지. 그 돈으로 어쨌든 동생을 빼내 오도록 하게."

용규는 그가 무조건 돈을 준다는 말에, 문득 화숙이 자신에게 한 말이 생각났다.

"그렇지만 아무리 친구의 돈이라도 명목이 있어야 빌려 쓰지 않겠는가."

"명목이라……. 글쎄, 무엇으로 할까. 용규 군. 그런 것이 아니라, 나는 루월이가 자네의 여동생인 줄은 모르고 전부터 매우 동경했네. 기생이라는 전과가 있는 이상, 아무리 화류계에서 벗어난들 다시 밝은 햇빛 아래에서 지낼수 있겠는가. 그래서 말이지, 청량리 같은 곳에 깨끗한 집이나 하나 얻어 세상에서 벗어나 한가한 삶이나 사는 것이 좋지 않겠나."

"여보게, 그건 둘째 문제일세. 내가 자네에게 돈을 빌려쓰는 명목을 물어보는 것인데, 물론 자네의 호의는 감사하지만 자선 사업이랑은 또 틀리니 말이지. 어쨌든 지금 내 힘으로는 매달 백 원씩밖에는 더 갚을 수가 없으니 그렇게 빌려주는 것이 어떤가."

"그런 식이 아닐세. 내가 고리대금업자도 아니고. 친구이기로서니 빌려주고 싶지는 않네. 루월이, 아니 화숙 씨의 평안을 위해 내가 천오백 원을 기증하겠단 말이네."

"그렇지만 내가 그 돈을 받아 쓴 뒤에 매달 백 원씩 갚으면 안 받지는 않을 것이잖나."

"그야 자네가 돈을 갚으러 오기 전에 자네 여동생은 내 별장에서 평화로운 삶을 살게 해 주면 좋지 않겠나. 내가 자네와 루월이, 아니 여동생과 남매간이었다는 사실을 비밀로 하는 것과 같은 의미로 나와 자네 여동생이 같이 산다는 것을 세상에 비밀로 해 주면 피차 좋은 게지."

여송연[16] 연기를 피우며 석황은 용규를 물끄러미 쳐다보았다. 용규는 기가 막힐 정도의 치욕을 느꼈다. 석황의 실실 웃는 낯짝이 '사탄'의 가면을 보는 것처럼 더럽고 가증스러웠다. 명예나 체면 같은 것을 생각할 여유가 없어진 용규는 자리에서 일어나며 말했다.

"이런 양심도, 체면도 모르는 사람 같으니! 나는 자네와 더 이상 이야기하지 않겠네!"

바람 부는 밤이다. 저녁 무렵 뿌리던 겨울비가 자정이 넘

16) 여송연(呂宋煙): 담뱃잎을 썰지 아니하고 통째로 돌돌 말아서 만든 담배

눈물에 젖는 사람들

어서야 겨우 그치더니 대지를 음습하는 매운 겨울바람이 불기 시작했다.

시간은 벌써 새벽 두 시. 추위에 떠는 것 같은 전등에 비치는 종로 네거리의 넓은 길에는 인적이 거의 없었다. 길가에 돌아다니던 파출소 순사들도 난로 앞으로 기어들어 가 버리니 거리에는 오직 바람을 무릅쓰고 뛰어다니는 취객과 기생을 실은 인력거만이 적막을 깰 뿐이다.

단성사[17] 앞 네거리에서 탑골공원 앞까지 한 청년이 외투 깃에 고개를 파묻고 벌써 십여 회나 오르락내리락하며 인력거만 지나가면 정신이 나는 듯 고개를 돌려 한참을 보다가 번번이 풀이 죽은 듯 다시 외투 깃에 고개를 파묻고 배회를 한다.

몇 시간이나 기다렸는지, 새벽 세 시나 되어서야 한 대의 인력거가 명월관 본점에서 나왔다. 인력거가 교동 벽문 네거리로 가려 할 때, 그 청년이 날아가는 듯 인력거 앞으로 달려가며 말했다.

"화숙 씨!"

인력거에 탄 미인도 인력거에서 즉시 뛰어내렸다.

"원, 이 추운데 또 기다리셨어요?"

"오늘은 퍽 늦었구려."

---

17) 우리나라 최초의 본격적인 상설 극장으로 현재 서울 종로구 묘동에 있었다. 1907년에 개관하여 판소리와 창극을 공연했으며, 1912년에 확장·개축한 이후 주로 영화관으로 사용되었으나 신파극도 공연했다. 6·25 전쟁 이후에는 영화 전용 극장으로 사용되기도 했다.

"예술가니 뭐니 하는 술주정꾼들만 모여서 노는 바람에 아주 어찌나 귀찮은지 죽을 뻔했어요. 그런데 오래 기다리셨어요?"

"글쎄, 한 두어 시간이나 될까."

"그러게 여관서 주무시면 내가 가다가 들르겠다고 했는데. 이 추운 날에 이게 무슨 짓이에요."

두 사람은 나란히 서서 우미관[18] 골목으로 들어갔다.

"그렇지만 드러누워 기다리기는 더 힘이 든다오."

"아이, 가엾어라."

화숙은 청년의 손을 꼭 쥐고 쳐다보았다.

"가엾은 줄은 아는구려."

청년도 역시 화숙의 손을 꼭 쥐었다. 이 청년은 화숙이 경성에서 처음 만난 첫사랑이다. 그의 이름은 이병선인데, 인기 있는 활동사진 배우로 올해 스물두 살의 잘생긴 남자였다. 이병선이 있는 촬영소에서 임시 여배우를 기생들 중 고르게 된 기회에, 이병선은 가장 먼저 화숙을 골랐다.

이것이 인연이 되어 어느덧 두 사람은 연인이 되고 만 것이다. 돈 없는 청년과 돈에 팔려 다니는 기생은 자유로운 사랑을 누릴 수 없는 것이 사실이었다. 그러나 이병선의 사랑에 대한 설교를 들은 뒤로 화숙은 돈이 있는 사람을 비천하게 보게 되었으며 병선 이외의 남성과는 밀접한 친

---

18) 1910년대 초 설립된 극장으로 단성사, 조선극장과 더불어 많은 이들이 찾는 곳이었다.

• 단성사
• 우미관

분을 맺지 않기로 작정했다.

그래서 화숙을 돈주머니로 아는 평양 마누라의 패악질은 날로 심해졌다. 때리고 욕하며 굶기고 달래 가며 돈 있는 남성에게 몸을 허락하라고 강박했으나, 화숙은 꿈쩍도 하지 않았다. 아니, 맞으면 맞을수록 사랑을 지켜야겠다는 마음은 더한층 굳어지기만 했다.

이런 바람에 병선은 화숙의 집을 찾아갈 수 없게 되었고, 화숙도 요릿집에서 인력거가 오기 전에는 대문 밖을 자유롭게 나서지 못하게 되었다. 두 사람은 자연스럽게 밤중이나 혹은 새벽에 화숙이 요릿집에서 놀고 집으로 돌아가는 시간을 잠시라도 이용하여 만나는 수밖에는 없었다.

병선의 여관은 관철동 우미관 뒤에 있다. 남의 집 대문간방을 빌려 들어간 것이었다. 아침은 활동사진 촬영소에 가서 여러 사람과 같이 먹고 지냈다. 그의 살림은 조선 영화계가 빈약한 만큼 궁색했다. 병선의 방문을 들어서며 화숙은 우선 시계를 보았다.

"오늘은 마음 푹 놓고 놀아요. 할 말도 있구요."

"몇 시간이나?"

"마침 일본 손님이 노는 방에서 초저녁에 먼저 놀았더니, 손님이 일본 기생에게 하던 습관이 있어서 추가금 조로 봉투에 돈 이 원 넣어 주었지요. 그래서 내 주머니에 있던 돈을 보태서 시간표를 두 시간이나 더 넣어서 받았으니, 새벽 다섯 시까지는 놀다 가도 괜찮아요."

"일본 손님만 날마다 불러 주었으면 좋겠군."

병선은 이불을 들고 아랫목으로 가서 앉았다. 화숙도 이불 속으로 따라 들어갔다.

"내 손 좀 녹여 주세요."

화숙은 두 손을 병선의 손바닥에 파묻었다.

"정말 꽁꽁 얼었구려. 자, 내 손은 아직 차가우니 내 외투 주머니에 손을 넣으시오. 그러면 금방 녹을 테니."

"싫어요. 외투를 입고 앉아 있으면 거북하지 않으세요? 자, 벗어요. 내가 걸어 드릴게요."

병선은 외투 자락을 급히 잡고 빙긋 웃었다.

"안 될 말이지. 외투 속에는 큰 비밀이 숨어 있거든."

"뭐라구요? 비밀? 좀 더 벗겨 볼걸."

젊은 두 남녀는 한참을 기쁘게 놀기 시작했다.

화숙은 병선의 외투를 벗기려고 달려들었다. 그러나 힘이 부족해 강제로 벗길 수는 없었다. 애를 쓰다 못해 그녀는 병선의 겨드랑이를 간지럽혔다. 병선이 간지럼을 몹시 타는 것을 그녀는 알고 있었다. 과연 병선은 웃으면서 쓰러졌고 가슴에 품었던 종이 봉지가 튀어나왔다. 비밀의 정체는 눈앞에 산산이 흩어졌으니 그것은 군밤이었다.

요릿집에서 일하는 기생은 몸가짐 때문에 굶는 일이 많았다. 그 사정을 잘 아는 병선은 오늘 저녁에도 군밤을 사서 행여 식을까 봐 가슴에다 감춰 두고 화숙의 입에다가 한 개씩 넣어 주려고 했던 것이다.

화숙은 반겨 흩어진 군밤을 줍더니 우선 한 개를 입에 넣었다. 맛있게 먹는 화숙의 두 볼과 입술을 바라보는 병선은 기쁘기도 하고 슬프기도 한, 형언하기 어려운 기분이 들었다.

"자, 당신도 한 개 드셔 보세요."

화숙이 군밤 한 개를 집어 권했다. 병선도 화숙의 옆으로 붙어 앉아 입을 딱 벌리고 받아먹는다.

"그런데, 병선 씨. 나는 군밤보다는 좀 더 큰 비밀을 하나 가지고 있어요."

"비밀은 무슨 비밀. 김석황이 편지나 한 장 가졌나보군."

"흥, 그딴 일만 알아요? 좀 더 중요한 일이에요. 저……. 왜 내가 늘 우리 오빠 한 분이 미국에 가 계시다고 했지요."

"그랬지."

"그런데 그 오빠가 돌아오셨어요."

"뭐? 언제!"

"이봐요, 놀라시면서."

"그야 뜻밖이니까 그렇지."

"왜 요새 신문에 미국에서 새로 돌아온 신학 박사 김용규 씨라고 늘 나오잖아요. 바로 그분이 우리 오빠랍니다. 그리고 오늘 아침에 겨우 서로 알고는 만났는데, 오빠는 한시라도 빨리 내 몸을 빼내 준다고 하셨어요."

병선은 그 순간 자신의 신변을 염려했다.

"당신이 자유롭게 되는 것은 좋소. 그렇지만 당신의 오라버니가 나와 당신 사이의 사랑을 이해해 주시겠소?"

"그건 차차 눈치를 봐 가면서 오빠에게 사정을 하면 되지 뭘 걱정을 하세요."

"글쎄……. 그럴까."

사실 화숙은 용규를 오빠라고 부르기는 하지만, 친밀한 마음은 아직 생기지 않는다. 십오 년 전, 얼굴도 익히기 전부터 볼 수 없게 된 오빠를 이제야 만났으니 믿는 마음은 태산 같으나 다정한 남매의 사랑은 아직 생기질 않았다.

그래서 오빠를 만났다는 기쁨도 크기는 하지만 그것보다도 자기의 몸을 자유롭게 해 준다는 소리가 한층 고마웠으며, 기생 노릇을 면하는 것보다는 병선과 마음 놓고 만나게 되는 것이 무엇보다도 기뻤던 것이다.

"오빠야 아무래도 평양 마누라 같겠어요. 비록 반대를 한 대도 다른 방도가 있겠지요."

"그래서야 쓰겠소. 아무쪼록 반대 없이 결혼을 하도록 해야지."

"자, 우리 그 이야기는 그만해요. 오늘은 어디서 활동사진을 찍으셨어요?"

화숙은 걸핏하면 울기 잘하는 병선이 혹시나 또 상심할까 봐 급히 화제를 돌렸다.

"청량리에 나가서 '로케이션19)'을 했는데 중간에 싸움

19) 로케이션(location): 촬영소 밖의 실제 경치를 배경으로 하는 촬영

이 나서 그만 뒤죽박죽이 되었다오."

"왜 또 그랬어요?"

"요새 새로 온 방옥경이라는 여배우가 있지 않소. 그 여자가 아무나 보고 사랑한다고 여기저기 헤프게 구는 통에 속을 못 차리는 자들 세 명이 서로 네 계집이니, 내 계집이니 싸웠다오. 기사 한 명은 눈퉁이도 몹시 부어오른걸."

"그거 재미있었겠네. 그래서 당신은 누구 편을 들었어요?"

"누구 편을 들겠소. 미친것들이 지랄하는 꼴을 구경 삼아 가만히 보고 있었지."

"아이, 졸려."

화숙은 이야기를 듣다가 하품을 하며 병선 앞에 쓰러졌다. 병선은 그런 그녀가 귀여워 못 견디겠는지 그녀의 몸을 얼싸안았다.

어느 틈에 시계가 여섯 시를 알렸다. 두 사람은 놀라서 일어났다.

"어머, 너무 늦었네."

"어서 갑시다. 춥겠소."

"괜찮아요. 그냥 주무세요. 혼자 갈게요."

"혼자 간다니. 인력거 탈 돈도 없는데. 내가 바래다주리다."

두 사람은 잠에서 덜 깬 눈을 비비며 거리로 나왔다. 겨우 녹은 두 사람의 몸에 새벽바람이 사정없이 몰아쳤다.

"아, 추워."

화숙은 몸을 떨며 병선의 품으로 안겨 든다.

"이러면 걸음이 안 걸어지는데."

"자, 그럼 서로 발을 맞춰야 해요."

화숙은 이렇게 말하며 병선의 품을 벗어나지 않는다. 이 때 제일 구석 골목에서 술주정꾼들이 떠들면서 나오는 소리가 들려 두 사람은 비로소 떨어져 나란히 걸어갔다. 그러나 손만은 놓지 않았다.

조선호텔에서 분한 마음으로 돌아온 용규는 한 장의 편지를 썼다. 미국에 있는 자기의 은사 브라운 박사에게 자신이 처한 사정과 자신의 일가족의 비참한 생애를 하소연한 것이다. 도무지 자신의 힘으로는 해결할 수 없는 이 답답한 운명을 헤쳐 나가는 데는 브라운 박사의 힘이 도움이 될 것이라고 믿었다. 브라운 박사의 답장을 기다려 어떻게든지 상황을 정하리라고 한 것이다.

김석황에게 비열한 담판, 일종의 위협을 겸한 담판을 듣기 전까지 용규의 가슴에는 여러 가지 희망도 있었다. 이 사람에게 의논을 해 볼까, 저 친구에게 청해 볼까, 하는 생각도 수없이 떠돌았으나 김석황에게 한 번 놀란 뒤로는 조선에서는 믿고 말할 사람이 없었다. 소위 사회의 명사니 지사니 하는 사람들은 모두 술과 계집에 눈이 먼 것 같고 남이 잘되는 것보다 잘 못되는 것에 더 큰 흥미를 가지고 있는 것 같다는 생각이 들었다.

그래서 세상에 일꾼이 한 명이라도 줄어들 때에 그것을 슬퍼하기보다는 비웃기를 우선시해서 경성 사교계, 경성의 큰 일꾼 사이에는 미국에서 보던 따뜻한 정의가 없어 보였다. 이것은 조선을 그르치는 큰 화근이요, 모두가 하나님 나라를 멀리한 데에 그 원인이 있는 것이라고 해석했다.

이것이 용규가 그리워 마지않던 조선에 돌아온 지 열흘이 못 되어 터득한 조선관(朝鮮觀)이었다. 물론 브라운 박사에게도 이와 같은 의사를 적어 보냈다. 그리고 누이와 누이 동무들의 타락한 영혼과 육체를 구하기 위해 자기는 어떠한 희생을 아끼지 않겠다는 결심을 보였다.

그가 하루 동안의 평화와 활동을 아침 기도에서 구하듯, 누이에 대한 고민을 브라운 박사에게 하소연함으로써 가슴에 실린 짐이 덜어지는 것 같았다. 반드시 한두 달만 참으면 고민을 해결할 위로와 회답이 올 것이라 믿었다. 그러면 그 한 달 동안은 어찌할까. 경성에 이대로 있으면 누이의 문제는 해결하지도 못한 채 자신은 이곳저곳으로 끌려 다녀야 할 것이다. 우선 일요 강화(日曜講話)를 맡은 예배당이 있으며, 조만간 출석하게 된 서울대학의 강좌가 있지 않은가.

'나는 누이가 기생 노릇을 하는 이상 설교도, 교수도 다 할 수 없소이다.' 이렇게 대답해 버릴까 생각 안 한 것도 아니었다. 그러나 그것은 너무 무서운 일이다. 그것은 너무 아까운 일이다. 김용규의 지금 처지, 지금 형편으로는 십오 년간 쌓아 온 공든 탑을 차마 하찮게 그런 식으로 무너뜨릴 수는 없었다.

아버지는 간도에 가서 세상을 떠나고, 누이는 기생이 되고, 소위 아내라는 사람은 거처불명이 되고, 어머니와 어린 남매는 아직도 간도 벌판에서 추위에 목숨을 걸고 있다. 이것이 모두 다 자신이 '신학 박사'라는 지위와 학식을 얻기 위하여 간접적으로나마 만들어 낸 희생이 아닌가.

이런 희생이 있었는데, 자기가 이제야 포기를 해 버리면 먼저 가족들이 희생한 의의가 없어져 버리는 것이다. 한순간 마음은 편할지 모르나 그러면 자신을 빛으로 믿고 있는 어머니와 동생들이 너무 가엾다. 그래서 어떻게 핑계를 대든지 누이가 기생 노릇에서 벗어날 동안만 어디에도 얼굴을 내놓지 않으면 그만이라고 생각했다. 그러나 이 결심을 세상이 지킬 수 있게 해 줄지는 의문이었다.

"손님이 오셨습니다."

하인이 명함을 들고 들어오면서 말했다. 손님은 김용규보다 먼저 돌아온 철학 박사 박홍식이다. 김용규보다 이삼 년 먼저 박사 학위를 받아서 경성에 돌아와 서울대학에서 강좌를 진행하고 있는 의지가 강하고 바른 소리를 잘하는 사람이다.

"들어오시라 하여라."

용규는 가장 신뢰하는 친구 박홍식도 그리 반갑지만은

않았다. 그는 필경 학교에 출석하라는 용무를 가지고 왔을 것이다. 미국에서 나올 때 태평양의 배 위에서 "귀하를 서울대학 교수로 추천합니다"라는 박홍식의 전보를 받았을 때야 그의 우정에 감사했으나, 지금 와서는 그것이 도리어 고민의 씨앗이 되었다. 그래서 브라운 박사의 회신이 올 때까지 무슨 핑계를 대고 연기해야 할지 용규의 가슴에는 새로운 근심이 생겨나게 되었다. 더욱이 그것이 거짓말을 동반한 핑계인 만큼 그에게는 더한층 쓰렸다.

용규는 즉시 홍식의 손을 잡아 응접실로 안내했다. 두 사람은 정의는 두터우나 예수를 신앙하는 태도는 전혀 달랐다. 용규는 오직 하나님의 길만 곱게 밟아 나아가는 데 참된 인생이 있는 줄 아는 참된 신자였으나, 홍식은 예수는 믿지만 예수교를 좀 더 정치적으로 활용하여 조선이 얻고자 하는 바를 빨리 얻을 수 있게 하자는 생각을 가진 사람이었다.

한번 홍식의 과격한 입이 열리면 형사가 뒤따르게 되어 고소당한 교인들은 몸서리를 치는 것이다. 그래서 홍식은 혈기 있는 기독 청년 사이에서는 인기가 높았다. 일요 설교에 박홍식 박사가 나온다 하면 대개 청년회는 만원이 된다. 그러나 찬송가 합창은 아주 엉망이 되고 마니 예수를 믿음으로써 오직 천당에 가는 길을 얻고자 하는 독실한 신자들의 출석은 줄어들었다.

박홍식의 얼굴에는 항상 긴장한 표정이 역력하고, 그의 두 눈은 대하는 사람들의 가슴을 찌를 것 같다. 그는 늘 비분한 웅변에 능해서 교단에 서도 강의를 하다가 눈물도 흘리고 주먹으로 책상을 내리쳐서 울분한 대학생들의 가슴을 울리는 일도 많았다.

언젠가는 미국인 교장에게 학생들을 너무 선동하지 말라는 충고도 들었고, 김석황이 경영하는 반도일일신문에 "조선 사람의 새로 살 길"이라는 글을 쓰다가 발매 금지, 게재 금지를 거듭 당한 일도 있었다. 그는 철학 박사지만 교단에서 학과 시간 이외에는 철학 이야기를 해 본 일이 없다.

"선생은 도무지 철학 이야기는 하시지를 않으시니 그것은 왜 그런 겁니까?"라고 묻는 사람이 있으면 그는 항상 웃으며 이렇게 말했다.

"철학? 철학이라니요. 철학이 뭐 별겁니까. 이천만 흰옷 입은 성령[20]을 깨우치고 구원하자는 것보다 더 큰 철학이 어디 있습니까."

그래서 박홍식은 예배당을 일종의 성인 교육장으로 보고 설교를 '국민을 영성하는[21] 강연'으로 치는 사람이다. 이런 일들로 인해 목사들과 논쟁을 하고, 늙은 신자들에게 배척당하기도 했다. 그러나 그는 항상 많은 청년 남녀

20) 여기서는 '조선 사람'을 뜻함.
21) 영성(英聖)하다: 학덕이 뛰어나고 사리에 밝다.

들이 자신에게 공감하는 것을 자랑으로 생각하고 유유히 예배당을 출입했다. 한창 유행하는 '부흥회[22]'라는 것을 맹렬하게 반대한 사람이 박홍식이다.

"예수를 믿는 이상 예수 앞에 속죄하는 것은 지당한 일입니다. 그러나 그것은 자기 혼자 마음의 문을 열고 양심의 입을 빌려 할 것이지, 증인이 모인 자리에 소위 목사라는 인간의 앞에서 인생의 죄악을 큰 목소리로 뉘우친다는 것은 너무 불합리한 일입니다."

그는 부흥회가 있는 자리마다 쫓아다니며 이렇게 부르 짖었다.

그는 이제 예수를 팔아 빵을 구하는 무리들에게는 기막 힌 이단자의 처지가 되었다. 그러나 누구 하나 박홍식을 바로 대하고 그의 주장에 대항하여 시비를 다투는 사람은 없었다. 그래서 박홍식이 예배당에 들어설 때 예배당 안은 삽시간에 긴장 속에 파묻히게 되어 설교하던 목사도 말을 더듬게 된다.

언젠가는 박홍식이 다니는 예배당에서 한 어린 교인이 기생으로 팔려 가서 조합으로 가무 공부를 하고 남는 시간에 예배를 보러 오는 것을 내쫓은 일이 있었다. 이때에 박홍식은 목소리를 높여 부르짖었다.

"여러분! 여러분은 그 가련한 소녀를 누구의 의사로 내

---

22) 부흥회(復興會): 교인들의 믿음을 보다 깊고 굳게 하며 회개하게 하려고 모이 는 예배 모임

쫓는 것입니까? 여러분이 내쫓은 그 의사가 곧 하나님의 자비로운 의사입니까? 그녀는 몸은 비록 악마의 구혈에 잠겼지만 아직도 예수를 사모하는 양심은 성결합니다. 마음은 천 번 만 번 더럽히고 외양만 독신자처럼 차리고 다니는 사람이 비일비재한 이때에 저런 소녀가 나타난 것은 하나님께서 우리의 양심과 신앙을 시험하시고자 하신 일입니다."

그는 이렇게 수백 명의 신도를 꾸짖다시피 야단을 쳐서 결국 그 소녀를 쫓아내는 일은 막았으나 소녀 스스로 다시 오지를 않은 일도 있어서 박홍식의 이름은 점점 높아만 갔다. 김용규도 박홍식과 자신의 의사가 서로 다른 것은 안다. 그러나 서로의 굳센 인격과 신앙을 믿었다. 그러므로 박홍식도 조선같이 침체한 예수교 사회에 용규 같은 사람이 돌아온 것을 마음껏 기뻐하여 그의 모든 일을 앞서서 주선한 것이다.

"김 군, 학교 일은 아주 잘되었네. 마침 신학부에 교수 자리가 나서 내일이라도 즉시 학교로 와 주어야 한다고 교장이 오히려 더 조급하게 굴고 있으니 얼마나 잘되었나."

이 말을 들은 김용규는 눈앞이 캄캄해졌다. 밤낮을 꿈꾸고 그리던 고향에 돌아와 영광스러운 하나님 나라의 일꾼을 길러 내는 자리에 나가게 된 행운을 스스로 물리치지 않으면 안 될 처지인 것이다.

"박 군, 자네의 호의와 우정은 깊이 감사하네. 그러나 나는 당분간 아무 곳에도 몸을 내세울 수는 없을 것 같네."

용규의 눈에는 눈물이 글썽거렸다. 홍식은 깜짝 놀랐다.

"그게 무슨 소리인가. 무슨 일이 생겼나?"

"일이 생겼다기보다는, 나의 양심이 이를 허락하지 않는 것일세. 어쨌든 한두 달 동안은 혼자 기도하는 시간이나 잘 지키려고 결심한 것이니 학교에는 자네가 다시 유예를 하도록 해 줄 수는 없겠나."

"그야 어떻게 할 수 없는 사정이면 두 달이 뭔가. 일 년이라도 유예 못 할 것은 없네만, 대관절 자네가 눈물을 흘려 가며 하는 말의 의미를 모르겠네."

"왜, 내가 미국에서 부모의 계신 곳을 모르겠다고 하지 않았나."

"그랬지. 철원에 갔다가 허탕을 친 적이 있었지."

"그래. 조선에 오자마자 철원에도 갔지만 소식을 몰랐다가 이제야 겨우 계신 곳을 알았네. 아버님은 이미 돌아가시고, 홀로 남은 어머님과 어린 동생들만 간도에서 고생을 하고 있으니 어떻게 미적거리겠나."

"그럼 간도를 갔다가 온단 말인가."

"그래. 간도에도 가야 하겠고……."

"간도에도 가고, 그리고 또 무슨 걱정이라도?"

용규는 거짓말을 못하는 병신이다. 하늘 아래 차마 양심이 부끄러워 거짓말을 하지 못하는 바보였다.

"홍식 군. 그보다도 경성에 큰일이 있네."

"경성에? 무슨 일인가?"

"내 누이가 나 없는 동안 기생이 되었네."

"뭐? 기생?"

"……"

홍식은 용규의 손을 잡으며 말했다.

"용규 군. 너무 번민을 할 일은 아닐세. 이렇게 울고 앉아 있을 동안 얼른 구원해 낼 일을 상의하는 것이 좋지 않겠나."

"그래서 나는 생각 끝에 브라운 선생에게 편지를 보냈네. 어떻게든 회신이 오기를 기다려서 행동을 정하려고 하네. 그동안 모든 사회적 관계를 미뤄 두고자 하는 것이네."

홍식은 팔짱을 끼고 고개를 한참 숙이고 있다. 용규도 홍식의 입에서 무슨 말이 떨어지기만 기다리며 고개를 숙인 채 있었다.

"그래, 자네 여동생이 기생 노릇을 하는 것은 아무도 모르나?"

"김석황이 알지."

"김 군이 안다……. 그건 좀 재미없는 일이군."

"그뿐만이 아니라 김 군과는 이 일로 말다툼까지 했다네."

용규는 조선호텔에서 있었던 일을 이야기했다. 홍식은 비분한 표정을 지으며 말했다.

"고얀 사람이군. 그 사람은 꼭 그따위 짓만 하다가 몸을 망칠 걸세. 그러나 자기도 양심이 있을 테고, 그래도 신사니까 설마 소문이야 내겠나. 그리고 이렇게 된 이상 여동생의 일을 먼저 해결한 뒤에 간도로 가는 것이 순서지. 여동생을 버려두고 간도로 가는 것은 여동생의 상황을 보면 애처로운 일이네. 그러니 브라운 선생의 회신도 기다리고 나도 다시 주선해 볼 복안이 있으니 어쨌든 여동생의 일은 아예 나에게 맡기고 학교에도 나가고, 예배당에도 나가는 것이 좋겠네."

"그게 차마 될 일인가."

"무슨 상관인가. 자네가 일부러 여동생을 기생 노릇을 시킨 것도 아니고, 십여 년 외국에 있다가 돌아오니 그 모양이 되었다고 하면 그것이 무슨 자네 책임이 되겠나. 그뿐만 아니라 지금 자네의 처지로는 한시바삐 취직이라도 해야 여동생을 구원해 낼 길이 열릴 형편이니 오히려 가만히 있을 수 없지 않은가."

"글쎄, 그럴까……."

"그럴까가 뭔가. 그렇게 하는 것이 나는 가장 온당한 일로 보이네. 여동생을 구하기 위해서, 또는 자네 자신을 위해서라도 말일세."

"그렇지만 어떻게 낯을 들고 여러 사람을 대하나."

"그건 쓸데없는 걱정일세. 우선 자네 양심에 물어보게나. 자네에게 지금 무슨 불순한 생각이 있나? 자네의 마음만 성결하다면 하나님은 항상 등 뒤에 강림해 주시네."

용규는 아무 말 없이 고개만 끄덕거렸다.

한참 요란스러운 식도원[23] 밤놀이도 자정이 지난 후에는 차차 조용해진다. 기생을 데리고 앞서거니 뒤서거니 걸어가는 사람, 현관에서 기생을 끼고 입을 맞추려다가 핀잔을 맞고 가는 사람, 한번 잡은 손을 차마 놓기 어려워 부르르 떨고 가는 사람, 한 사람 두 사람 어디서 어떻게 생긴 돈을 어떻게 되어 쓰러 왔는지……. 너나없이 기생의 웃음, 부드러운 손길에 마음은 취하고, 몸은 술에 잠겨 비틀거리고, 어디로인지 흩어져 가 버리고, 술에 취한 몇몇 패거리들이 띄엄띄엄 진을 치고 있을 뿐이다.

오늘은 이병선이 다니는 '태양키네마'에서 젊은 친구들이 모여 출출한 김에 짬을 내서 식도원으로 한잔 마시러 온 날이다. 기운 세고 유도를 할 줄 알아서 언제나 활동사진에서 악한으로 나오는 이삼득도 있고, 술만 마시면 아무나 보고 비웃고 놀려 번번이 싸움판을 만드는 우영진도 있고, 감독과 말썽을 잘 일으키는 카메라맨 유치영도 있다.

기생은 김루월을 비롯하여 김춘홍, 조산월, 남산옥, 황채선 등 활동사진계에 인연이 있는 기생들이 몰려서 너나없이 서로 껴안고서 뒹굴며 밤이 새는 줄도 모르고 권하거니 마시거니 하며 일대 수라장을 이루었다.

23) 1920년대 현재의 서울 명동에 있었던 요릿집

• 식도원

이 중에서도 이병선과 김루월의 사랑에는 일동이 경의를 표하여 취중이라도 될 수 있는 데까지는 두 사람이 조용히 마주 앉아서 이야기하는 기회를 깨지는 않았다. 사실 병선으로서는 루월과 제법 밝은 불빛 아래에서 친구들의 축복을 받아 가며 놀아 보는 것이 벌써 몇 달 만인지 모른다.

잠깐 화장실에 갔다 오겠다고 나간 루월이 이십 분이나 지나도 다시 돌아오지 않으니 이병선은 궁금해서 손뼉을 쳐 보이들을 불렀다.

"김루월이를 어서 들어오라 해라."

보이의 대답은 시원했으나 루월이 돌아오는 기색은 보이지 않는다. 이때, 이병선과 루월의 사랑에 감격해서 "너의 둘의 일이면 사람이라도 죽이마" 하며 뽐내듯 이삼득이 일어서며 말했다.

"가만있거라. 내가 찾아오지."

이삼득이 문을 열고 나서려 할 때에 태식이 뛰어나서며 말했다.

"이보게, 자네는 너무 취했으니 내가 나가 찾아오겠네."

"이 사람, 내가 취하긴 뭘 취해."

"아니, 그러면 안 취했나? 어쨌든 내가 가서 곧 찾아올 테니 좀 앉아 있게."

"그러면 꼭 찾아와야 한다."

이삼득은 그대로 주저앉으며 말했다.

꽤 바른 태식은 만일 루월이 다른 방에 잠깐 불려 들어 갔으면 삼득의 성미에 그대로 벼락이 날 것이라고 생각해 자신이 나선 것이다. 사무실에도 없고, 화장실에도 없고, 보이에게 모두 물어보아도 "글쎄, 어디 갔을까요"라며 불분명한 대답을 한다. 비로소 의심이 나서 뒤로 뚫린 복도로 가 아직 비어 있는 방에 귀를 기울이고 들으니 루월의 목소리가 들렸다.

"아무려니 어때요. 영감도 사람의 낯을 하셨거든 사람 같은 소리를 한마디라도 해 보세요."

"뭐? 어째? 저런 고약한 년이 있나. 이년아, 내 말 한마디면 네 오라비는 끝이다."

"그걸 말이라고 하세요? 비루한 수작은 좀 접어 두세요."

이 말이 끝나자 사람을 때리는 소리가 번개같이 지나가고 루월의 울음 섞인 말소리가 들렸다.

"아! 이놈이 사람 친다!"

태식은 그만 몸을 떨며 한걸음에 자기 방으로 뛰어 들어서며 말했다.

"여보게, 이 사람들. 루월이가 저 방에서 어떤 놈에게 맞고 있네."

"뭐야! 자, 어서 가자!"

모두는 맥주병, 사이다병을 들고 루월이 맞는 방으로 달려들었다. 보이들 일고여덟 명이 덤벼들어 말리기도 했으나 삼득과 병선이 선봉이 되어 닫힌 문을 발로 걷어찼다.

방에는 김석황과 그의 친구 두 사람과 기생 셋이 앉아 있었는데, 루월이 지금 한창 김석황과 엉켜 할퀴고, 뜯고, 때리고, 차고 있었다.

삼득은 무서운 발길질로 먼저 요리상을 찼다. 구자[24]가 보료[25]에 쏟아지고 초간장이 김석황의 얼굴에 가서 벼락을 치고 김치, 초고추장, 떡, 목기 그릇은 김석황을 뜯어말리는 사람들의 옷을 범벅이 되게 만들어 버렸다.

그다음 삼득은 깜짝 놀라 쳐다보는 김석황의 멱살을 잡더니 뺨을 쳤다.

"이 자식! 남의 기생을 왜 때리는데!"

"어이쿠!"

만취한 김석황은 그만 고개를 숙여 버렸다. 아마 그제야 모양새가 창피한 줄을 깨달은 모양이다. 삼득이 또 한번 때리려 할 때, 뒤에 서 있던 병선이 그의 팔을 잡으며 나직한 목소리로 말했다.

"이보게, 그만두게. 저 자식이 반도일일신문 사장일세. 그리고 뒤에 있는 녀석 중 한 놈은 상공은행 전무고, 다른 한 놈은 변호사일세."

"사장! 전무! 그거참 좋구나. 소위 사회의 명사라는 자

---

24) 구자(口子): 구리, 놋쇠 등으로 만든 굽 높은 대접에 여러 가지 음식을 담아서 끓이며 먹는 음식. '신선로'를 달리 이르는 말
25) 솜이나 짐승의 털로 속을 넣고 천으로 싼 후 곱게 꾸며 앉는 자리에 깔아 두는 두툼한 요

들이 이런 짓을 해야 옳단 말이냐!"

김석황의 손아귀를 벗어난 루월도 정신이 번쩍 들었다. 삼득의 폭행 뒤에 자신들의 신변에 미칠 후환이 두려웠다. 루월도 찢어진 치맛자락을 주섬주섬 거두며 말했다.

"삼득 씨, 그만두세요. 이게 웬일이에요."

삼득도 힘은 세지만 대담한 인간은 못 되어서 루월이 말리는 김에 슬그머니 주먹을 내려놓으며 말했다.

"요새는 가면을 쓰고 다니는 신사들의 꼴이 제일 틀려먹었소. 조선 청년들의 모범이 되어야 할 당신네들이 이게 될 일이요."

변호사 옥선진도 분한 생각보다는 창피한 생각이 먼저 들었다. 그리고 그의 양심도 김석황 무리의 난폭한 태도를 욕하고 있었다. 뺨을 맞고 나서 두 손으로 두 뺨을 가리고 묵묵히 서 있는 석황을 가리고 서며 그가 말했다.

"이보시오. 여러분 보시는 바와 같이 이 사람은 이렇게 정신도 못 차릴 정도로 취했으니 그만들 두고 돌아가시오."

이병선 역시 삼득을 밀치고 나서며 말했다.

"그럽시다. 취중에 일어난 일이니 피차 잊어버리기로 합시다."

병선은 루월을 앞세우고 여러 친구들의 등을 밀어 방을 나갔다. 맥주병을 들고 벼르고 갔던 혈기 있는 젊은이들은 분한 감정을 억제하지 못하고 복도로 나서며 만세를 불렀다.

"무산 계급 청년 만세!"

"돈만으로 사랑을 사려는 부르주아의 추태를 보아라!"

"가면을 쓴 명사에게 본때를 보여 준 영웅 만세!"

이들은 이렇게 외치며 삼득을 들어 헹가래를 쳤다. 삼득은 감격했다. 자신이 마치 개선장군이나 된 것처럼 기뻤다. 김 사장보다 자기가 훨씬 잘난 것 같기도 했다.

"자! 축배다, 축배!"

카메라맨이 먼저 자신의 방으로 들어가며 술을 찾았다. 일행은 서로 어깨를 끼고 방에서도 한바탕 뛰며 '데아부로26)' 노래도 부르고 '리리 렛트27)'의 노래도 불렀다. 그러나 매를 맞고 울던 루월만 자신의 오라버니에게 어떤 위해가 미칠까 겁이 나서 가슴을 졸이고 앉아 있었다.

"아! 우리의 여왕이시여! 한 잔의 축배를 드시지요!"

취해서 얼굴이 주홍빛으로 변한 태식이 맥주잔을 권했다.

"어휴, 가슴이 울렁거려 못 마시겠어요."

루월이 이렇게 말하자 조태식은 이미 취한 김에 벌떡 일어나며 외쳤다.

"제군! 우리 여왕님이 병이 들었다. 냉수 한 그릇을 드려라!"

---

26) 서구 고전 음반극 중 '악마' 또는 '마왕'을 뜻하는 〈디아블로(Diablo)〉로 추정된다. 서구 고전 음반에서 유일하게 원작을 확인할 수 없는 작품으로, 우리나라에서는 동명의 가극이 1926년 중앙기독교청년회관에서 열린 무도 대회에서 공연된 바 있다고 한다.
27) 문맥상 독일어로 '가곡'을 뜻하는 리트(Lied)로 추정된다.

이 말에 병선이 빙그레 웃었다.

"목이 마르시오?"

"그게 아니라 생각 좀 해 보세요. 가뜩이나 미친 사람처럼 날뛰는 김석황이를 개처럼 때려 놓고 왔으니 이 일을 어찌할까요."

"뭘 어쩐단 말이오. 신문에 욕밖에 더 쓰려고."

"우리 욕하는 것이야 상관없지만, 오빠 이야기를 쓰면 어찌해요."

이 말에 병선도 한층 재미있게 달아오른 취흥이 일시에 사라지는 것 같았다. 승자의 비애가 가슴에 숨어들었다. 두뇌로 다투든지, 힘으로 다투든지, 조선을 생각하는 마음으로 다투든지, 정의의 길을 밟는 정도로 다투든지 자기보다 김석황이 나을 것이 없을 것 같았다.

그러나 그는 돈이 있다. 지위가 있고, 사회의 여론을 좌지우지하는 신문 기관을 주재하고 있다. 그의 권세는 도저히 일개 병선으로서는 당할 재간이 없으며, 더욱 지금에 와서는 자신이 사랑하는 루월의 오라버니 명예를 더럽히거나 그렇게 하지 않을 열쇠를 가지고 비겁하게 덤비니, 도저히 그를 거스를 수 없었다.

병선은 역시 고개를 숙이고 병든 여왕과 같은 비탄에 잠기게 되었다.

"에이, 망할 놈의 세상! 정의도 없고 양심도 없냐!"

침을 뱉듯 부르짖는 병선의 눈에는 비분한 눈물이 글썽

거렸다.

누더기를 입은 미인이 얼굴을 들지 못하고 거리를 지나가
듯, 용규는 내키지 않는 걸음으로 학교로 갔다. 서울대학
에서 신학 강좌를 맞게 된 첫날이다. 박홍식이 거의 강제
로 주저하는 용규를 끌고 학교로 간 것이다.

송림 속에 솟아 있는 서울대학은 예수교에서 미국 돈을
끌어다가 경영하는 만큼 규모가 컸다. 대강당에서 아침
기도를 드리기 위해 학생 일동은 모두 모였다. 이 기회에
박홍식은 학생들에게 김용규를 소개했다. 얼굴이 붉어진
김용규를 억지로 쿡쿡 찔러 교단으로 올려 세운 후 박홍
식도 따라 올라가서 말했다.

"제군. 오늘 우리는 서울대학을 위해, 그리고 학생 제군
을 위해 인격이 고결하고 학식이 풍부한 독실한 신자 김용
규 박사를 맞이하게 된 것은 참으로 기쁜 일이라 하겠습
니다. 김 박사는 일찍이 조선 예수교 사업에 많은 공헌을
남기고 미국으로 가신 브라운 박사가 가장 사랑하시는 수
제자로, 십오 년 동안 미국에서 하나님 나라의 큰 역군 노
릇을 하시다가 이번에 고향으로 돌아오시게 된 것을 먼저
서울대학의 행운으로 생각하는 바입니다. 앞으로 선생의
가르침을 받는 제군은 반드시 오늘 내가 이 자리에서 한
말이 과한 말이 아님을 알게 될 것입니다."

말을 마치고 박홍식은 교단에서 내려왔다. 김용규는 하

는 수 없다는 듯 탁자 한복판으로 걸어갔다. 학생석에서는 우렁찬 박수 소리가 들려왔다.

"여러분! 나는 지금 박흥식 씨가 분에 넘치는 소개를 해주신 김용규입니다. 고국을 떠난 지 십오 년 만에 돌아오니 말할 수 없이 감개무량합니다. 오직 이전만큼, 혹은 이전만 못하든 우리가 지키고 우리가 북돋지 않으면 안 될 이 영, 이 사람들이니 우리는 무엇보다도 먼저 서로 사이가 좋아야 합니다. 서로 붙잡아 주어야 합니다. 서로 사랑해야 할 것입니다. 이것은 예수를 믿는 우리로서 항상 들어 왔고, 항상 옳기는 말이지만, 그것을 몸소 행하는 데는 어려움이 있습니다.

저는 조선에 와서 우리가 존경하던 이상재[28] 선생의 사회장에 대하여 비난하는 분들을 많이 만났습니다. 물론 그것이 일부 인사의 의견이겠으나 그래도 조선을 위하여 몸을 바치겠다는 분들의 입에서 그와 같은 소리가 나올 때, 저는 이상재 선생의 일을 슬퍼하는 것보다는 그만큼 조선의 마음이 거칠어진 것을 알았습니다.

물론 이상재 선생이 생전에 행하신 일에 대해서는 각각 다른 견해도 있겠지요. 그러나 저는 십삼도 조선 사람의 마음이 그만큼 눈물겨운 가운데 가장 엄숙하게, 가장 아

28) 이상재(李商在): 정치가 · 종교가(1850~1927). 서재필과 독립 협회를 조직하여 민중 계몽에 힘썼다. 3 · 1 운동 후 조선일보 사장을 거쳐 1906년에 기독교 청년회장이 되었다. 1927년에 신간회 초대 회장에 추대되었다.

눈물에 젖는 사람들　　　　　　　　　　　　　　83

름답게 그야말로 너나없이 서로 같은 슬픔에 혼연일치되어야 공정한 사회장을 집행했다는 그 역사적 사실에 무조건 경의를 표해도 좋을 것이라 생각합니다.

외람된 말일지 모르겠으나 조선에는 사회의 목표가 될 만한 위인이 없습니다. 그리하여 조선 사람의 마음은 거의 다 흩어져 악마와 같이 어지럽습니다. 이 같은 때에 이상재 선생의 사회장은, 사회장 그 자체보다도 같은 목적 아래에 십삼도의 뜻있는 동포가 함께 모여 조그마한 트집도 없이 단합되어 큰일 한 가지를 치러 냈다는 것이 얼마나 대견한 일인지 모를 것입니다.

제가 이 이야기를 한 이유가 있습니다. 만일 여러분이 저로 하여금 앞길을 지도할 수 있는 기회를 준다면, 무엇보다도 전 조선의 흰옷 입은 민중 모두가 하나님 앞에 혼연일치된 감정으로 무릎 꿇어 영광스러운 햇빛을 기다리자는 모토를 가지고 나아가기를 권할 작정이기 때문입니다.

여러분! 나는 아직 조선의 사정을 자세히 알지 못합니다. 그러나 아직 조선은 어립니다. 그래서 이 어린 조선을 기르려면 항상 온 집안이 화목해야 자양분도 충분히 주고, 고운 옷도 갈아입히기 쉬울 것입니다.

그러므로 동무의 앞길을 가로막는 자, 양심의 광명을 흐리게 하는 자, 조선이라는 큰 욕망을 이루려는 길에서 자신을 내세우고자 하는 자를 우리는 힘써 물리치고 타이르지 않으면 안 될 것입니다.

저는 조선에 온 지 얼마 안 되어 가면을 쓴 신사를 많이 보았습니다. 양심을 잃고 뛰노는 사회의 명사도 보았습니다. 일동무를 위해 비웃음을 줄 뿐 안타까운 동정을 베푸는 사람을 별로 본 적이 없습니다.

내가 믿고 바라는 여러분! 우리 잠깐 눈을 감읍시다. 그리고 우리의 앞길을 내다봅시다. 우리는 오직 하나님의 가르침 위에 서서 혼연히 단합하여 양심과 정의의 길을 향해 건전한 걸음을 걷지 않으면 파멸에 이르게 될 것입니다. 이런 의미에서 이 김용규는 여러분에게 좋은 학문을 가르쳐 드리지는 못하나마, 어지럽고 더럽힌 사회의 양심을 혁명하는 일꾼을 기르는 것에는 피를 뿌려서라도 신명을 바칠 작정입니다!"

용규의 말은 어지간히도 길었다. 그러나 그의 말에는 통렬한 느낌이 있고, 그의 얼굴에 나타난 가슴이 터지는 듯한 표정으로 인해 학생들은 손에 땀이 날 정도로 긴장했다.

교단에서 내려온 용규의 등에는 땀이 배었다. 그가 조선에 돌아와 여러 가지로 가슴에 서려 있던 감정의 한 끝을 이 자리에서 비로소 풀어놓았던 것이다. 박홍식과 다른 교사들이 차례로 악수를 청했다.

"참 동감이올시다."

그중에 영문학을 가르치는 문 선생이 손을 한 번 더 굳게 쥐며 말했다.

이렇게 김용규의 취임 첫날 인사는 무사히 지나갔다. 먼저 신학을 가르치던 선생의 교안도 찾아보고, 자신이 쓸 신학부 도서실도 돌아보는 동안에 오전이 지나갔다. 마침 수업을 마친 박홍식이 용규의 방으로 찾아왔다.

"김 군! 자네의 연설을 교장이 통역을 해 달라는 통에 참으로 혼이 났네. 대관절 웅변이 길긴 한데 참 좋았다네."

김용규는 박홍식이 사람들을 놀리지 않는 사람이라는 걸 알고 있다. 그러나 용규는 일부러 말했다.

"자네도 조롱할 줄 아는군. 이제 내 시간은 어떻게 되나?"

"자네 시간이라. 당장이야 되겠나. 새로 교안도 꾸며야 할 테니 오는 월요일부터 수업을 하게. 내가 이따가 교무주임에게 그렇게 말을 하지."

"월요일. 그러면 나흘 남았군."

"자, 이제 그만 식당으로 가세. 학교 뒤뜰 구경도 하고."

두 사람은 학교 현관을 나서 송림으로 둘러싸인 뒤뜰로 향했다. 테니스를 치는 학생, 책을 읽는 학생, 십여 명이나 모여 뭔가 토론을 하는 학생들. 운동장의 오후는 한창 번잡했다.

용규는 학생들 중 혹시 자신의 누이를 아는 사람도 있겠지, 라고 생각했다. 아니, 다만 알기만 하는 것이 아니라 밀접한 친분을 가지고 있는 사람이 있을지도 모른다고 생각했다. 교육자의 신분과 태도는 끝까지 고결해야 한다. 그런데 자신의 그림자에는 기생 누이가 따라다닌다.

문득 이 생각이 들자 이제껏 머리에 그리던 서울대학 교수의 꿈이며, 새 조선을 지어 내리라는 이상도 일개 환상으로 사라졌다. 눈앞의 현실과 저주받은 운명이 가로막고 있을 뿐이었다. 박홍식은 학생들이 놀고 있는 마당 오른쪽에 있는 사잇길로 들어가며 말했다.

"김 군, 자네 어젯밤에 무슨 일이 있었는지 아나?"

김용규는 깜짝 놀랐다.

"무슨 일이 있었나?"

"참 기가 막히네. 김석황인지 뭔지 하는 작자가 식도원에서 자네 여동생에게 욕을 먹고 얻어맞기까지 했다는군."

용규는 청천벽력보다 더 놀라서 물었다.

"그래서 어떻게 되었나?"

"한참 싸우다가 그만두기는 했다는데, 이자가 분해서 오늘 아침에 나를 찾아왔네. 김용규의 누이 년이 기생 노릇을 하면서도 방자스럽게 욕설까지 하는 이상 분해서 참을 수 없으니 무슨 방법으로든 조치를 취해야겠다고 하는군.

그래서 하도 황황히[29] 굴기에 조치를 취하면 무슨 소득이 있느냐고 물었더니 화를 내면서 기생 년에게 모욕을 당한 이상 분풀이를 하고 싶은 것이지 소득이 어디 있느냐며 내게 분풀이를 의논하더군. 나는 생각하다 하는 수 없이 어쨌든 분풀이는 해 줄 테니 며칠 동안 내게 맡겨 달라고 간신히 달래서 보냈네."

29) 황황(遑遑)히: 갈팡질팡 어쩔 줄 모를 정도로 급하게

"그래, 이 일을 어찌하면 좋겠는가."

"글쎄. 김석황의 심술도 여간 대단하지 않은가. 만약 자네에게 누가 해코지를 하면 그야말로 큰일이 아니겠나. 석황이도 자네의 누이라는 점을 생각해서 나에게까지 찾아온 모양이니 어쨌든 김석황의 노여움부터 풀도록 하는 것이 좋을 것 같네."

용규는 정신이 아득해져 아무런 생각도 나지 않았다. 운동장에서 떠드는 학생들의 목소리가 마치 자신을 비웃는 웃음소리 같았다. 조선이라는 큰 힘이 자기 하나를 구렁텅이로 몰아넣으려고 김석황이라는 인물도 만들어 내고, 김루월이라는 기생도 만들어 낸 것 같아 마음이 아팠다.

"어찌하면 좋겠나."

"글쎄, 별수 있나. 자네가 자네 여동생을 달래서 김석황이에게 사과를 하도록 해야지."

"이보게, 내가 어떻게 그런 일을 시키겠나."

"그러면 어찌한단 말인가."

"내가 빌면 안 될까."

"자네도 조선호텔에서 싸우지 않았나."

"그럼 도대체 어떻게 하면 좋겠나."

용규는 거의 울 것 같았다.

"별수 없군. 내가 자네 여동생을 찾아가 김석황이에게 빌도록 타이르겠네."

"……."

김용규는 아무 말도 할 수 없었다. 진흙 구렁텅이에 파묻혀 벗어날 길이 없는 벌레의 신세가 된 것 같았다.

박홍식은 다방골 골목으로 들어서서 십오 번지 루월의 집을 찾느라 애를 먹었다. 때가 늦으면 다른 손님들이 놀러올까 하여 아침 여덟 시나 되어 찾아갔다. 막다른 골목 안에 있는 일각 대문[30] 사랑채집인데, 문패에는 알 수 없는 이름이 붙어 있었다.

분명히 용규에게 십오 번지라는 소리는 들었으나 굳게 닫힌 문을 열 용기가 나지는 못했다. 한참 동안 대문 앞에서 머뭇거리는 중에 대문이 열렸다. 어떤 청년 한 명이 외투로 얼굴을 가리고 나가자 자릿저고리[31] 위에 흐트러진 머리를 한 손으로 걷어 올리며 한 미인이 나타났다.

노란 저고리에 보라색 단속곳[32]. 그것은 꼬깃꼬깃 구겨지고 머리카락 사이로 보이는 얼굴빛은 헬쑥하여 마치 「햄릿」에 나오는 '오필리아[33]'의 광기를 연상케 했다.

가녀리고 작은 미인이다. 가냘픈 허리에는 기운이 없어 보이고, 냉랭한 아침 바람은 애처롭게도 미인의 입술을 떨

30) 일각 대문(一角大門): 대문간이 따로 없이 양쪽에 기둥을 하나씩 세워서 문짝을 단 대문
31) 잠잘 때 입는 저고리
32) 단(單)속곳: 여자 속옷의 하나. 양 가랑이가 넓고 밑이 막혀 있는데, 흔히 속바지 위에 덧입고 그 위에 치마를 입는다.
33) 오필리아(Ophelia): 셰익스피어의 비극 「햄릿」의 등장인물. 아버지 폴로니어스가 햄릿의 손에 죽었다는 사실을 알고는 실성해 죽는다.

게 한다. 저고리 소매에서 하얀 팔이 쑥 나오더니 그 청년의 손목을 잡는다.

"우리 악수해요. 그러면 저녁때 꼭 오세요."

청년은 저쪽에서 홍식이 보고 있는 것을 알았는지 고개만 끄덕거리고 골목 모퉁이로 돌아가 버렸다. 박홍식은 기묘한 남녀 이별의 한 장면을 보고 있었다. 아니, 차마 바로 대할 수가 없어서 돌아서서 빙빙 돌고만 있었다.

청년을 보내고 돌아서면서 그 미인도 홍식을 발견했다. 막다른 골목 안에서 빙빙 도는 젊은 신사를 이상하게 바라보았다. 만약 그때 그 미인이 홍식을 모른 체하고 그냥 들어가 버렸다면 홍식은 말도 못 걸어 보고 그냥 돌아왔을지도 몰랐다.

홍식은 그 미인이 루월과 함께 지내는 매홍인 것을 직감하였다.

"이보시오, 김루월 집이 여기입니까?"

매홍은 홍식이 부끄러워할 정도로 그를 빤히 쳐다보면서 말했다.

"네, 맞아요. 어디서 오셨지요?"

"아, 급히 상의할 일이 있어서 왔는데, 좀 만나게 해 주시지요."

"누구신데요?"

"아, 저, 만나면 알 겁니다."

"그럼 잠깐 기다려 주세요."

매홍은 루월에게 미쳐서 쫓아다니는 정신 나간 탕자가 또 하나 새로 늘었다는 듯 고개를 흔들며 안으로 들어갔다. 한참 만에 안에서 말소리가 들렸다.

"들어오세요."

매홍은 마루 끝에 서 있었다.

"루월이는 지금 몸이 편치 않아서 누워 있어요. 무슨 말인지 제게 하세요."

"아닙니다. 잠깐 간단하게 만나면 되니 문제가 없으면……."

"알았어요. 비밀이라는 거지요? 그러면 저 문으로 들어가세요."

홍식은 이상한 세계에 발을 들여놓듯 미닫이문을 열었다. 의복에서 나는 향수 냄새, 책상 위의 유자와 무화과 내음, 담배 연기, 살냄새가 서로 어우러져 막 들어간 홍식의 몸을 감쌌다.

이런 냄새에 익숙하지 못한 홍식은 아마 이 냄새가 기생 냄새일 것이라고 생각했다.

루월은 정말로 넥타이로 머리를 동여매고 비단 이불 속에 누워 있다가 홍식이 들어오는 소리를 듣고 이불을 덮은 채 앉으며 홍식을 바라보았다.

"어머, 박 선생님 오셨어요."

루월은 깜짝 놀라 말했다. 그도 그럴 것이 요릿집에서도 점잖은 연회에서나 만났고, 기생과는 별로 말도 하지 않던 박홍식이 자기를 찾아왔으니 놀라지 않을 수가 없었다.

"어디가 아프시오?"

"몸살이 난 것 같아요."

"저런. 팔은 왜 그렇소?"

루월은 붕대로 감은 오른팔을 왼손으로 만졌다.

"다쳤어요."

"김석황이에게 맞은 것이구려."

"그건 어떻게 아세요?"

"다 알고 왔소이다."

홍식은 자기와 용규와의 사이가 형제같이 두터운 것과 석황이 자기를 찾아와서 벼른 이야기를 했다.

"자, 그러니 어쨌든 당신이 한 번은 석황 군에게 사과를 해야겠소."

루월은 저고리 고름으로 눈물을 닦았다.

"오빠를 위해서야 무슨 짓이라도 하겠습니다만, 저는 지금 석황 씨에게 맞고 채인 곳이 결리고 아프니 꼼짝도 못하겠습니다."

아픔과 애달픔에 흐느껴 우는 루월의 모습을 보고 있는 홍식은 눈을 감았다. 차마 바로 대할 수도 없고, 그렇다고 뭐라 위로를 해야 좋을지 몰랐기 때문이다.

홍식은 한참 만에 고개를 무겁게 들었다.

"그거 큰일입니다. 의사는 만나 보았습니까?"

"네, 어제 식도원에서 오다가 잠깐 병원에 들렀는데, 의사도 긴 시간 조심하라고 했어요."

"상처는 팔뿐이지요?"

"네, 그래도 여러 곳이 결려요."

홍식은 다시 생각했다. 아무리 염치를 모르는 김석황이지만 한 여성이 몸을 움직이지도 못하게 된 것을 보고 나서야 다시 무슨 혐의를 남기겠는가.

지금은 어쨌든 루월로 하여금 한시라도 바삐 기생 노릇을 면하게 하는 것이 모든 화근을 끝내는 방법이 될 것이라 생각했다.

"당신을 한 달 정도 기생 노릇을 쉬게 하려면 돈이 얼마나 들겠소?"

"그야 어머니에게 여쭤보아야 알지요."

홍식은 낮은 목소리로 말했다.

"그러면 물어봅시다. 오빠가 돌아와서 찾는다는 말은 아직 하지 말고 몸조리를 위해 온천에 다녀오겠다고 하시오."

"네, 그럼 어머님을 들어오라고 할게요."

루월은 목소리를 높여 어머니를 불렀다. 홍식은 기생 어머니란 악마같이 무서운 존재로 생각했다. 그래서 일종의 공포를 느낀 것이다. 무서워할 이유는 없지만 어쩐지 몸을 다시 사리게 되고 몸도 긴장이 되었다.

생각보다는 훨씬 사람스럽게 생긴 평양 마누라가 들어왔다. 우선 홍식을 위아래로 훑어보더니, 루월의 앞으로

가 앉는다.

"방이 덥니?"

평양 마누라는 다정스럽게 루월의 이마에 손을 얹어 본다. 홍식은 소문보다 인정이 있는 사람이라 놀랐지만, 루월은 속으로 '이놈의 할망구가 또 손님 앞이라고 일부러 다정한 척하는구나'라고 생각했다.

"왜 불렀니?"

"저, 이 손님께서 여쭤볼 말씀이 있다고 하셔서요."

"아이고, 이 추위에 어려운 발걸음 하셨습니다."

평양 마누라는 이제야 홍식의 존재를 알아차린 듯 호들갑을 떨며 호의를 보인다.

"네, 저 다른 것이 아니라 루월이가 내 친구와 말다툼이 나서 몸이 저리 몹시 상했는데, 차마 그대로 볼 수가 없군요. 그래서 한 달 동안은 어디 온천이라도 보내서 요양을 좀 시키기 위해 상의를 하려고 오시라 했습니다."

"아이고, 참. 인정도 많으시지. 그런 무지한 양반이 또 어디 있습니까. 사장 영감은 저도 친합니다. 아무리 기생이 말을 잘 안 듣기로, 몸뚱이로 벌어먹는 애를 저 모양으로 만드는 법이 어디 있습니까."

평양 마누라는 홍식을 김석황의 심부름을 온 사람이라고 짐작했다. 그래서 김석황에게 잔뜩 책임을 지우지 않으면 돈이 적게 생길 것 같다는 생각이 든 것이다. 그러나 루월은 평양 마누라의 뱃속을 훤히 들여다보았다. 이대로 담판을 지으면 돈도 김석황이 내는 줄 알고 많이 달라고 할 것 같았다.

"어머니, 이 손님도 김석황 씨와 싸움을 하시고 오시는 길이래요. 어린 기생을 때렸다고 싸움을 하시다가 그러면 자신이라도 가서 병을 고쳐 주겠다고 홧김에 오셨대요."

홍식은 그제야 두 사람의 말 속에 어떤 의미가 있는지 알았다. 그리고 거짓말이라는 '죄악'이 얼마나 인생에 큰 영향을 주는가, 탄복했다.

"아, 그래. 정말 너무 죄송합니다. 이렇게까지 미천한 어린것을 사랑하시니, 그리고 고맙게 해 주시는데 투정이야 하겠습니까. 한 삼백 원만 두고 가시지요."

홍식과 루월은 서로 눈치를 살폈다. 홍식은 정직하다. 이런 돈은 깎는 것이 일종의 인생에 대한 모욕이라 생각했다.

"좋습니다. 그러면 삼백 원을 드리지요. 지금은 돈이 없으니 이따가 바로 돈을 가지고 오겠습니다."

이렇게 루월은 한 달 동안 술과 노래와 수욕(獸慾)[34]에서 벗어나 무지한 탕자들의 눈앞을 떠나게 되었다.

병선 씨.

저는 지금 부산 동래 온천으로 향합니다.

물론 찾아뵙고 싶었지만, 오라버님께서 정거장까지 나오셔서 기차를 태워 주시는 바람에 몸을 뺄 길이 없어 하는

---

34) 짐승과 같은 음란한 성적 욕망

수 없이 정거장에서 몇 자 적습니다.

어젯밤 김석황에게 맞은 자리가 몹시 아파서 한 달 동안 몸을 추스르러 가게 된 것입니다. 같이 가는 분은 서울대학 박홍식 씨의 누이 되시는 박은주 씨입니다. 동래에 도착하는 대로 곧 편지 드릴게요. 그러면 한 달 동안 안녕히 계세요.

－정거장에서, 김화숙

밤이 늦도록 술을 마시고 돌아온 병선의 눈에는 책상에 놓여 있는 엽서가 반가웠다. 해가 진 후, 즉시 조합으로 가서 루월이 간 곳을 물어보았다. 조합에서는 '한 달 동안 휴업했다'고 대답이 왔다. 답답한 마음에 자신은 차마 못 가고 친구를 앞세워 루월의 집에 들어가 물어보았다.

"손님하고 온천에 놀러갔어요."

이런 대답을 듣고 나니 그만 루월을 믿고 그리던 마음이 풍전등화[35]처럼 떨어져 나가는 것 같았다.

'루월이가 마음이 변했구나. 마음이 변한 것은 아니지만 하는 수 없이 끌려갔나. 그렇기로 한마디 말도 없이 그럴 수 있나.'

병선의 머리는 심순애를 잃은 이수일같이 혼란스러웠다. 그는 그래서 루월을 원망하며 한 잔, 가엾게 여기며 한

---

35) 풍전등화(風前燈火): 바람 앞의 등불이라는 뜻으로 사물이 매우 위태로운 처지에 놓여 있음을 비유적으로 이르는 말

잔, 잊을 수 없으니 한 잔씩 술을 마시는 동안 밤이 깊어 새벽이나 되어서 쓸쓸한 자신의 방으로 돌아온 것이다.

그러나 루월은 여전히 자신만의 사랑이었다. 그녀에게 다정한 편지가 먼저 와서 기다리고 있지 않은가. 병선은 기쁜 마음에 혼자 웃었다. 이때까지 루월을 부족하게 생각했던 자신의 태도가 미워지기 시작했다.

"아! 내가 못났구나. 화숙이를 의심하는 것은 나의 결함이야."

병선은 취한 기운에서도 한편으로 기쁨이 다가와 그만 만사를 제쳐 두고 자리에 쓰러져 버렸다. 그러나 그는 여전히 쓸쓸했다. 비록 루월의 마음을 믿으며, 그녀가 자신의 오라버니의 사랑에 쌓여 여자 동행과 같이 온천으로 간 것은 알게 되었지만, 어쨌든 사랑하는 이가 천 리 밖으로 멀리 간 것을 알게 되니 그는 갑자기 공허와 적적함을 느끼게 된 것이다.

이불 위에 몸을 내던지다시피 쓰러져 있는 병선은 몸을 뒤척거리며 생각했다.

'좋아, 나도 가지.'

이렇게 생각은 했지만 시간도 없고, 돈도 없는 그에게는 동래까지 루월을 찾아가는 것이 여간 큰 모험이 아닐 수 없었다.

돈……. 주머니에 남은 것이라고는 단지 십 전밖에 없다. 더욱이 이틀 후에는 활동사진을 찍게 되지 않는가. 활동사진이야 하루 이틀 걸러도 큰 낭패는 없다. 그러나 첫째 문제가 돈이다. 그는 빈곤에 젖은 사람이라 돈이 귀해지면 우선 전당거리를 찾게 된다.

벽을 둘러보았다. 벽에는 단거리 외투가 걸려 있다. 그 옆으로 때 묻은 속옷, 조선 두루마기가 있을 뿐이다.

"저것 가지고 되나. 이십 원은 가져야 할 텐데."

병선은 들었던 고개를 다시 베개에 파묻었다.

"그렇지, 카메라 기사 유치영에게 금시계가 있지."

그는 눈이 반짝였다. 같은 키네마 촬영기사로 있는 유치영이 유일한 재산으로 금시계를 차고 다니는 것이 생각난 것이다. 기생과 관련한 관계를 믿지 않고 지내는 유치영에게는 시계를 전당국[36]에 보낼 만한 일이 없었다.

목각시계를 보니 새벽 세 시다. 그는 벌떡 일어났다.

"지금이라도 가서 떼를 써야겠다."

그는 유치영이 자신의 청을 거절하지 않을 것이라 믿는 모양이다.

병선은 관철동에서 안국동 유치영의 여관까지 한걸음에 뛰어갔다. 들창을 두들겨 들어가는 대로 시계를 빌려 달라는 말을 했다.

"여보게, 루월이가 동래로 갔다는군. 여비가 있어야 쫓아가는데, 미안하지만 사람 살리는 셈 치고 그 시계를 좀

36) 전당국(典當局): 물건을 잡고 돈을 빌려주어 이익을 취하는 곳.

98

빌리세.”

병선은 애원을 했다.

자던 눈을 비비며 유치영이 입맛을 다셨다.

“금시계 하나 찼다고 부르주아니, 고급인간이니 하며 배들을 앓더니 결국 자네가 그리 되는군.”

유치영은 이렇게 말하며 별로 아깝지 않다는 듯 시계를 건네주었다. 병선은 그의 우정에 감격하여 눈물을 흘리며 말했다.

“유 군, 참 고맙네. 이제야 나는 살았네.”

“글쎄, 이 사람아. 시계를 빌려 달라니 하는 말인데 그렇게 쫓아만 다니면 어찌하나. 끝을 보아야지.”

“아닐세. 이번에 가기만 하면 끝이 난다네.”

시계를 문제없이 빌리려는 마음에 병선은 되는대로 대답을 했다.

“그러면 사진은 또 언제 촬영하나.”

“뭐, 날이 새는 대로 곧 떠나서 하룻밤만 묵고 오겠네.”

“글쎄, 그게 말대로 되겠나.”

이제 병선은 날이 새기를 조급하게 기다려 시계를 저당 잡히고 부산으로 가는 특별 급행 열차에 몸을 실었다.

병선은 박홍식이 어떤 사람인지는 알고 있었지만 박홍식의 누이는 어떤 사람인지 자세히 알 수 없었다. 자신과 루월의 사이를 아직 김용규도 모르니 박홍식의 누이 은주가

• 동래 온천 전경

사정을 알 리가 없다.

그러면 애써 찾아가더라도 은주라는 보호자가 마치 평양 마누라처럼 사랑을 가로막지는 않을까. 병선은 기차에 오르며 이런 걱정을 했다. 그러나 은주는 결코 두 사람의 사랑을 무리하게 막을 사람은 아닐 것이다.

박홍식이 김용규를 자신의 집으로 청해 저녁을 먹으며 루월의 이야기를 할 때, 은주는 김용규의 난처한 처지를 눈물겹게 생각하며 동정했다.

박은주는 이화전문 문과는 마쳤으나 일찍이 자신의 삶을 바쳐 연모하던 남자에게 무참히 버림을 당한 뒤로는 일생토록 시집은 가지 않겠다는 결심을 가지고 이십삼 세가 된 오늘까지 피는 차갑게 식고 마음은 거칠어져 일개 패배자의 길을 밟아 온 사람이다.

홍식의 사택은 학교에 속해 있는 송림 안에 있어 매우 경치가 좋은 양관이었다.

홍식과 용규와 은주 세 사람이 식탁에 마주 앉아 루월이 한 달 동안 요양할 곳을 상의하게 되었을 때, 은주가 먼저 말했다.

"동래 온천이 좋지 않을까요?"

은주의 제안에 용규가 말했다.

"그리 먼 곳으로 보내면 누가 따라가야 하지 않겠습니까?"

"오빠, 제가 같이 다녀올까요? 저는 가서 창작이나 하구요."

은주는 눈물에 젖은 한 여성을 데리고 산명수려한 온천장에 가서 마음에 떠오르는 애상과 감흥을 붓으로 풀게 되면 반드시 훌륭한 작품이 나오리라고 생각을 한 것이다.

"그렇게 하면 좋겠군. 김 군! 은주에게 함께 있다 오라고 하지."

"그런데 너무 미안하지 않나."

"원, 김 선생님께서는……. 제가 자원해서 가는 건데 뭐가 미안한가요."

이런 사정으로 사랑을 그리는 루월과 사랑을 잃은 은주, 두 여성은 동래로 함께 떠나게 된 것이다. 문학에 뜻이 깊어 쓸쓸한 청춘을 혼자 글로 푸는 처녀 작가의 가슴에는 오직 눈물에 젖은 애수와 쓸쓸함만이 있을 뿐이니, 젊은 남녀의 가슴 저린 사랑의 길을 막을 리는 없을 것이다.

그러나 은주가 어떤 사람인지 모르는 병선은 이것을 걱정하지 않을 수 없었다.

병선이 부산에 도착하여 동래 온천장 전차 정류장에 내린 것은 저녁 여덟 시나 되어서였다. 말이 겨울이지 경성에서부터 추위를 모르고 떠난 길이라 동래 온천의 겨울밤은 눈이 녹는 봄날처럼 훈훈했다.

산 밑으로 늘어선 온천 여관들. 전등 불빛이 집집마다 저녁 별처럼 빛날 때, 병선은 그것이 모두 루월이 반기는 것처럼 기뻤다. 어느 여관에 있는지는 모르나 분명 조선 사람의 여관일 것이니 집집마다 뒤지면 삼십 분 안에는 찾을 것이라고 생각하여 즉시 자동차를 탔다.

다리를 건너서 자동차에서 내리자 그는 예정대로 여관 집을 차례로 돌며 물었다.

"젊은 여인네 두 사람이 혹시 묵고 있습니까?"

병선은 여섯 번째 집에 들어가서야 겨우 자신의 사랑이 머무는 곳을 찾았다. 여관 하인에게 그는 말했다.

"그 방에 가서 키가 호리호리하고 머리에 쪽을 진 여자에게 잠시 나오라고 하거라."

이때 마침 루월과 은주는 온천에 들어갔다가 루월이 한 걸음 먼저 나오는 길이었다.

"병선 씨!"

두 사람은 마치 꿈처럼 느껴졌다.

"여기서 이러면 안 돼요. 후원으로 돌아가서 이야기를 해요."

루월은 병선의 손을 끌다시피 하여 뒤뜰로 돌아 연못가로 향했다. 아직 말도 하기 전에 두 사람은 서로 손을 꼭 쥐었다. 그리움이라는 딱한 사정도, 반가움의 기쁨도 모두 손끝에 모은 듯.

"어떻게 오셨어요?"

"기차 타고, 전차 타고, 자동차 타고, 걸어서 왔지."

"아니, 돈……."

돈 없는 애인의 반가운 모습에 루월은 먼저 어떻게 여비가 생겨 왔는지 신기하고 궁금했다. 그러나 병선은 차마 남의 시계를 저당 잡혀 왔다고 답할 수는 없었다.

"회사에서 빌렸지."

"그래도 이렇게 쉽게 오실 줄은 몰랐어요."

"당신 같은 줄 아오? 도망가는 사람처럼……."

"아, 엽서 못 보셨어요? 박홍식 박사님의 누이동생 되는 은주 씨하고 같이 오는 길이라 찾아뵐 수 없었어요."

"누가 뭐라고 했소. 그냥 그렇단 말이지. 그건 그렇고 은주인지 누군지 하는 분이 우리가 이렇게 만나서 노는 것을 보고는 가만히 있겠소."

"그건 걱정 마세요. 은주 씨는 내가 언니라고 부르기로 했어요. 언니는 우리가 오늘까지 지내 온 이야기를 듣고 어떻게든 사랑을 끝까지 지키는 것이 가장 훌륭한 일이라 생각하신답니다."

"그런 이야기는 어느 틈에 했소?"

"기차에서 할 말이 있어야지요. 당장에 모르는 사람끼리 만나서 언니 동생 하고 앉아 있으니 무슨 할 말이 있겠어요. 그래서 이런저런 이야기를 하다가 은주 언니가 기생 노릇을 몇 년 했으면 마음으로 사랑하는 이도 있을 텐데, 그렇다면 그 이야기를 들려 달라고 졸라 대지 뭐예요. 경성역에서 당신에게 엽서 보내는 것도 어깨너머로 보고 단속을 하는 통에 하는 수 없이 전후 사정 모든 이야기를 해 버렸답니다."

"그래, 듣고 나더니 뭐라 합디까?"

"아마 그 언니도 사랑으로 인해 속을 썩은 일이 있는지 눈물까지 흘리면서 그러면 엽서 한 장으로 작별은 너무 섭섭하겠다고 위로까지 해 주셨어요. 어떻게든지 당신을 동래로 불러내라고까지 하셨습니다."

두 사람은 연못가로 돌아 의자에 걸터앉았다. 하늘에 반짝이는 별빛이 연못 위에 흔들려 비치고, 온천 목욕탕에서 목욕을 하는 사람들이 부르는 노랫소리가 구슬피 들려왔다.

소나무 수풀 앞으로 연못가에 놓여 있는 의자는 사람을 피해 사랑을 속살거리기에는 가장 적당한 곳이었다.

"그럼 정말 잘되었구려. 나는 그런 줄 모르고 또 박해나 당하지 않을까 하고. 오기는 오면서도 어떻게 걱정을 했는지……."

"그래, 말로는 처음에는 저도 혼자 가겠다고 앙탈을 부려 보았는데, 이제는 그 언니를 모시고 온 것이 더 좋게 되었어요."

"그러게 죽으라는 법은 없구려."

아무리 따뜻해도 겨울은 겨울이다. 밤이 깊어지자 연못 위로 스쳐 가는 바람은 점점 냉랭해졌다.

"아, 추워라."

루월은 가볍게 몸서리를 치며 병선의 가슴에 안겼다.

이미 두 사람의 감정은 다만 서로에 대해 말만으로는 부족했다.

"춥소? 그러면 이것을 입혀 주리다."

병선은 일어나서 외투를 벗어 루월의 등에 걸쳐 주었다.

"그러면 당신이 춥잖아요."

"나는 남자잖소."

"그래요. 대장부시니 감기 귀신도 도망가겠어요."

루월은 비웃는 듯, 감사한 듯 병선의 턱 밑에 얼굴을 대고 아양을 부렸다. 병선도 그녀가 너무 귀여워 못 견디겠다는 듯 다시 그대로 루월을 얼싸안았다. 두 사람이 이렇게 감격에 겨운 시간을 보내기는 사실 한두 번이 아니었다. 그러나 장소가 동래요, 죽을힘을 다해 찾아왔고, 뜻밖에 반기는 만큼 새로운 감격의 순간이 솟아올랐다.

두 사람은 갑자기 서로 떨어져 의자에 가서 앉았다.

"누가 오나?"

"글쎄."

두 사람은 서로 주변을 살폈다. 과연 자신들의 등 뒤에는 한 여성이 서 있었다.

그 여성은 두 사람의 사랑을 돕겠다는 새로운 후원자 박은주였다. 루월의 뒤를 따라 목욕탕에서 나오는 길에 하인에게 이야기를 듣고 이리로 쫓아온 것이었다.

그녀는 물론 그 남자가 병선인 줄 알았으며, 두 사람의 사랑의 속삭임을 방해하기 싫어 다시 송림 속에서 배회하며 두 사람의 말이 끝나기만 기다렸다. 후에 집필할 소설의 '러브 신'에 대한 연구 자료를 얻을 수 있겠다는 뜻을 가진 채 멀리서 바라보고 있었던 것이다.

"어머, 언니가 오셨네."

"언니? 지금 말한 은주 씨 말이요?"

"그래요."

"그러면 가서 인사를 드려야지."

루월은 먼저 소리를 질렀다.

"언니! 이리 와요!"

은주는 말없이 가까이 다가갔다. 어두운 달밤에 나무 그늘 사이로 맵시 있는 고운 여성이 조심스럽게 걸어오는 모습은 병선의 눈에 한없이 고아해 보였다. 병선과 루월은 일어서서 그녀를 맞이했다.

"언니, 이이가 이병선 씨예요. 지금 막 오신 길이랍니다."

병선은 공손히 인사를 했다.

"앞으로 잘 보살펴 주십시오."

"네, 말씀은 많이 들었습니다. 오시기 얼마나 고단하셨어요."

"괜찮습니다. 화숙 씨가 철없는 이야기를 많이 여쭈었다는 말과 저희들의 앞길에 큰 힘을 주신다는 말씀을 듣고 저는 얼마나 기뻤는지 모릅니다."

"오, 천만에요. 사랑은 모험이랍니다. 어쨌든 정열만 식지 않는다면 세상과 싸울 힘은 항상 하나님이 내려 주실

거라 믿어요."

"정말 감사합니다. 화숙 씨가 언니라고 한다니, 저도 이제부터는 누님으로 섬기겠습니다."

이 말에 은주는 고개가 숙여졌다.

활동사진 구경을 갈 때마다 은주는 병선이 맡은 미남자역에 일종의 매력을 느끼고 있었다. 비록 그것이 활동사진을 즐기는 마음, 사진도 잘 찍혔고 얼굴이 잘도 생겼구나, 하는 단순한 느낌에서 나온 호감일망정, 이성에 대한 일종의 사랑이라고 보지 않을 수는 없었다.

일생 동안 이성에게 마음을 허락하지 않으리라는 결심은 있지만, 병선 같은 미남자, 활동사진계에서 한창 이름을 날리는 미남자가 자신의 눈앞에서 고개를 숙이며 자기를 누이라고 부르겠다고 하니 일종의 충동이 느껴지지 않을 수 없었다.

첫째는 병선보다 자신의 나이가 한 살이라도 더 먹은 것이 부끄러웠다. '화숙'이라는 미인과 '병선'이라는 청년이 사랑을 속살거리는 마당에 자신은 한낱 쓸쓸한 그림자를 친구 삼아 그들에게 언니니 누이니 하는 존경과 하소연을 받는 것이 서운하기도 하고 든든하기도 했다.

자신을 버리고 자신의 친구와 손을 잡고 일본으로 달아나 버린 옛 애인의 생각도 새삼스럽게 마음에서 떠올라 도저히 몸을 가누기가 어려웠다.

"누님이라고 불러도 괜찮겠습니까?"

병선이 다시 물었다.

"네, 고마워요."

은주는 겨우 대답을 했다.

"화숙아, 나는 먼저 들어갈 테니 놀다 들어오렴."

"왜요, 언니도 같이 있어요."

"아냐, 나는 일찍 들어가 소설을 써야지."

은주는 화숙이 애인을 잡고 있는 이 자리에 자신은 애인 대신 예술에 귀의하는 것 외에는 자신을 위로할 도리가 없는 것이다. 루월도 은주의 슬퍼하는 모습에 눈치를 보았다. 더 붙드는 것은 오히려 은주를 괴롭게 하는 것이라 생각했다.

"그럼 언니께서는 먼저 들어가세요. 저희도 곧 들어가 겠습니다."

은주는 사랑하는 남녀의 기꺼운 호흡에 잠겨 숨이 찰 듯한 자리를 겨우 떠나 자신의 방으로 돌아왔다. 방으로 들어와 책상 앞에 앉자마자 집필 중인 「태양이 병들 때」라는 장편 소설을 쓰기 시작했다. 한 줄, 두 줄 쓰기 시작했다. 그녀가 쓰는 소설은 자신의 옛사랑을 생각하는 자서전적인 소설이다. 생각할수록 마음은 어지러워지고, 쓸수록 눈물겹기만 하니, 오늘 밤에는 더한층 마음이 아팠다.

그녀는 붓을 던졌다.

원고지 위에 뺨을 얹고 어지러워져 가는 머리를 쉬게 했다. 그러나 그녀의 혼란스러운 마음은 도저히 걷잡을 길이 없었는지 두 줄기 눈물이 감은 속눈썹 사이로 솟아 흘러 원고지 위에 새겨진 글자를 아롱지게 했다.

"아, 내가 못났지. 나는 왜 이렇게 마음이 약할까."

혼자 부르짖으며 머리를 흔들지만 눈앞에 떠도는 옛사랑의 그림자는 사라지지 않았다.

어느 모임에 가든 축사나 답사는 도급을 맡고, 무슨 의논이 있든 의장 노릇은 자신의 천직이라고 알고 떠드는 당대의 명(名)신문사장 김석황도 미인 앞에서는 고개를 올리지 못한다.

"자네는 그저 계집을 좀 삼가야겠어."

다정한 친구의 충고에도 그는 허허 웃으며 말한다.

"아따, 이 사람. 재능과 주색을 탐하는 것은 별개라네. 술과 계집은 별문제, 별문제야."

그러나 이번에 루월을 쫓아다니며 김용규에게까지 고민을 주는 추태는 보통 기생과 오입을 하는 것과는 의미가 크게 다르다. 십오 년 동안 근실한 길을 가다가 겨우 고국에 돌아오자 누이가 뜻밖에 기생이 된 것을 알고 명예도 신분도 모두 땅에 내던지려 하는 김용규의 기가 막힌 상황을 모르는 것도 아니다. 하지만 그는 몇 해 동안 화류계에 몸을 담았고, 한번 마음에 둔 기생은 차지하지 못한 적이 없다는 자만이 그의 독특한 심술을 끌어올려서 점점 탈선이 되어 가는 것이다.

물론 잊으려고도 해 보았다. 그러나 그는 루월을 잊을 수 없었다. 아무리 박사의 누이기로 기생인 이상 그렇게 귀할 건 없다는 심술이 때때로 생겨난다. 더욱이 식도원에서 루월로 인해 청년들에게 모욕을 당한 뒤로는 루월을 없애든지, 자기 것으로 만들든지 양단간에 화풀이를 하지 않으면 견디지 못할 것 같았다.

김석황은 그래도 같은 값이면 차라리 순순히 자신의 품으로 기어들어 오는 기회를 주는 것이 좋을 것 같아 박홍식에게 사정을 이야기했던 것이다. 그러나 며칠 후 박홍식의 대답은 너무 맹랑했다.

"석황 군! 자네도 철이 좀 들게. 기생에게 모욕을 당했다고 분해하기에 나 역시 루월인지 누군지 괘씸한 계집이라 생각했는데, 알고 보니 루월이는 자네보다 더 가엾더군. 자네에게 맞아 전신에 멍이 들고 팔에 상처가 나서 병석에 누웠으니, 그건 또 무슨 꼴인가."

석황은 묵묵하게 들었다. 사실 아직도 루월이 밉다기보다는 귀여운 구석이 더 많았다. 귀여워 못 견디겠는데, 자신의 수중에 들어오지 않으니 안타까운 마음으로 얄미운 짓을 했을 뿐이다.

취중에 흥분이 되어 한 일이라 석황 역시 그날 밤 기억은 아득했다. 홍식의 말을 듣고 그는 비로소 자신이 그 어린것을 너무 때렸나, 하는 반성을 하게 되었다.

"그래, 많이 다쳤는가?"

"뭐, 여간 아니더군. 여자를 존중하는 미국 유학생도 그런 짓을 하긴 하지."

"그날 밤은 너무 취해서 제정신이 아니었네."

"어쨌든 자네도 이제부터 루월이만은 만나지 않도록 해주게. 기생이든 뭐든 존경하는 친구의 누이가 아닌가."

석황은 도리어 핀잔만 들었다. 혹시나 홍식의 입에서 무슨 좋은 말이나 나올 것이라고 기대하던 석황은 또다시 어두운 기분이 들었다. 홍식이 간 뒤로 즉시 그는 인력거를 타고 다방골 루월의 집으로 향했다. 홍식은 물론 석황에게 자신의 누이와 함께 루월을 동래의 온천으로 보냈다는 말은 하지 않았다.

루월의 집 대문을 열고 들어서니 매홍 모녀가 마중을 나올 뿐 루월의 모습은 보이지 않았다. 혹시 입원이나 하지 않았나, 하는 생각에 석황은 머뭇거리며 물었다.

"루월이는 어디 갔나?"

평양 마누라는 그를 반겨 맞으며 말했다.

"어서 방으로 들어오세요. 춥습니다. 자세한 이야기를 들으셔야 다 아시게 될 겁니다."

석황은 어쨌든 방으로 들어갔다.

"그래, 어디로 갔단 말이오?"

"그런 게 아니라, 어떤 손님이 데리고 동래 온천으로 놀러 갔답니다."

석황은 깜짝 놀랐다. 어떤 남자든 자리를 함께하지 않던 루월이 돌연히 남자하고 온천으로 놀러갔다는 소리에 놀라지 않을 수 없었다.

"활동사진 배우 녀석은 아니겠지."

"아니요, 배우가 뭐예요. 박 주사라고 아주 점잖은 양반인데, 그 애도 그 양반을 아주 믿는 모양입디다. 영감께 맞았다는 소리를 듣고 문병을 오셨다가 불쌍하다고 온천에 데리고 가셨지요."

"그래, 그 박 주사라는 자의 이름이 뭔가!"

"그야 이 무식한 것이 알기나 하나요. 돈을 달라는 대로 주기에 한 달 동안 내줬을 뿐이지요."

"그래, 고년도 순순히 따라가던가?"

"그럼요. 아프니, 결리느니 하더니 얼른 일어나서 씻고 나서던데요."

"대관절 같이 간 자의 이름이 뭔가?"

"그건 알아 뭐하십니까. 어린것을 그렇게 때려 놓으시고, 또 병 고쳐 주는 사람까지 못살게 구시려하십니까."

석황은 허허 웃었다.

"그 무슨 소리요. 때린 것이 잘못된 걸 알고 문병 겸 사과 겸 왔지. 그런데 이제는 닭 쫓던 개 모양이 되었구려."

이때 매홍이 나서며 말했다.

"영감, 한턱내시면 알려 드리지요."

"옳지, 매홍이는 알겠구나."

"알고말고요. 그렇지만 제가 청하는 것을 들어주지 않으시면 말하지 않겠어요."

"그래그래, 구경시켜 달라면 구경시켜 주고, 물건 사 달라고 하면 물건을 사 주지."

"그러면 꼭 이번 양력설에 입을 설빔 한 벌만 해 주시겠어요?"

"이야! 아주 신식 기생이로구나! 양력설 설빔을 원한다. 그래그래. 하부다이37) 한 필 사 주지. 말이나 해라."

"꼭이지요? 꼭 사 주실 거지요?"

"아이고, 에미나이38). 그렇게 욕심이 많으면 다친다."

평양 마누라가 잘 쓰지 않던 평양 사투리로 꾸짖으니 겨우 매홍도 한풀 꺾여 석황의 귀에 입을 대고 말했다.

"저, 서울대학 선생 박홍식 씨예요."

"옳지, 알겠다."

뜻밖에 석황은 겨우 안심을 하는 듯 보였다. 평양 마누라나 매홍은 박홍식이라는 생각 없는 선생이 루월에게 반해 데리고 간 줄로만 알았다. 그러나 박홍식을 당장 만나고 온 석황은 홍식이 용규와 상의하여 우선 루월을 요양 보낸 것이라는 추측이 분명해진 것이다.

석황은 일어섰다.

---

37) 일본에서 생산된 대표적인 견직물의 하나로 조직이 치밀하고 부드러운 촉감을 가져 주로 한복, 드레스, 양장의 안감 등으로 쓰임.
38) '계집아이'의 평안, 함경 방언

"내가 때린 덕에 한몫 챙겼으니 한턱내야지."

그는 이렇게 말하며 총총히 돌아왔다.

신문사로 돌아온 석황은 자신이 가장 신임하는 사회부장 강팔을 불렀다. 강팔은 경성 시내의 밀매음, 불량 여학생, 기생, 남의 집 첩들의 인사 변동과 소재지 이동을 가장 신속하게 알아내는 데 명사인 사회부장이다.

그래서 땅을 팔고 저당을 잡혀 경영해 가는 신문사지만 강팔에게만은 월급 외의 가욋돈을 직접 주고, 강팔도 신문사 일보다는 사장의 유흥 사업 조사로 가장 충실히 봉사를 했다.

"여보게, 저기 부산 지국에 전화를 걸어 동래 온천에 박루월이라는 기생이 어떻게 묵고 있나 알아보라고 해 주게."

"네, 그러지요. 그 애는 아마 그저께 저녁차로 내려갔다는군요."

"아니, 자네는 어찌 알았나?"

"그리 자세히 알지는 못합니다. 다만 내려갔다는 소문만 우연히 들었습니다."

"그러면 그 이상은 자네도 모른다는 말이지?"

"네, 설마 사장님이 계신데 다른 남자하고 갔겠습니까. 가면 혼자나 갔겠지요."

석황은 곧 우울한 기분이 들었고, 불만을 어디다 풀어야 할지 몰랐다.

"아! 잔소리 말고 어서 전화나 걸어!"

강팔은 즉시 안색을 바꾸고 말했다.

"네, 곧 걸겠습니다."

강팔이 돌아 나갔다. 그가 막 문밖으로 나가자 석황은 다시 소리를 질렀다.

"강 군!"

"네."

강팔이 대답하며 다시 들어왔다.

"여보게, 지금 전화로 물어보아야 하네. 그리고 그 애의 본명이 김화숙이니, 루월이로도 물어보고 화숙이로도 물어보라고 분명히 일러두게."

강팔은 머리를 긁적거리며 대답했다.

"네, 네."

강팔은 이렇게 대답하고 나갔다.

강팔이 부산 지국에 긴급 전화를 건 지 네 시간이 지나서 회답이 왔다. 그 회답은 상당히 세밀했다. 신문 보증금은 다 떨어지고 사장의 눈치만 보는 지국장으로서는 이런 일에나마 충성하지 않으면 부지해 갈 도리가 없었는지도 모른다.

그 미인은 분명히 동래 온천 명신여관에 묵고 있다.

그리고 그 미인에게는 박은주라는 여류 소설가가 딸려 있다.

태양키네마의 남배우 이병선이 뒤를 따라 내려와서 같

은 여관에 묵고 있다.

조만간 그 남자 배우는 상경을 할 것이다, 라는 예상까지 붙여서 회신해 왔다.

강팔은 전화실을 나서며 생각했다.

'휴. 기생, 여류 소설가, 남자 배우, 미국에서 온 신학 박사, 경치 좋은 동래 온천. 참 좋은 신문 기삿거리군.'

그는 혼자 빙글빙글 웃으며 우선 자신의 책상 앞으로 와서 외근 기자를 불렀다.

"지금 바로 나가서 박은주의 사진과 김루월, 이병선의 사진을 구해 오시오."

"언제 쓰실 겁니까?"

"조만간 쓸 거요. 기사는 내가 쓸 테니 사진만 모아 주시오."

강팔은 필경 이 여러 사람들의 돈과 사랑과 신앙과 눈물에 엉클어진 로맨스를 무참히 신문지에 발표할 생각인 모양이었다. 만일 이 기사가 신문에 나는 날에는 박홍식과 김용규 두 사람의 사회적 지위와 신앙은 땅에 떨어지고 말것이다.

비록 불순한 이유가 없으니 다시 회복되긴 하겠으나 어쨌든 일시적으로나마 치명상을 입을 것은 명백한 이치였다.

강팔은 사장실로 뛰어 올라갔다. 사장은 마침 찾아온 손님을 보내고 혼자 있었다. 사장실로 들어서며 그는 사장의 옆으로 가서 부산 지국 회답에다가 사장의 성미에 들도록 가공을 하여 자세한 보고를 했다.

활동사진 배우 녀석이 여전히 쫓아다닌다는 소리에 김석황의 감정이 극도로 치솟았다.

"세상에. 영화예술이니 뭐니 하며 떠들고 다니는 자식들의 본직은 꼭 기생, 여학생 바람을 맞히는 것이군."

자신이 어떻게 하고 돌아다니는지는 잊어버린 채 루월을 쫓아간 병선에 대한 미운 생각만 드는 모양이다. 이때 강팔은 사장의 귀에다 입을 대고 아무도 듣는 사람은 없으나 중요한 이야기를 하듯 속삭였다.

"사장, 이번 사건을 신문에 한번 쓰는 것이 어떻겠습니까? 사장께서는 전혀 모르는 체하시면 제가 잘 꾸며서 하나 쓰지요. 기생, 소설가, 배우, 동래 온천, 그 뒤에는 철학 박사, 신학 박사가 있으니 재미가 없을 수 없지요."

"이 사람아! 그럼 내가 책망을 듣지!"

"그래서 사장께서는 모른 체하시란 말씀입니다. 신문에 난 뒤에야 비로소 알았다는 모양새를 취하시면 사장 분풀이는 실컷 되지 않겠습니까?"

이 말에 김석황의 마음은 점점 기울어졌다. 박홍식, 김용규에게 미안한 생각이 없지는 않았다. 그러나 강팔이 애써 내겠다고 하는 것을 굳이 막을 이유는 딱히 없었다.

"기사를 어떻게 낼 생각인가?"

"그야 모두 제가 구수하게 꾸며 내지요. 명예 훼손으로 고소하지 못할 정도만 건드려 놓으면 그만 아닙니까. 독자들도 이런 기사에는 매우 흥미를 갖고 읽을지도 모릅니다."

"나중에 말썽이 생기지 않겠나."

"그건 걱정 마시지요. 말썽이 나거든 제게 모두 미루십시오."

"그야 자네가 쓰면 필체는 가감이 상당히 될 테니 감히 걸리지는 않겠지만, 박흥식, 김용규에게 좀 미안하군."

"원, 사장께서도. 그자들이 신문에 기사를 안 낸다 한들 사장께 경의를 조금이나마 표할 것 같습니까? 그자들이 사장을 경멸하고 자기들만 신성한 종교인, 교육가인 척하고 다니는 꼬락서니가 아니꼽지 않으십니까?"

강팔은 석황의 약점만 이용하여 선동했다.

욱하는 성미를 가진 김석황은 과연 극도로 흥분을 했다.

"암, 그래. 그까짓 놈들. 가면을 쓰고 빵에 매달려 체면만 파는 자들을 좀 응징하는 것도 좋지."

"네! 네! 맞습니다. 어쨌든 오늘 밤 편집하는 조간에 시치미를 뚝 떼고 제가 발표해 버리겠습니다."

"그렇지만 내가 조금도 의심을 받게 해서는 안 되네."

"염려 마십시오."

그래서 가엾은 여러 사람의 운명은 그늘에서 양지로 드러날 위기에 처해 있었다.

서울대학 송림 뒤로 우뚝 솟은 기숙사에는 마침 아침 식사가 끝나고 수업을 시작하기 전에 한 시간 동안의 독서 시간이 돌아왔다. 기숙사 안에서도 장난 심하고 싸움 잘하고 귀엽게 생긴 예과생들에게 기생 이름을 떼어다가 별명을 붙여 놓고 주거니 받거니 심술을 부리는 운동선수들이 한 방에 모여 지금 막 배달된 반도일일신문 조간을 들고 서로 빼앗아 가며 읽고 있다.

"동래정화(東萊情話)"라는 제목 아래에 이병선, 박은주, 김루월의 이야기가 비웃는 태도로 쓰여 있고, 결론에는 김루월이는 ○○대학의 김○○의 숨겨 둔 누이라고 적혀 있었다.

"이거 재미있는데."

"○○대학 김○○이 누구지?"

"이봐, ○○대학이라고는, 경성에 대학이라고는 우리 대학하고 제국대학밖에 더 있나?"

"그렇지, 그래. 제국대학에는 조선 사람 교수가 없으니, 결국 우리 대학을 말하는 것이 분명해."

"가만있자, 그러면 대관절 누구를 말하는 거냐?"

"뻔하지. 요새 온 김용규 선생이지. 그 말고 김가가 또 있나. 서기 노릇 하는 김가야 포함되지 않고."

여러 학생들은 놀라서 서로 얼굴을 마주 보았다.

"김 선생의 누이가 기생이라니. 이게 될 말인가."

"사람 일을 누가 아나. 뭔가 사정이 있겠지."

"제군들, 그럼 우리는 이 사건에 대해 어떤 입장을 가져야 옳을까."

"별수 없지. 우선 김용규 선생에게 사실을 물어보자. 그 뒤에 김 선생을 박멸하든지, 그렇지 않으면 반도일일신문을 집어 치우자."

혈기 왕성한 학생들은 제각기 떠들다가 아침 기도를 하기 위해 강당으로 모였다. 김용규는 반도일일신문 사장 김석황의 비열한 태도를 본 뒤로는 그 신문조차 읽지 않는다. 오늘 아침 만약 김용규가 이 신문을 보았다면 학교에 발을 들여놓지 않았을 것이다.

그의 친구 박홍식 역시 반도일일신문을 읽긴 하지만 사설이나 외국전보나 읽지, 사회면 잡보는 읽지 않는 성격이었으므로 그런 기사가 난 줄은 전혀 모른 채 학교로 갔다.

다른 선생 중에는 그 신문을 본 사람이 있는지 없는지 다들 자신의 앞길만 꾸준히 지켜 나가는 사람들이고, 더구나 용규와 아직 친하지도 않아서 용규가 학교로 들어와 여러 사람과 인사를 했지만 아무도 그에게 불행과 치욕이 닥쳐왔다는 소리를 말해 주는 사람은 없었다.

이윽고 아침 종이 울렸다. 마치 용규의 기우는 운명을 암시하듯이. 그러나 용규는 그 종소리를 무심하게 듣고만 있었다.

일동은 대강당에 모두 모였다. 김용규는 신학을 맡았으므로 아침 기도는 교장이 하지 않으면 용규가 해 왔다. 이 날도 교장이 영사관에 볼일이 있어 자리를 비웠기 때문에 용규는 전례에 의해 교단에 올랐다. 그는 두 손을 벌려 들고 눈을 감고 말했다.

"모두 조용히 합시다. 이제부터 기도를 올립시다."

이때다. 바로 이때다. 가득 찬 학생 틈에서 장은식이라는 '보드' 선수가 벌떡 일어났다.

"선생님! 잠깐 기다리시지요!"

용규는 깜짝 놀라 눈을 떴다. 자신에게 약점이 있어서 가슴이 철렁했다.

박홍식과 여러 선생들도 주목했다. 비단길같이 곱게 잠잠하던 기도장은 쌀쌀한 바람이 도는 것처럼 긴장이 감돌았다.

"저는 오늘 아침 반도일일신문 조간 사회면을 읽었습니다. 제가 이 기사를 읽고 나서 바라는 것은 저희들이 존경하는 김용규 선생님의 입으로 그것은 거짓말이라고 밝히시는 것입니다."

김용규는 바로 루월의 일을 생각했다. 읽지 않아도 알 수 있었다. 루월이라는 기생 누이를 둔 죄로구나, 생각했다. 이때 박홍식이 분연히 교단에 올랐다.

"이보게, 김 군. 잠시 내려가 있게. 내가 대신 말하겠네."

김용규는 아무 말 없이 무거운 걸음으로 교단에서 내려왔다.

김용규가 교단에서 내려가는 것을 보며 또 다른 학생이 말했다.

"김 선생님! 내려가시면 안 됩니다. 답변을 하셔야지요!"

홍식은 거의 울 것 같은 표정으로 학생을 바라보았다. 그리고 조용히 입을 열었다. 그러나 그 말에는 무게가 있었다.

"장은식 군. 우선 그 신문을 좀 보여 주게."

장은식은 앞에 있는 학생의 손을 빌려 신문을 박홍식에게 전달했다.

박홍식은 삼면기사[39]를 한숨에 읽었다. 박홍식이 이 신문을 읽는 때처럼 긴장된 시간은 없었다. 학생들의 눈치를 보니 거의 이 신문을 읽어 본 모양이었다.

읽기를 마친 박홍식의 눈에는 불이 날 듯 분노가 타올랐다. 신문을 오른손 주먹 안으로 꾸겨 잡더니 학생들을 향해 부르짖었다.

"제군들! 조용히 하시오! 우리는 우리의 모든 일을 양심과 성신의 가르치심에 비춰 시비를 분명히 가려야 합니다. 이 신문 기사는 사실입니다. 분명한 사실입니다. 그러나 그 사실의 이면을 돌아보지 않으면 공정한 심판을 내리지 못할 것입니다."

박홍식의 열변은 한 시간이 넘도록 계속되었다. 그는 김용규가 미국으로 간 뒤에 용규 가족들의 피를 짜내는 애사

---

39) 삼면기사(三面記事): 과거 신문의 발행 면수가 사 면이었을 때 신문의 삼 면에 게재된 기사라는 뜻으로, 사회 기사를 이르던 말

를 일류의 비감한 웅변으로 하소연했다. 그리고 김석황이 루월에게 비루하게 굴었던 일과 한낱 돈이 없어서 몸을 빼내지 못하고 하는 수 없이 한 달 동안 동래로 피신을 시킨 사유를 부르짖었다.

본래 말 잘하고, 성품이 너그럽고, 엄격한 태도를 지켜왔던 홍식의 말인 만큼 학생 일동은 그에게 감동했다. 이 구석 저 구석에서는 홍식의 감탄사에 흐느껴 우는 학생들도 있었다. 결론에 이르자 홍식은 소리를 한층 높였다.

"여러분! 나는 이제 나와 김용규 선생의 처지와 심정을 솔직하게 하나님 앞에서 말했습니다. 김용규 선생과 나의 경우와 처지에 대해서는 가장 현명한 학교 당국자와 제군들의 판단에 일임하겠습니다."

홍식이 말하는 동안 김용규는 마치 심판관 앞에 걸려 나온 죄수처럼 교단 아래에 서서 고개를 숙이고 눈물을 흘리고 있었다. 참다못해 영문학 교사는 용규의 옆으로 와서 조용히 말했다.

"선생은 나가시지요."

그러나 용규는 이 자리를 중간에 떠나는 것이 벌을 피하는 비겁한 태도라는 생각이 들어 꼼짝도 하지 않았다. 홍식은 단에서 내려와 용규의 손을 잡았다. 두 사람의 손은 떨렸다.

"용규 군, 우리 집으로 가서 천천히 상의를 하세. 교장도 오후에나 나온다니."

용규는 아무 말 없이 따라 나갔다. 다른 선생들도 뭐라 말을 하기 어려워서 다시 뒤를 따라 나가 버렸다. 선생들이 모두 나가자 사백여 명의 학생들은 서로 의견을 나누느라 들끓었다.

"김용규 선생은 여전히 인격이 고결한 선생이다."

"다만 그의 가문이 무참히 기울어져서 그 모양이 된 것이니 그것은 불가항력이지."

"김석황이를 패 주자."

"반도일일신문으로 시비를 걸러 가자."

하며 너나없이 돌아가며 교단에 나와 떠들었다. 한참 혼란스러운 학생들 틈에서 서울대학 기독 청년회장 남상렬이 교단에 올랐다.

"여러분! 우리가 지금 이렇게 떠들 때가 아닙니다. 우리는 좀 더 냉정하게 이 문제를 해결할 방법을 생각해야 합니다."

평소에 남상렬의 웅변에 감복하고 있던 십여 명의 학생들이 먼저 손뼉을 쳤다. 군중 심리는 일시에 이에 공명해서 모두 손뼉을 같이 쳤다.

"여러분, 우리는 지금 인간으로, 또는 기독교인으로 차마 겪지 못할 고민과 번뇌에 목숨을 졸이는 김 박사의 기막힌 사정을 들었습니다. 만일 김 박사의 여동생이 기생이 된 것이 김 박사의 치욕이라고 하면 그것은 곧 우리들에게도 치욕이 되는 것이요, 일반 기독 사회에도 치욕이 될 것입니다.

우리는 이미 김 박사를 비난하는 어리석은 생각은 버리게 되었습니다. 그러면 어떻게 하면 좋겠습니까? 천오백 원 돈이 없어서! 이놈의 사회 제도의 결함에 빠져 인간의 매매를 시인하는 법에 걸려서! 죽지도 못하고 신음하는 가련한 여성을 그대로 내버려 둬야 하겠습니까?"

"아니다! 구해야 한다!"

"그래! 살려야 한다!"

이곳저곳에서 흥분된 목소리가 들려왔다.

"물론입니다. 그 가엾은 우리 누이를 위해, 또는 십오 년 동안 쌓고 쌓아 온 인격과 신앙과 학식을 땅에 던지게 된 김 박사를 위해 우리는 그 누이를 구원하지 않으면 안 될 것입니다. 이것이 곧 우리의 정의요, 하나님의 명령이며, 양심이 가리키는 바일 것입니다!"

한순간 모든 학생들이 손뼉을 쳤다. 이때 한 학생이 다시 일어섰다. 그 사람은 문과 삼 학년생 방한수다. 목사의 아들로 부자 삼촌의 집에 양자로 들어간 수재다.

"저는 이번 김 선생의 누이를 구하기 위해 약소하나마 백 원을 기부하겠습니다."

또 다른 학생이 일어났다.

"김 선생의 일에 동참하는 마음은 누구나 다 가졌을 것이니 이렇게 하지 말고 학생 청년회의 이름으로 학생 일반의 기부를 걷는 것이 필요하다고 생각합니다."

"그래, 기부금을 걷자. 모두 형편대로 내자."

모든 학생들의 마음이 일치되었다. 한참 동안 떠들던 학생들이 조금 잠잠해진 기회를 타 단상에 서 있던 남상렬이 말했다.

"여러분, 우리의 양심은 우리로 하여금 가장 성스러운 결의를 하도록 시켰습니다. 자, 그러면 가엾은 누이를 위해 죄악과 모함에 빠진 세상을 깨끗이 하자는 기도를 올립시다."

남상렬의 기도가 끝나자 즉시 위원 네 사람을 골라서 사백 명 학생의 기부를 거뒀다. 돈은 일주일 이내에 가져올 것, 기부 금액은 일 원 이상으로 했다. 한참 만에 기부 신청은 정리되었다. 남상렬이 다시 단상에 올라 말했다.

"기부 총액이 천삼백 원이 되었습니다."

이 말에 모두가 이백 원이 부족하다고 말했다. 그때 방한수와 같은 문과에서 항상 모양내기에 빠져 있고 여자친구와만 어울리던 이훈이 일어서며 말했다.

"모자라는 돈 이백 원은 제가 내겠습니다."

박홍식은 하인에게 교장이 돌아오거든 즉시 자신의 사택으로 연락을 하라고 이르고는 용규와 함께 사택으로 돌아왔다.

예수교 학교에서는 매우 중대하게 보는 사건이라 오전 수업은 흐지부지 시작도 못 하게 되었다. 박홍식은 자신의 서재로 용규를 데려와 언제든 정신을 차리고 안정을 취하라고 달래듯 말했다.

"홍식 군. 모두 내가 현명치 못한 까닭일세. 나만 이 학교에서, 이 사회에서 물러나면 그만 아닌가."

용규의 표정은 심각한 결심을 한 듯 보였다. 그러나 홍식은 다르게 생각했다. 용규는 사회에 조금도 부끄러울 것이 없으며 기독교인으로서의 길을 그르친 것이 조금도 아니라고 믿었다. 용규가 모르는 동안 가족들이 비운에 빠진 책임을 용규에게 지우는 것은 그야말로 기독교인으로는 차마 하지 못할 일이라고 생각했다.

"용규 군, 어쨌든 좀 참아 보게. 뒷일은 내가 어떻게 되든지 처리를 해 볼 테니. 당분간 잠자코 있어만 주게."

이때 마침 하인이 유리창 밖으로 와서 말했다.

"선생님! 교장이 돌아오셨습니다."

분명 교무 주임이 전화를 걸어 자동차로 급히 돌아온 모양이었다.

"자, 김 군. 우선 교장을 만나러 가세."

용규는 묵묵히 일어섰다. 두 사람은 학생들의 눈을 피해 일부러 뒷길로 돌아 협문을 통해 교장실로 올라갔다. 교장실에는 교무 주임과 교장이 이야기를 나누고 있었다.

용규는 뒤에 서고, 홍식은 용규의 대변인처럼 앞에 나섰다. 그리고 아까 학생들에게 부르짖었던 이야기를 다시 한 번 말했다.

"잘 알아들었소. 어쨌든 나도 책임상 상의를 해야 할 것 같으니 내일 만나십시다. 그런데 내 생각에는 김 선생의 인격이나 신앙에는 조금도 흠이 나지 않을 것으로 알고 있습니다. 다만 형식으로나마 이사회에 보고는 해야 할 것이니, 내일 저녁때까지만 기다려 주십시오."

교장의 말투는 은근했다. 교장은 김용규의 은사 브라운 박사와 친밀한 미국인이다. 그뿐만 아니라 김용규의 인격, 학식, 신앙을 진심으로 믿는 터라 오히려 안타까운 표정으로 용규를 보았다.

"김 선생, 선생의 마음고생이 얼마나 심한지는 나도 짐작하겠습니다. 그러나 무엇보다도 선결해야 할 문제는 여동생을 구원해 내는 일인데, 그것도 내일 다시 만나 상의하십시다."

용규는 울었다. 백발을 한 교장의 온화한 얼굴에 동정하는 표정을 보고는 눈물이 나지 않을 수 없었다. 용규는 교장의 앞으로 갔다.

"교장, 말씀은 고맙습니다. 그러나 저는 더 이상 학교와 교장에게 고민을 드릴 면목이 없습니다. 저는 교장의 말씀을 기다리지 않고 제가 스스로 물러나고자 합니다."

용규의 어조가 너무 강해서 홍식도 말릴 수는 없었다. 그러나 교장은 꿈쩍도 하지 않았다.

"그건 안 됩니다. 지금 만일 김 선생이 그만두면 김 선생은 참으로 그른 사람이 되고 맙니다. 그리고 김 선생에게는 여동생을 구해야 할 의무가 있습니다. 생각해 보세요. 지금 갑자기 학교를 그만두시면 어디서 돈을 구하겠습니까. 그러니 아무튼 선생의 진퇴 문제는 내게 맡기시오."

용규는 그만 목이 메었다. 아무 말도 못 하고 서서 교장의 말만 듣고 있을 뿐이었다.

"김 군, 그러면 우리 집으로 다시 가서 마음을 좀 추스르게. 만사는 다 교장께 일임을 하고."

"그렇지, 박 선생과 같이 돌아가서 우선 마음을 좀 추스르시오. 김 선생은 너무 순정을 남용하십니다. 허허."

교장의 이 웃음이야말로 천금의 가치가 있었다. 종교가나 교육자의 웃음은 아니었다. 자못 노련한 정치가의 웃음과 같은 이 웃음으로 실내의 비분하고 초조한 공기를 사라지게 했다.

홍식은 용규와 같이 자신의 사택으로 돌아왔다. 방으로 들어서며 용규는 그만 바닥에 쓰러져 버렸다. 그는 아마 하늘에게 구원을 청하는 기도를 드리는 것 같았다. 눈물이 두 눈에서 솟아 흐르며, 입을 혼자 벙긋거리고 있다. 이 모양을 본 홍식은 한숨을 쉬며 차를 가지고 들어오는 아내를 보며 손을 저었다.

"조용히 하시오."

"왜 그러세요?"

"김 선생 심기가 불편해 누웠구려."

홍식의 부인은 구식 부인으로 홍식이 미국에서 팔 년 동안이나 공부를 하는 동안 여자 야학에 다닌 신구 절충의 온화한 부인이다.

"그럼 약을 드려야지요."

홍식은 자신의 아내에게까지 용규의 이야기를 또다시 설명하기는 너무 힘들었다.

"약 먹을 병이 아니요. 차는 거기 놓아두고 어서 나가시오."

홍식의 부인은 어찌 된 영문인지 도무지 모르겠다는 듯 차를 테이블에 놓고 머뭇거리다 나가 버렸다.

용규는 종일 아무 말 없이 고민과 심각한 생각으로 홍식의 서재에서 지냈다. 영문학 선생도 위문을 왔고 교무 주임도 찾아왔지만 그는 면회를 사절했다. 그는 박홍식 외에 다른 인간 모두가 자신을 비웃는 것 같았다. 그가 만일 예수를 진심으로 믿지만 않았으면 반드시 하늘을 원망했을 것이다.

그러나 그는 보통 사람이 하늘을 원망하는 그 열 배의 정성을 가지고 예수의 구원을 빌었다. 눈물을 흘리며 예수의 이름을 부를 때, 그의 가슴에는 원망이나 뉘우침 같은 것이 없었다. 오직 어둠 속에 환히 보이는 천국이 차마 그리울 뿐이다. 하지만 그는 자살할 결심도 갖지를 못한다. 오직 하나님의 손길이 내려와 자신의 영혼을 안아 가기를 바랄 뿐이다.

용규가 겨우 정신을 차렸을 때에 홍식이 말했다.

"이보게, 학생들이 돈을 거둬서 자네 여동생을 구하려 한다는군."

용규는 이 말에 바로 모욕을 느꼈다. 아무리 자신의 누이가 기생 신세를 면하지 못하기로 제자들이 한 푼 두 푼 모은 돈으로야 될 말인가 싶은 생각이 들었다.

"이보게, 그건 안 되네. 그러면 그게 무슨 꼴인가."

"그건 모르는 말일세. 학생들의 순정과 정의감에서 나온 이번 기부는 그야말로 하나님께서 내리시는 선물이네. 그들의 정성과 사랑이 얽힌 돈으로 자네의 여동생을 구해내라고 하시는 하나님의 말씀 아니겠나. 가엾은 사람을 구원하라는 주님의 가르침을 받은 우리로서는 구원을 받을 때도 불순한 이유만 없으면 그것을 거절하는 것은 안 될 일이네."

용규는 홍식의 말에 뭐라고 대답할 말을 찾지 못했다. 복을 받지 못한 사람을 구원하라는 하나님의 길을 역설하던 자신인데, 자기 자신이 정작 남의 구원을 받을 때에 모욕을 느끼는 것은 일종의 죄악이라는 생각이 들었다.

그러나 어쨌든 구원을 받는 자리에 서 있는 자신의 처지를 스스로 해결하지 않을 수는 없었다. 용규는 고민이 가슴에 꽉 찰 때는 반드시 혼자 기도도 하고 하소연도 하는 사람이다. 이제는 홍식의 말로도 자신의 마음을 안정하기가 어려웠는지 벌떡 일어서며 말했다.

"박 군, 어쨌든 오늘 저녁은 여관으로 돌아가서 좀 생각을 해 보아야겠네."

"이 친구야, 해가 다 졌는데 어디를 간단 말인가. 우리 마누라가 저녁 준비를 하고 있는 모양인데."

"밥은 아직 생각이 없네. 아까 샌드위치를 먹은 것이 가슴에 뭉쳐서 아무것도 먹지 못하겠군."

용규는 이렇게 말하며 즉시 모자를 들고 나섰다.

홍식도 더 잡아 보아야 소용없는 줄 알았는지 용규의 뒤를 따라 나왔다. 바깥은 어스름한 저녁이다. 서쪽으로 울창하게 들어선 송림 사이에서 까마귀 소리가 요란히 들린다. 찬 바람이 휙 지나가며 언덕 위 기숙사 저편에서는 학생들이 떠드는 소리가 흔들리듯 들린다. 용규는 외투 깃을 펴서 고개를 파묻었다.

"자, 그럼 내일 만나지."

홍식과 용규는 악수를 했다. 용규는 풀이 죽은 채 산골길을 넘어 전찻길을 찾아갔다. 홍식은 용규의 그림자가 사라질 때까지 대문 앞에 서서 계속 바라보았다. 사랑하는 이를 보내는 사람의 가슴도 이렇게 쓰리지는 않았을 것이다.

존경하는 친구의 가엾은 그림자가 언덕 너머로 애연하게 사라지는 것을 볼 때, 홍식의 눈에는 눈물이 흐를 뻔했다. 용규는 전찻길까지 걸어 나올 때도 일부러 가장자리 길로 돌아 나왔다. 혹시라도 학생들을 만나면 어떻게 인사를 해야 할지 걱정이 되었기 때문이다.

전차에 몸을 싣고서도 그는 차마 고개를 들지 못했다. 대학모를 쓴 학생이 금방 자신의 앞에 서서 "선생님!" 하는 것 같아 숨이 찰 지경이었다. 그러나 다행히 자신의 여관으로 돌아올 동안 학생은 한 사람도 만나지 않았다.

여관방으로 들어선 용규는 즉시 옷을 갈아입고 책상에 앉아 편지를 적었다. 한 장은 간도에 계신 어머니에게, 한 장은 동래에 있는 누이에게 썼다.

어머니에게는 곧 찾아뵙겠다고 썼으며, 누이에게는 신문에 게재된 활동사진 배우의 이야기를 자신은 거짓말이라 믿는다고 했다. 용규는 화숙을 처녀라 믿는 것은 아니었다. 단지 그런 남자는 빨리 떼어 버리라는 암시였다.

서울대학의 혈기 왕성한 운동선수들은 단지 일이 원의 기부금을 내서 김 박사 누이의 몸을 빼내 주는 것만으로는 성이 차지 않았다.

"어쨌든 모든 조화는 김석황인지, 신문사장인지 하는 자가 부리는 모양이니, 우리 한번 찾아가서 혼을 내자."

이와 같은 논의가 나오자 여기저기서 나선 학생들 수십 명이 상의를 했다. 말을 잘하는 학생 두 명, 기운 센 학생 다섯 명을 골라서 보내기로 결정했다. 물론 선봉대장은 장은식이었다. 일곱 명의 질문위원은 반도일일신문사에 네 번이나 찾아갔다.

그러나 사장은 전혀 나타나지 않았고, 오직 사회부장이라는 강팔이 나와서 이 사람 저 사람에게 떠밀려 이해하기 어려운 대답만 했다.

"그래, 사장은 평생 신문사에서 나오지 않는단 말입니까?"

장은식이 성을 벌컥 내자 강팔은 고개를 번쩍 들었다.

"청년 학생들이 왜 이렇게 거칠게 구시오. 사장이 나오지 않았으니 오지 않았다고 할 뿐이지 언제 올지 말지 내가 어찌 안단 말이오?"

강팔은 어쨌든 학생들이 진력이 나서 오지 않도록 할 작정이었다. 모든 일은 자신이 책임을 지고 사장의 심술 풀이를 해 주려던 계획인 이상, 지금에 와서 학생들이 왔다고 사장에게 말할 수는 없었다.

그래서 학생들은 사장이 자신들을 만나지 않기 위해 피한다고 생각하고, 사장은 학생들이 찾아오는지도 모르고 있었다. 마침 연말이라 사장은 사원들의 연말 월급이며 기타 여러 가지 신문사 채무에 쪼들려서 신문사에는 뒷문으로 들어가 간부들이나 만나고 가는지라 다행히 정문으로만 찾아오는 학생들의 눈에 띌 리가 없었다.

언변이 뛰어난 강팔은 학생들 앞에서는 그 책임을 자신이 지려 하지도 않았다. 그렇다고 사장이 동의한 일이라고도 하지 않았다. 그러나 학생들은 오직 만나려 해도 만나 주지 않는 사장의 태도, 박홍식 박사에게 들은 김루월에 대한 추접한 태도로 미뤄 볼 때, 분명히 이번 시비의 원인 제공자는 김 사장이라고 단정 지은 것이다.

학생들이 신문사에 네 번째 찾아간 날이다. 수업을 마치고 시외에서 들어오는지라 오후 네 시가 넘었다. 이번에는 사장은커녕 강팔도 없다고 문을 지키는 사람이 불경스럽게 대답을 했다. 장은식은 극도로 화가 났다.

"온전하게 담판을 해서 양심 있는 사과를 받도록 해야지 폭언, 폭행은 끝까지 삼가는 것이 좋겠네."

남상렬이 충고했지만 문지기 녀석까지 자신들을 우습게 여기고 딱딱하게 구는 꼴을 보니 가슴에 담겨 있던 울분이 폭발하고 말았다.

일이 이쯤 되고 보니 이제는 김용규 선생의 분풀이를 하러 온 것보다 학생들의 불평이 더 커졌다.

"사람을 우습게 본다!"

"거드름을 피우는군!"

"아니꼽다!"

"횡포다!"

여러 학생들이 불평을 퍼부었다.

"그럼 편집국장도 없나!"

"이봐, 누구더러 해라 마라요. 나도 당신들 같은 자식이 있소. 편집국장 영감은 몸이 아파서 요즘 결근이오."

"자식이 노자라 한들 말쎄는 고분고분해야 하는 법이야!"

일행 중 제일 몸집과 목소리가 큰 최영삼이 나섰다.

본래는 늙은 하인 출신이라 끝까지 싸울 생각은 없었지만 젊은 애들에게까지 지기는 싫었다.

"이봐, 당신이 덤비면 어쩔 건데!"

"어쩌긴 뭘 어째. 말버릇을 고쳐 주지."

사장에 대한 불만이 이제는 문지기에게 옮겨 갔다. 그러나 문득 이런 작자와는 하루 종일 다퉈 보아도 소용이 없다는 것을 깨달았다. 특히 짧은 해는 인왕산 너머로 기울고 거리에는 전등불이 드리워져 왔다.

"자, 이럴 것 없이 사장 집을 찾아가자!"

장은식이 말하자 모두는 즉시 관철동 김석황의 집으로 몰려갔다.

김석황의 집은 관철동에서 가장 큰 집이다. 큰 문 위에는 전등이 쌍으로 달려 있고 "김석황"이라는 큰 문패와 전화패, 가스패, 라디오패 등이 가득 달려 있었다. 이것을 본 학생들의 적개심이 한층 더 끓어올랐다.

"아니꼬운 놈. 행색은 개같이 하고 다니면서 차릴 건 다 차렸구나."

학생들은 이런 생각이 들었다. 그들은 하인을 불러 주인을 만나겠다고 했지만 아직 돌아오지 않았다는 대답이 돌아왔다.

"그럼 돌아올 때까지 기다려 보자."

모두가 의견 일치를 보고 김석황의 집으로 들어가는 양

편 골목을 마치 중대범인을 기다리는 명탐정처럼 지키고
있었다.

밤은 어느덧 열한 시가 넘었다.

학생들은 열한 시가 지나도록 추위에 떨면서 김석황을
기다리게 될 줄은 처음에는 몰랐다. 그러나 학생들의 성격
상 이왕 기다리기 시작한 일, 만나 보지도 않고 가 버리는
것은 비열한 것 같아서 누구 한 사람 '그만 가자'는 말을
하지는 못했다.

"아마 이놈이 집에는 들어오지 않고 기생집으로 가서
자는 것 아닌가 모르겠군!"

그들은 이렇게 욕을 하면서 어쨌든 마지막 전차 시간까
지는 기다리겠다고 결심했다.

학생들 중 김석황의 얼굴을 아는 학생이 둘이 있었기 때
문에 두 패로 나뉘어 양쪽 길 어귀에서 돌아다니기로 했
다. 인력거만 지나가도 기웃거려 보고, 외투에 고개를 파
묻고 가는 양복쟁이만 보아도 자세히 들여다보았다.

열한 시가 조금 넘자 덮개를 씌운 인력거가 골목으로 들
어서는 것이 마치 김석황인 줄 알고 여러 학생들은 일제히
그쪽으로 몰려들었다.

"인력거, 거기 서라!"

그들이 소리를 지르자 인력거꾼은 무뢰한들의 장난으
로 알고 그대로 인력거를 끌어 대문으로 달려들었다.

"인력거! 잠깐 서라니까 왜 말을 안 들어!"

한 학생이 인력거의 뒤를 꽉 잡으며 말했다. 인력거는 뒤로 넘어갈 듯 주춤거리면서 멈췄다.

"아! 누가 남의 인력거를 잡는 거야!"

인력거꾼이 인력거 채를 잡은 채 소리를 질렀다.

"너는 조용히 해. 인력거를 탄 사람하고 이야기를 좀 해야겠다."

"아니, 대관절 당신들은 이 인력거를 타신 분이 누군지 알고 그러는 거요?"

"누구는 누구야. 이 집 주인이지."

인력거꾼은 학생들을 위아래로 훑어보았다.

"잘못 아셨소이다. 인력거를 타신 양반은 이 댁 작은 아씨올시다. 자, 인력거를 이제 놓으시오. 점잖은 양반들이 웬 주정이요?"

인력거꾼은 그들을 술주정꾼으로 알았다.

"아냐, 인력거꾼이 거짓말을 하는 것일지도 몰라. 신문사로 찾아가도 피하는 사람이 무슨 거짓말을 못 할까. 덮개를 벗겨 보자."

장은식은 인력거 덮개의 앞쪽을 들어 올렸다. 그 순간 호기롭게 젖혀 든 은식은 깜짝 놀라 주춤거렸다. 인력거꾼이 은식을 떠밀었다.

"이 양반아! 이게 무슨 미친 짓이야!"

이때 인력거 손잡이에 여러 학생이 매달리다시피 달려

들어 인력거꾼을 물리치고 덮개에 쌓인 인력거 속을 들여다보았다.

"누구신지 모르겠는데, 이게 무슨 실례입니까!"

인력거 속에서 성난 여성의 호통 소리가 들렸다.

한창 김석황을 두들겨 패 주자던 호기로움이 순간 사라지는 것 같았다.

"이보게, 인력거를 내려놓게."

인력거 속에서 아담한 목소리가 흘러나왔다. 인력거꾼은 입맛을 다시며 말했다.

"원, 별꼴을 다 보겠네. 요새는 학생들의 술주정 때문에 점잖은 손님 모시고 다니기도 어렵구만."

인력거꾼은 인력거를 내려놓았다.

인력거 속에서 털외투로 가냘픈 몸을 싸고 '칠피 구쓰40)'를 신고 손에는 빛나는 보석 반지를 낀 젊은 여성이 내렸다. 손에 들고 있던 '오페라백41)'에서 돈 일 원을 꺼내 인력거꾼에게 주었다.

"거스름돈은 되었네."

인력거꾼은 고개를 열 번이나 굽실거리며 돌아갔다. 학생의 수가 너무 많으니 싸울 용기도 없어진 모양이었다.

미인은 눈앞에 묵묵히 서 있는 학생들을 훑어보더니 아

---

40) 칠피(漆皮) 구쓰: 옻칠을 한 가죽으로 만든 구두. 구쓰(靴[くつ])는 구두를 뜻하는 일본어
41) 오페라백(opera bag): 과거 서양에서 오페라를 구경할 때 들고 다니던 작은 가방. 부인들이 흔히 쓰는 손가방을 이르기도 한다.

무 거리낌 없이 확 돌아서서 집 안으로 사라져 버렸다. 그 미인은 석황의 누이인 김영자였다. 동경음악학교를 졸업하고 온 여류 성악가로 오늘 저녁에도 청년음악회에서 돌아오는 길이었다.

여러 학생들은 결국 그녀의 아름답고 도도한 태도에 주눅이 든 모양이다. 순식간에 혜성처럼 사라진 영자의 그림자만 바라보고 있었다.

한참 있다가 시답잖은 소리를 잘하는 이응현이 내뱉었다.

"에이! 그놈의 계집애는 예쁘긴 왜 그리 예뻐."

장은식도 따라 말했다.

"예쁘긴 예쁘군."

"아마 김석황의 누이인가보군."

"돼지 같은 놈이 누이는 잘 뒀네."

"왜 어제 신문에 사진까지 났잖은가. 김석황의 누이 김영자 양의 독창회가 있다고."

여기 모인 학생들은 대개 음악이니 예술이니 하는 방면에는 냉담한 운동가들이라 김영자의 명성을 알지 못하는 이들이 많았다. 이때 마침 한 인력거가 골목으로 들어왔다.

"이번에는 정말로 온다."

정말로 이번에는 김석황인 듯했다. 털외투 깃을 펴서 모자까지 파묻고 여송연을 피우며 인력거를 몰고 큰 대문으로 들어선다. 마침 대문 앞에 서 있던 학생들은 즉시 인력거 채를 잡았다.

"김석황 씨! 좀 내리시지요."

장은식이 선전 포고를 내리듯 말했다.

김석황은 취하기는 했으나 정신을 못 차릴 정도는 아니었다. 여러 사람들이 달려드는 것을 보고 처음에는 신문사 공장 사람들이 월급은 주지 않고 술만 마시러 다닌다고 시비를 걸러 온 줄로만 알았다.

석황은 인력거에서 내렸다. 내리며 외투 깃을 펴고 자세히 둘러보았다. 아는 사람이 한 명도 없었다. 서울대학 정복을 입고 모자를 쓴 청년 학생들이 죽 늘어선 것이 심상치 않았다.

"무슨 일로 나를 보자고 하셨소?"

그는 대문 앞에서 정중하게 물었다.

"당신께 질문할 일이 있어서 왔습니다."

"무슨 질문인데 이 밤중에 대문 앞에서 이런단 말이요?"

"문 앞이라! 흥! 신문사에 세 번, 네 번 찾아가도 만나주지를 않으니 이런 곳에서라도 만나려고 하는 것이오."

"대관절 질문은 무슨 질문?"

장은식은 즉시 양복 속주머니에서 반도일일신문 한 장을 꺼내 사회면이 잘 보이도록 접어서 김석황의 턱 아래 들이댔다. 두 개씩 달린 문등의 불빛이 "동래정화"라는 기사를 비쳤다.

"이것은 내가 알지 못하지. 사회부 기사니 사회부장에

게 물어야지요."

김석황이 들여다보더니 말했다.

"당신이 사장 아닌가요? 특히 김용규 선생과는 친구 사이지요. 김루월은 당신이 반해서 쫓아다니는 기생이고요. 아직도 모른다고 하실 셈입니까?"

김석황은 담대하고 호기로운 남자다. 계집에게 반했을 때는 체면도 경계도 모르지만, 그렇지 않을 때는 꽤 명석하고 두뇌 회전이 빨랐다. 분노에 차올라 밤중까지 기다리는 학생들을 대충 보내지는 못할 것이라 생각했다.

"자, 여러분. 이 문제에 대해서는 나도 자세히 할 말이 있소이다. 일단 들어갑시다."

"들어가면 책임질 말을 하실 겁니까?"

"그러지요."

"그러면 들어들 가세."

여러 학생들은 일제히 김석황의 사랑으로 들어갔다. 사랑 중문을 들어가서 마루에 올라서니 조선집 모퉁이에 붙여 지어 놓은 양관 응접실에 전등이 켜져 있었다.

"오월아!"

석황이 소리를 질렀다. 응접실에서 조그만 계집 하인이 뛰어 나왔다.

"이 손님들을 응접실로 안내를 하고 차를 내오거라."

"네."

오월은 학생들에게 예를 차리며 말했다.

"이리 들어오시지요."

학생들은 아무 말 없이 구두를 벗고 방으로 들어갔다.

응접실은 그리 넓지 않으나 미국에서 사들인 가구가 가지런하게 배치되어 있고, 난로에서는 불이 피어오르고 있었다.

분명 지금까지 누가 이 방에서 놀았던 모양이다. 피아노가 열린 채로 있고, 테이블 위에는 여자의 장갑과 오페라 백이 놓여 있는 것을 보고 여러 학생들은 바로 김영자를 연상했다.

아무튼 추위에 떨고 서 있던 사람들이라 난로 앞으로 모여들었다. 미인을 생각하며 난로에 몸을 녹이는 학생들은 오히려 분노가 있었는지 의심스러울 정도로 얼굴빛이 평온해졌다.

일행 중에 가장 키가 작은 이응현이 친구들 틈에 껴 있다가 어느 틈에 테이블 위에 놓여 있는 여자의 장갑을 집어 들었다.

"이보게들, 몸만 녹이지 말고 마음도 좀 녹이게."

그가 웃으며 말하자 다른 친구 한 명이 그를 흘겨보며 말했다.

"망할 자식."

생각이 단순한 응현은 이 집이 시비를 걸기 위해 온 집인 것도 잊은 사람 같았다.

"흥, 자네는 참 미인을 싫어하더군."

두 사람의 농담에 장은식이 화를 냈다.

"이 친구들아! 여기가 어디인데 지금 농담을 하나!"

장은식이 소리를 지르는 바람에 응현은 얼른 장갑을 내려놓았다. 이때 안으로 통하는 문이 열리며 석황이 여전히 여송연을 물고 거드름을 피우며 나왔다. 뒤를 따라 차를 들고 나오는 오월을 보며 그가 말했다.

"어서 차를 놓아 드려라. 추우실 텐데. 자, 자. 어서 앉으시오. 어서어서."

김석황은 시비를 걸러 온 학생들을 친한 친구 반기듯 다정히 앉혔다.

흥분한 학생들은 석황의 노련한 처세술에 빠져 화를 내지도 못하고 굽실거리지도 못해 서로 눈치만 보고 있었다.

"자, 여러분. 앉으시오. 세상일이란 것이 서로 이해가 부족하면 욕도 하고, 벼르기도 하는 것이지요. 알고 보면 그저 허허 웃어 버리고 마는 걸 말이오."

서로 바라보고 있던 학생들은 서로 시선을 교환하며 모두 의자에 앉았다. 차를 들고 비켜서 있던 오월은 공손히 찻잔을 내려놓고 들어가 버렸다. 빨간 저고리에 검은 치마를 입은 오월의 가련한 자태가 밉지는 않았다.

오월이 앞에서 어른거리는 바람에 학생들의 말문은 쉽게 열리지 못했으나 그녀가 사라지자 장은식이 가까이 앉으며 말했다.

"알고 보면 허허 웃는다 하시는데, 우리더러 무엇을 알라고 하시는 겁니까. 이리저리 핑계 대지 마시고 신문에 사죄 광고를 낸다고 약속을 하십시오. 양심 있는 신문사 장이면 이 요구에 반대는 차마 못 할 것입니다. 이게 무슨 비인도적 행동입니까. 조선에 하나밖에 없는 민간 대학의 체면도, 점잖은 친구의 처지도 하찮게 여기고 그런 비루한 기사를 어떻게 차마 낼 수 있습니까."

여송연을 빨고 묵묵히 앉아 있던 석황은 비로소 강팔이 자신의 귀에다 대고 기사를 낸다고 할 때 잠시 격분된 마음에 이런저런 생각도 못하고 묵인한 것이 후회가 되었다. 그 기사를 내고 친구들에게 핀잔과 비웃음을 받았을 뿐 자신에게 이로운 일이라고는 없었다.

석황은 가끔 자신을 돌아보는 시간을 갖고는 한다. 그 시간만은 계집도 야욕도 잊어버리는 때이며, 그가 가장 사람 같은 마음을 갖게 되는 시간이다. 지금 그는 며칠째 자기 돈을 들이지 않고 신문사 경비를 지출할 술책과 고운 기생들을 정복할 것만 골몰하다가 이제야 비로소 조용히 자신을 돌아볼 시간과 기회를 얻은 것이다.

그러나 지금 와서 어린 학생들에게 잘못했다고 빌 수는 없었다.

"어쨌든 여러분이 오신 의도는 잘 알았소. 나도 이 일에 대해서는 감독하는 사람으로서 책임이 없는 것은 아니오. 그래도 기사를 낸 당사자들과 상의는 해야 할 것이니 내일 오후 신문사에서 만납시다."

신문사라는 말에 학생들이 화를 벌컥 냈다.

"아, 또 신문사 말입니까! 신문사에는 다시 못 가겠습니다. 갈 때마다 안 계신 양반이 내일이라고 만나실 리 있겠습니까."

"이 자리에서 확실히 대답을 하시지요."

"이보게, 학생들! 그렇게 흥분해서 말을 할 것이 아니지 않소. 신문사에 없었으니 없다는 것이지 내가 설마 댁들이 무서워 피했겠소."

"암, 그러시겠지요. 인격과 양심을 겸비하신 어르신이니 저희 같은 어린 학생들을 피할 리는 없겠지요. 그런데 저희는 분명히 속은 것이 분명하니 내일로 미룰 수는 없습니다."

장은식의 말투는 날카로웠지만 결코 싸우러 온 사람 같지는 않았다. 벼르고 올 때보다는 사기가 상당히 저하되기 시작했다.

일행 중에서 가장 심술궂은 추고설이 참다못해 나섰다. 그는 김석황을 벼르는 것보다도 함께 온 동지들의 사기가 저하되는 것을 깨우쳐 주기 위해 나서서 테이블을 내리치며 말했다.

"이거 보십시오, 김 사장! 왜 이리 거만하신 겁니까. 어서 사죄를 하겠다든지 그렇게 못하겠다든지 답을 하시지요!"

말이 끝나기도 전에 안으로 향한 문이 확 열렸다. 문밖에서 엿듣고 서 있던 영자가 추교설이 벌떡 일어나 테이블을 치는 순간에 깜짝 놀라 문에다 힘을 쓰는 바람에 문이 열린 것이다. 영자는 평소 남자 친구가 많은 사람이고, 이 남자 저 남자를 유혹해 놓고 마지막에는 냉담하게 내치는 여성이었다.

그녀의 미모와 예술을 존경하는 청년들 사이에서는 그녀를 "어여쁜 악마"라고까지 불렀다.

보통 여자 같으면 어찌할 줄 몰라 했겠으나, 그녀는 문지방 안쪽으로 엎어지는 몸을 금방 오른발 끝으로 지탱을 하며 그대로 인사를 했다. 이 모습에 추교설의 말도 끊어지고 학생들도 다시 눈앞에 나타난 꽃 같은 단발 미인을 바라보고 있었다.

"실례합니다. 용서해 주세요. 테이블 위에 제 물건이 있어서 잠깐 가지러 왔을 뿐입니다."

그녀는 이렇게 말하며 여러 학생들이 눈독을 들이던 테이블 위의 오페라백과 장갑을 집어 들었다. 그녀의 대담한 태도에 학생들도 내심 탄복하지 않을 수 없었다.

장갑을 손에 든 영자는 오히려 나가지 않고 옆에 비켜섰다. 영자는 모여 앉은 청년 학생들이 분명 자신의 미모와 교태에 넋이 나갔다는 것을 알았다. 악단에서 가득 모인 청중을 웃기고 울리던 그 재주를 이 자리에서 활용할 생각이었다. 그래서 곤경에 빠진 오라버니를 구하려고 생각한 것이다.

"우리 오빠를 너무 심하게 나무라지 마세요."

벌컥 소리를 지르며 일어서 있던 급진파 추교설도 영자가 마주 서서 영롱한 눈동자를 빛내며 바라보고 말하자 처음의 그 용기가 절반 정도는 꺾어 버린 것 같았다.

석황도 오입쟁이라 예쁜 여자가 어떤지 잘 안다. 그래서 살기에 찬 실내의 공기가 영자가 들어와서 점점 완화되어 가는 듯 보였다.

"여러분. 밤도 늦었고, 또 여러분이 돌아가실 곳이 멀지 않소. 그러니 어서 가서 주무시오. 나도 오늘 밤 여러분의 의사를 잘 알겠으니 내일 신문에서 비중 있게 해명하도록 하겠소."

여러 학생들은 서로 보기만 하고 대답이 없었다. 이때 은식은 미인의 앞에서 대답을 주저하는 것이 불명예처럼 느껴졌다.

"비중 있는 해명이라 하시면 그 범위가 어떻게 되는지 알아야겠습니다. 사회면 맨 끝에 한 서너 줄 적어 놓고 비중이 있다고 하지 말라는 법은 없지 않습니까."

석황은 허허 웃었다.

"설마 그렇게 하겠소. 이왕 여러분의 정의감에 감동하여 내는 해명이니 여러분이 보시더라도 만족하시도록 내겠소."

"제목은 삼단은 붙여야 합니다."

이에, 석황은 놀라서 말했다.

"그것은 무리지. 삼단 제목이란 천하의 큰 문제나 만나지 않으면 붙이지 못하는 것이오."

"그러면 몇 단 제목을 붙인다는 말씀입니까."

"그건 편집국장에게 일임할까 하오. 아무리 내 신문사라도 신문에 제목을 크게 붙이거나 작게 붙이거나 하는 일은 내가 직접 하는 일이 아니니까."

어느덧 밤은 깊었다. 영자는 한시라도 빨리 중구난방으로 귀찮게 떠들어 대는 학생들을 보내 버리고 싶었다.

"오빠, 어머님께서 기다리시는데 어떻게 해요."

석황은 영자의 뜻을 눈치챘다.

"그래, 어서 들어가야겠는데, 손님들이 계셔서 좀 곤란하구나."

이때 영자는 다시 학생들을 향해 부끄러운 표정으로, 그리고 약간은 애원하는 듯 인사를 하며 말했다.

"여러분, 정말 죄송해요. 신문에 내는 문제는 저라도 졸라서 잘 낼 수 있도록 할 테니 안심하고 돌아가세요. 밤도 깊고 날도 찬데 더 늦으면 전차도 끊어진답니다. 그 대신 제가 반드시 여러분들이 시원하도록 정정 기사를 내 드리게 하지요."

얄밉고도 아름다운 후원자다. 적진에서 우승을 한 배반자의 거만한 태도가 무의식적으로 여러 학생들의 가슴에 숨어들었다.

마음껏 두들겨 주자고 해서 당당히 왔는데, 당해 보니 두들겨 줄 수도 없었고, 벼르고 올 때는 거드름을 피우는 인간인 줄 알았지만, 만나 보니 미워할 곳이 없는 호남아였다. 더욱이 꽃같이 고운 누이가 있어서 가뜩이나 식어 가는 분노의 불길에 물을 끼얹는 격이 되고 말았다.

사실 김석황은 미워하기 어려운 호남자다. 다만 때때로 심술이 나면 선을 모르고 자기 하고 싶은 대로 하고 마는 고집이 있어서 여러 곳에서 비판과 공격을 받지만 아직 세상일에 익숙하지 못한 학생들을 상대로 싸우거나 말다툼할 사람은 아니었다.

한참 동안 침묵은 계속되었다. 학생들은 앞으로 어떻게 하면 좋을지 몰랐다. 덤벼들어 욕을 하거나 때리지는 못하겠고, 그렇다고 그대로 돌아간다는 말도 나오지 않았다. 이때 석황이 벌떡 일어서서 점잖게 말했다.

"애야, 손님들 구두를 찾으시게 현관에 불을 켜렴."

돌아가라는 뜻이었다.

서로 '그럼 가자'는 말을 먼저 하기가 싫어 묵묵히 앉아 있던 학생들은 이 기회에 모두 일어섰다. 영자는 다정히 웃으며 말했다.

"자, 그럼 이리 나오시지요."

그녀는 현관으로 통하는 문을 열었다. 학생들은 하는 수 없다는 듯 굽실거리며 나섰다. 이제 미운 생각도, 분한 생각도 거의 다 사라졌다. 신문에 정정 기사나 크게 내 주

눈물에 젖는 사람들 151

었으면 교섭위원들의 면이 살겠는데, 하는 어슴푸레한 바람이 남아 있을 뿐이다.

여러 학생은 으리으리하게 치장한 석황의 집과 등에서 땀이 날 정도로 아름다운 영자에게 밀려 내쫓기듯 현관을 나섰으나 그냥 그렇게 갈 수는 없어서 은식은 석황과 영자에게 덧붙였다.

"그러면 내일 신문에 꼭 내 주셔야 합니다."

자정이 넘은 경성의 겨울밤은 몹시 추웠다. 전차도 끊어지고 배도 고파서 여러 학생들은 주머니를 털어 설렁탕집으로 들어섰다.

"흥, 설렁탕집에 들어서는 꼴을 영자가 보면 사람으로 보지도 않을걸."

응현이 탄식했다.

반도일일신문 사건이 일어난 후, 마음을 졸이며 음식도 제대로 먹지 못하고 거의 실신한 사람 같았던 용규는 마침내 감기가 심하게 들어 드러눕게 되었다.

여관 한곳에 그야말로 외롭게 누워서 높아 가는 열 때문에 헛소리를 하지만 여관 하인 말고는 들여다보는 사람이 없었다. 박홍식과 서울대학 신학부 학생들이 낮이면 돌아가며 다녀가기는 하지만 해가 지면 돌아가 버리니 병석에서 가장 겪기 어려운 밤을 혼자 새웠다.

누이도 불러 본다. 하나님도 불러 보고, 어머니도 불러

보았다. 그러나 문틈으로 새어 들어오는 찬 바람만이 대답을 할 뿐이다.

용규가 병석에 누운 지 일주일 만에 의사는 폐렴이라는 진단을 내렸다. 병세는 점점 심해지고 간병할 만한 사람이 없어 홍식은 생각다 못해 동래에 있는 자신의 누이 은주에게 곧 상경하라는 전보를 보냈다.

루월도 불러왔으면 좋겠으나 아직 그녀의 신변에 관한 문제가 끝나기 전이라 다시 무슨 소문이나 나지 않을까 하여 루월은 남겨 두고 은주만 상경하라 한 것이다.

은주가 상경을 하자 용규는 즉시 세브란스 병원에 입원을 했다. 은주는 정신을 차리지 못하는 용규의 머리맡에서 밤을 새워 가며 간병을 했다. 홍식은 은주의 헌신적인 간호를 고결한 인류애의 극치라고 생각했다. 그러나 학생들은 김용규 선생의 사랑의 세계를 열어 주시는 하늘의 섭리라고 생각했다.

당사자 두 사람은, 정신이 없는 용규는 그저 감사하고 든든할 뿐이고, 은주는 이렇게 하는 것 말고는 다른 도리가 없어서 하는 것뿐이었다. 사실 용규의 처지와 사정을 아는 사람이라면 지금처럼 병들어 누워 있는 것을 보고는 차마 그의 곁을 떠나지 못할 것이다.

더욱이 고독의 비애에 눈물겨운 은주로서는 동병상련의 구슬픈 의협심도 있었고, 세상을 등진 고결한 인격을 보호한다는 생각도 있어서 그야말로 애인 이상의 간호를 하게 된 것이다.

병원 간호원들이며 정신이 있는 다른 입원 환자들 사이에서는 벌써 용규와 은주의 관계에 대해 별의별 이야기가 퍼졌다. 은주는 분명 용규의 애인이라고 단정 지어 버린 간호원도 있었다.

"아마 친척으로 어찌 되는 사이인데 아무도 돌보아 줄 것 같은 사람이 없어서 하는 수 없이 와 있는 것일지도 모르지."

이렇게 온전한 추측을 내리는 환자도 있었다. 특히 은주에게 반해서 따라다니는 바이올리니스트 최창식은 이런 의문을 해결하기 위해 이런저런 활동을 해 보기도 했으나 두 사람이 얼마나 가까운 사이인지 도저히 알 길이 없었다.

오늘은 크리스마스를 하루 앞둔 12월 24일이다.

십 년 만에 내렸다는 큰 눈이 경성 천지를 곱게 덮었을 때, 세브란스 병원 간호원 모두와 간병하기 위해 출입하는 여자들은 병석에 누워 신음하는 형제들을 위로하고자 재미있는 크리스마스 선물도 장만하고 방마다 꾸며 놓을 예쁜 트리도 만들었다.

물론 은주도 여러 사람들 틈에 껴서 용규의 성격에 맞는 선물과 용규의 눈에 들 만한 트리를 만들고 있었다. 간호원 중에서도 은주와 제일 가까워진 방경실이 웃으며 말했다.

"정말로. 은주 씨는 병간호하시는 데 선수시네요. 어젯밤에도 새벽 두 시까지 성경을 읽어 주셨지요."

은주는 낯을 붉혔다.

"그 어른은 정신만 조금 들면 찾으시는 것이 물이랑 성경뿐이랍니다."

이때, 어린 손자가 얼음을 썻다가 넘어져 다리가 꺾여 입원한 바람에 따라왔다는 노파가 나서며 말했다.

"그래, 두 분은 부부 사이요, 남매 사이요? 모두 알고 싶어 하니 시원하게 말 좀 해 보시구려."

시골에서 교당에나 좀 다녀 수다만 배운 눈치 없는 노파라 평소에 여러 사람이 수군거리던 의문을 노골적으로 물어보았다. 은주는 그만 가슴이 갑갑해지고 머리가 화끈거렸다. 그렇다, 친척도 아니고, 물론 애인도 아니었다.

지금 그녀로서는 그 노파의 염치없이 아무렇게나 묻는 말에 대답할 길이 없었다.

"친척도 아니고, 아무 사이도 아니에요. 다만 누구도 봐 드리는 이가 없는 양반이라 제 오라버님과 사이가 좋아서, 그리고 보기에도 딱해서 임시로 와 있는 거예요."

이것만으로는 새벽 두 시까지 성경을 읽어 주는 성의의 이유가 될 수는 없었다.

그러나 은주 스스로도 더 이상 적절한 이유를 찾을 수 없었다. 이때 마침 문에서 손님을 맞는 아이가 와서 명함을 내밀었다.

"박은주 씨, 손님이 오셨습니다."

명함을 받아 보니 향수 냄새가 은은히 났다. 명함에는 "최창식"이라고 새겨져 있었다.

은주는 나가지 않으려 했다. 만나 보아야 반가울 것도 없고, 그가 하는 말은 들으나 마나 사랑의 하소연일 뿐이었다.

"얘야, 지금은 환자 옆을 떠날 수가 없어서 만나 뵙지 못한다고 전해다오."

"그런데 뭘 가져오셨던데요."

"됐다, 얼른 나가서 내 말대로 전해 주렴."

아이를 쫓아내다시피 돌려보내고 조금 있으려니 여러 사람이 떠드는 등 뒤에서 은주를 부르는 남자의 목소리가 들렸다.

"은주 씨! 은주 씨!"

은주와 다른 사람들은 깜짝 놀라 돌아보았다. 잘생기고 늘씬한 양복쟁이였다. 넥타이며 목도리, 양복 윗주머니에 늘어진 손수건에 똑같이 짙은 초록빛에 빨간 점이 박혀 있는 것이 눈에 띄었다. 미국 영화에서 흔히 보는 활동사진 배우와 같이 머리를 가운데서부터 갈라서 반지르르하게 붙인 것도 조선에서는 드물게 보이는 '하이칼라[42]'였다.

여러 여성들은 마치 남자들이 떠드는 좌석에 꽃 같은 미인이 나타났을 때와 같은 기분을 느끼며 주춤거리고 있었

42) 하이칼라(high collar): 과거 서양식 유행을 따르던 멋쟁이를 이르던 말

• 남대문통 5정목(현재 서울 중구 남대문로5가)에 있었던
  세브란스 병원(사진 우측)

다. 은주는 화를 냈다.

"창식 씨! 글쎄 못 만나 뵙겠다고 했는데 이렇게 막 들어오시면 어떻게 해요!"

은주가 벌떡 일어서며 말하자 창식은 들어올 때의 당당함과는 달리 가만히 그녀의 비난을 듣고 있었다.

그도 이렇게 여러 사람이 같이 있을 줄은 모르고 들어온 것이다.

이왕 들어선 발길을 돌릴 수도 없고, 그렇다고 화를 내는 은주를 맞춰 줄 방법도 없어서 창식은 잠시 가만히 서서 불명예를 달게 받을 뿐이었다.

은주 역시 기왕 들어온 사람을 야박하게 내쫓을 수는 없고, 그 자리에 오래 있으면 있는 만큼 창피할 것 같아서 나직이 말했다.

"저쪽으로 가시지요."

그녀는 창식의 앞을 지나 복도 옆으로 갔다. 창식은 묵묵히 그녀의 뒤를 따라갔다. 여러 사람들은 아직도 재미있는 구경거리나 되는 듯 두 사람의 뒤를 바라보았다.

용규가 입원한 병실 옆에는 작은 부속실이 있어서 용규의 간병을 하는 동안 은주는 거처하는 방으로 썼다.

은주는 다른 사람들의 시선을 피해 자신의 방으로 들어갔다. 창식은 거의 억울하다는 표정을 지으며 말했다.

"은주 씨! 제가 무슨 죄가 있다고 이렇게 벌을 주시는 겁니까. 저는 당신이 한 번 흘겨볼 때마다 예리한 칼날에 가슴이 찔리는 것보다 더 쓰라립니다."

은주는 다시 화를 냈다.

"나는 활동사진 변사의 흉내 내는 소리를 듣자고 하는 것이 아닙니다."

은주가 창식을 특히 꺼리는 것은 그의 말버릇 때문이다. 그러나 창식은 은주가 문학을 하는 이상 될 수 있는 대로 로맨틱한 사랑의 고백을 하는 것이 좋을 것이라고 생각해서 반대의 결과가 나올 것이라고는 생각하지 못하는 모양이었다.

창식은 여전히 금방 쓰러질 듯한 애처로운 표정을 지으며 말했다.

"은주 씨! 저는 당신이 미워하시거나 말거나 당신에 대한 사랑과 존경은 조금도 변하지 않을 겁니다. 변변찮으나 크리스마스 선물을 가져왔으니 받아 주십시오."

그는 한 손에 들고 있던 삼월오복점[43] 종이로 싼 뭉치를 테이블 위에 놓았다. 은주는 거들떠보지도 않았다.

"저는 불순한 이유로 주시는 선물은 천하의 반을 준다 해도 싫습니다."

"원, 천만에요. 크리스마스 선물에 불순한 이유가 어디 있겠습니까."

"좋아요, 그럼 받지요. 이제 다시 가져가세요. 가지고 오

---

43) 일본의 백화점인 미쓰코시백화점 경성 출장소의 전신으로, '삼월(三越)'은 미쓰코시의 한자식 표현이며 '오복점(吳服店)'은 포목점을 뜻하는 일본식 용어다.

실 때는 제게 주는 선물이었지만 이번에는 제가 드리는 선물로 알고 가져가세요."

은주의 이 말에 창식도 매우 비위가 상한 것 같다.

"아니, 신학 박사 애인을 두고 병간호하시는 분은 이렇게 거만하게 굴어도 됩니까. 하나님의 이름을 빌려 보내는 선물을 가지고 이러니저러니 하는 것은 이단이나 하는 일이지, 신학 박사의 애인으로서는 차마 해서는 안 될 일이지요."

창식이 앞에 버티고 서서 말하자 은주는 얼굴이 새빨개졌다.

"나는 그런 무례한 말씀은 듣고 싶지 않아요."

그녀는 이렇게 말하며 용규가 누워 있는 병실 문을 열고 들어가 버렸다.

문을 쾩 닫고 들어오는 소리에 병석에 누워 있던 용규가 눈을 번쩍 떴다. 은주는 비로소 자신이 너무 요란하게 굴었던 것을 뉘우쳤다. 이제는 창식이라는 인간이 자신을 그리워하며 옆방에서 속을 태우고 있다는 사실조차 잊은 듯 다시 표정을 고치고 용규의 머리맡에 공손히 앉았다.

"선생님, 놀라셨지요."

용규는 다시 눈을 감으며 말없이 고개만 흔들었다. 남자로서는 아까울 정도로 하얀 얼굴에 오똑한 코와 시원한 이마는 몸 고생, 마음고생에 극도로 야윈 탓에 그야말로 연민의 정이 들게 했다.

은주는 새삼스럽게 용규의 얼굴을 가만히 바라보았다. 그녀의 가슴은 점점 어지러워지는 것 같았다. 간호원과 노파의 말, 창식의 비웃음. 모두 용규와 자신이 연애 관계에 있다고 생각하기 때문에 그런 것이다.

은주는 용규를 처음 만났을 때부터 말로는 표현하기 어려운 일종의 호의와 존경심을 갖게 된 것은 분명하다. 사랑하는 사람에게 버림받은 뒤로 세상의 모든 남성들을 야수처럼 생각했던 은주로서도 용규의 단아한 풍채와 침착한 성격에, 마치 로마 신화에 등장하는 기독교적 인물을 대하는 듯 고아한 느낌을 받았던 것도 사실이다.

그러나 그때의 그 느낌을 가지고 그걸 사랑이라고 할 수는 없었다.

"언제라도 저런 고결한 남성을 모델로 사랑스러운 사랑, 하늘의 뜻을 거스르지 않는 사랑을 그려 보아야겠어."

은주는 이런 창작욕을 가졌을 뿐이다. 그러는 동안 용규의 신변에는 사람으로서 견디기 어려운 고민만 닥쳐오게 되었고, 그래서 은주의 호의는 동정으로 변해 결국은 병원까지 온 것이다.

아까만 해도 은주는 용규의 병을 위해 정성껏 간호를 했지만 자신이 어째서 이 사람에게 이렇게까지 정성을 쏟지 않으면 안 되는지에 대한 반성은 없었다. 그러다가 자신이 이 사람 저 사람의 의혹을 받게 된 것을 알았을 때야 비로소 '사랑'이라는 의식을 갖게 된 것이다.

지금 은주의 가슴에는 아무런 생각도 없다. 오직 사랑! 용규! 이 둘만이 용솟음칠 뿐이다. 그 생각조차 사랑을 하고 싶다는 본능도 아니고, 이제껏 해 온 일이 용규를 사랑해서 시작된 것이 아닌가 하는 자기 심판일 뿐이다.

이미 자신의 마음은 식어 버렸고 어떤 남자를 만나든 식어 버린 마음이 다시 타오르지는 못할 것이라는, 그녀의 이러한 신조는 흔들리기 시작했다. 남성은 야수라는 자기 암시에 가득 찬 작품만 쓰던 은주로서는 자신의 차가운 가슴이 차차 풀리는 것을 알게 된 것이 한편으로는 무서웠으며, 말하지 못할 그리움이었다.

은주는 용규의 머리맡에 놓여 있는 의자에 앉았다. 그러나 용규는 여전히 실눈을 뜨고 가만히 누워 있었다. 은주는 나직하게 말했다.

"과일을 까 드릴까요?"

"싫소."

용규는 비로소 입을 열었다.

"그럼 성경을 읽어 드려요?"

"됐소, 성경은 밤에 읽고 지금은 동래 온천에서 쓰셨다는 소설을 읽어 주시오."

은주는 고개를 숙였다.

"뭐, 잘 쓰지도 못했어요."

용규는 힘없이 웃었다.

"그러지 말고 들려주시오."

병은 겨우 나았으나 기력이 아직 회복되지 못해 힘겹게 누워 있는 용규에게는 책 읽는 소리를 듣는 것 말고는 낙이 없었다. 더욱이 병든 가슴에 끓어오르는 고민을 잊는 시간은 오직 은주가 성경을 읽어 주는 시간뿐이다.

그러나 항상 성경만 읽어 달라는 것이 미안해지기 시작했다. 게다가 홍식에게 은주가 자서전을 쓴 모양이라는 이야기도 들은 적이 있어서 이번에는 특히나 은주가 지은 소설을 읽어 달라고 한 것이다.

은주는 바로 일어났다. 자신의 방으로 책을 가지러 가려는 것이다. 창식이 아직도 있으면 어떻게 하지, 이런 생각도 들었지만 그녀는 옆방 문을 열었다. 다행히 창식은 돌아가고 그의 선물만 놓여 있었다.

은주는 삼백여 매의 원고지에 쓴 소설을 가방 속에서 꺼내 용규의 머리맡에 앉아 나직한 목소리로 읽기 시작했다. 그것은 곧 은주 자신의 자서전이었다. 생명을 다해 믿고 사랑하던 애인에게 버림을 받은 불행한 여성의 피의 하소연이었다.

읽어 나갈수록 은주의 가슴은 심란해졌다. 애인과 애인끼리 처음 만나 가슴에 잠겨 있는 사랑을 차마 말도 못하고 어찌할지 모르는 구절에 이르러서 은주는 목이 메었는지 눈을 감았다. 듣고 있던 용규의 눈에서는 알 수 없는 눈물이 흘러내렸다.

은주는 용규의 눈물을 보았다. 마침내 소설을 읽는 소리가 멈췄다. 용규는 눈을 떴다. 눈물에 어린 눈과 눈이 마주치는 순간에 은주는 용규의 가슴에 고개를 파묻어 버렸다.

은주가 가슴에 엎드리는 바람에 용규는 깜짝 놀랐다. 용규는 꼭 은주의 소설에 감격해서 운 것만은 아니었다. 소설을 읽어 달라고 했지만 마음으로는 딴생각을 하고 울었던 것이다.

　자신의 머리맡에서 다정하게 소설을 읽고 있는 은주가 자신의 누이였으면, 혹은 자신의 달아난 아내였으면, 하는 기막힌 생각이 들어 자연스럽게 애틋한 눈물이 흘렀던 것이다. 그러나 감정이 북받친 은주는 용규의 눈물을 자기 생각대로 해석해 버렸다.

　존경과 사랑에 끓어오르는 감정은 오랫동안 감춰 왔던 정열을 깨웠으니, 그녀는 마치 소설 속의 여주인공이 자신의 애인의 가슴에 고개를 파묻고 울 듯 용규의 가슴에 얼굴을 갑자기 파묻어 버린 것이다.

　용규는 몸을 움직일 기력조차 없어 겨우 팔을 들어 은주의 머리를 쓰다듬었다. 그것은 예수가 예루살렘의 거리를 걸어 다니시며 만인의 고통을 어루만져 주시던 그것과 다를 것이 없었다. 은주는 용규의 손이 자신의 머리를 어루만질 때 얼마나 감격했을까.

　그녀는 눈물에 젖은 목소리로 말했다.

"선생님, 용서해 주세요. 저는 퍽 쓸쓸한 길을 걸어 왔답니다."

용규는 비로소 은주의 울음, 그녀의 태도, 그녀의 목소리가 이상한 것을 깨달았다. 그의 가슴은 순식간에 비바람이 검은 구름에 묻어 몰려드는 것 같았다. 은주가 싫은 것은 아니다. 용규도 사람인 이상 사랑을 모르는 것도 아니다. 그러나 그는 이런 자리에서 친구의 누이와 이 모양이 되어 버리는 것이 깨끗한 일이 아니라고 생각했다.

특히 간 곳도 모르는 아내와는 아직 이혼도 하지 않았다.

'이제부터는 아예 남이 됩시다.' 이런 한마디 말도 없이 다른 여성에게 사랑을 허락하는 것은 하나님께서 허락하지 않으실 것 같았다. 사랑도 미인도 모두 잊고 객창44)에서 공을 닦고 성단 아래에 무릎 꿇고서는, 뛰노는 젊은이의 무리를 떠나 지낸 지가 얼마나 되었을까. 그는 인생의 가장 고결한 길을 걸어 왔다. 그러나 그것은 극히 적막하고 쓸쓸했을 것이다. 곱고 부드러운 행동으로 눈물겹도록 병을 구원하던 친구의 누이가 자신의 가슴에 엎드려 눈물을 지어 가며 사랑을 구할 때, 용규의 가슴은 무너지는 것 같았다.

'은주가 나를 사랑하는구나.'

이런 깨달음이 머리를 덮치는 순간, 용규의 마음에는 때 아닌 봄빛이 비치는 것도 사실이었다. 그러나 그것은 순

44) 객창(客窓): 나그네가 거처하는 방 또는 객지에서 묵고 있는 방

간이었다. 속절없고 애틋한 순간이었다. 용규의 인격, 용규의 신앙은 겨우 봄을 만나 피어나려 하는 사랑의 꽃을 짓밟아 버리려 하는 것이다.

용규는 어떻게 하든지 은주가 부끄럽지 않게 이 자리를 수습해야 한다고 생각했다. 그러나 이런 경험이 없는 그로서는 도저히 좋은 방법이 나지 못해서 그대로 가만히 누워 있었다. 하지만 은주는 용규가 이런 생각을 갖고 있는 줄은 꿈에도 몰랐다. 그녀는 오직 용규의 두 팔이 자신의 몸을 얼싸안는 따뜻한 시간이 오기만을 기다리는 듯 일어날 줄 몰랐다.

용규의 한 줄기 눈물은 마침내 사랑을 잃고 병든 가슴이 채 낫지도 않은 은주에게 또 한 번의 상처를 주는 원인이 되는 것은 아닐까. 그렇다. 용규의 오른손은 여전히 은주의 머리에 놓여 있을 뿐 아무런 변화도 없었다.

흥분이 지나가자 부끄러움이 닥쳐 왔다. 은주는 정신없이 엎드려 있다가 용규의 반응이 옅어지자 자신이 너무 경솔하게 굴었다는 후회가 밀려왔다.

은주는 고개를 무겁게 들었다. 눈물이 어린 얼굴은 시련에 익어 타는 듯 빨개지고 머리카락은 이마와 눈썹 위에 엉클어져 그대로 눈물에 젖어 있었다.

"선생님, 용서해 주세요. 저는 이제 다시 선생님을 뵐 낯이 없어요. 용서해 주신다고 말씀해 주세요. 저 같은 계집이라도 버리지 않겠다는 대답을 해 주세요."

그녀는 거의 애원하듯 사정했다. 이왕 일이 이렇게 된 이상 용규의 분명한 대답을 듣지 않고는 몸을 둘 곳이 없어진 것이다.

용규는 그야말로 진퇴양난이었다. 거절을 하는 것은 곧 은주를 정신적으로 죽이는 일이다. 그렇다고 승낙을 하자니 자신의 양심이 차마 이를 허락하지 않았다.

'나는 누구에게도 사랑을 받을 수 없는 사람입니다.' 이렇게 말해서 은주를 포기하게 만들 결심이 겨우 든 용규는 우선 눈을 떴다.

그가 눈을 뜨지 않았다면 은주의 사랑을 어쨌든 물리쳤을지도 모른다. 그런데 눈앞에서 무릎을 꿇은 은주의 눈물에 젖은 얼굴을 보고는 차마 입이 떨어지지 않았다. 눈물에 어린 얼굴에 두 눈은 정열과 회의에 싸여 보기에도 애달팠다. 용규는 하는 수 없이 은주의 손을 잡았다. 그리고 조용히 입을 열었다.

"은주 씨, 감사합니다. 은주 씨의 사랑을 제가 받지 않으리야 있겠습니까. 그러나 지금은 그 시기가 아닌 것 같으니 당분간 기다려 봅시다. 그러면 하나님께서 좋은 찬스라도 주시겠지요."

용규로서는 적당한 대답이었다. 그러나 이미 탈선되어 버린 은주로서는 만족스러운 대답이 아니었다.

"선생님, 찬스라구요? 영원히 오지 않을지도 모르는 찬스 말이에요?"

"아니요, 그렇지 않아요. 시기와 장소를 다시 생각해서 약혼이라도 하자는 말입니다. 저는 사실상 독신입니다. 그러나 달아나 버린 아내에게 한마디라도 끝내자는 말을 하지 않으면 완전한 독신, 다시 사랑을 할 자유를 가진 독신이라고는 할 수 없지 않겠습니까. 그래서 어느 시기부터는 제 입에서 누구에게든 사랑한다는 말을 하지 못하게 된 겁니다. 그 대신 제가 만약 아내를 다시 얻게 된다면 반드시 은주 씨에게 승낙을 받고 은주 씨를 얻겠다는 맹세만은 이 자리에서 굳게 할 수 있습니다."

은주도 이제는 더 이상 할 수 있는 것이 없는 것 같았다. 저고리 옷고름으로 눈물을 닦더니 용규의 얼굴을 다정하게 바라보며 웃는 낯으로 말했다.

"선생님, 병석에 누워 있는 분을 괴롭게 해 드려서 죄송해요. 그러면 저는 한시라도 빨리 하늘이 좋은 찬스를 내려 주시기를 빌게요."

용규도 은주의 고결한 기품을 잘 알고 있었다. 그녀가 지금 이 말을 하면서 얼마나 마음이 아플 것인지 눈에 보이는 듯했다. 한 겹 화기로 가려진 그녀의 병든 가슴을 용규는 애처롭게 여긴 것이다.

마침내 이성을 잃었는지 용규는 은주의 손을 꼭 잡았다. 손끝에 힘을 주면서 눈도 함께 감았다. 은주도 용규의 손을 꼭 쥐며 용규의 가슴에 다시 고개를 파묻었다. 시간이 얼마나 흘렀는지 모른다. 두 사람은 어쨌든 울었다. 처음에는 은주는 은주대로, 용규는 용규대로 울었다. 그러나 눈물과 눈물은 마음과 마음의 사이를 흘러서 두 사람은 '너'와 '나'를 가려낼 수 없는 울음의 세계에 혼연히 어우러졌다.

"똑똑."

문을 두드리는 소리에 두 사람은 깜짝 놀랐다. 용규는 즉시 벽을 향해 돌아누워 버렸고, 은주는 급히 일어서서 눈물을 씻었지만 눈물에 젖은 얼굴이 금세 나아질 수는 없었다. 은주는 즉시 자신의 방으로 피해 버렸다. 문을 두드린 사람은 아무 대답이 없자 아마도 용규가 혼자 잠이 든 줄 알았는지 문을 조용히 열고 방으로 들어왔다.

그는 박홍식이었다.

홍식은 모자와 외투를 벗어 걸더니 용규의 침대 앞으로 가까이 갔다.

"김 군, 김 군. 자나?"

용규는 박홍식을 대하기가 부끄러웠다. '아무리 은주가 애처롭더라도 한마디로 거절을 했다면……' 하는 후회가 머리를 두드리는 것 같았다.

"음, 박 군인가?"

"왜 아직 기력이 생기지 못하나."

"아닐세. 이제는 훨씬 나아졌네."

용규는 이렇게 말하며 겨우 고개를 돌렸다. 그의 눈에는 아직 눈물의 흔적이 남아 있었다.

"이런, 자네 또 울었나. 이제는 울 일도 없네. 만사 무사 해결일세."

홍식은 루월의 일로 용규가 운 것이라 생각했다. 그는 조끼 안에서 신문 오린 것과 인찰지[45]에 쓴 서류를 꺼내 용규에게 주었다.

"자, 이것 좀 보게."

용규는 힘겹게 팔을 들어 그것을 받아 보았다. 정말로 그것은 용규에게는 다시없이 기쁜 물건이었다.

신문 오린 것에는 "동래정화"에 대한 해명 기사가 신중 하게 기록되어 있었고, 인찰지는 김루월이라는 기생의 몸 은 자유로 된다는 평양 마누라의 천오백 원 영수증이었 다. 용규는 참으로 감사했다.

"박 군, 정말 감사하네."

"내가 무슨 애를 썼겠냐마는 이번에는 학생들의 공로가 참으로 컸네. 한 무리는 김석황이를 네댓 번이나 찾아가 서 기어이 해명 기사를 내게 하고, 또 한 무리는 학생들의 기부금을 거둬서 오늘 아침에 다방골 평양 마누라를 찾아 가 여동생의 몸값을 치르고 이 표를 받아 왔다네."

용규는 기뻤다. 그러나 어쩐지 자신의 몸이 점점 비천해 져 가는 것 같았다. 구구한 동정에 몸이 잠겨 자신의 인격 이 꺾이는 일이 반드시 올 것도 같았다. 그러나 이미 지난

45) 인찰지(印札紙): 미농지에 괘선을 박은 종이. 흔히, 공문서를 작성하는 데 쓴다.

일이요, 이제 와서는 물리칠 용기도 없다. 오직 그는 말 못하는 가슴을 졸일 뿐이다.

"박 군, 학생들에게 이러한 심려까지 끼치고 내가 무슨 낯을 들고 다시 교단에 오를 수 있겠나. 나는 학생들의 열정에 감사하는 그만큼 학생들을 다시 교단 위에서 대할 수 없다는 생각이 드는군."

"어허, 이 사람아. 병도 채 낫기도 전에 교단에 설 걱정은 무슨 말인가. 만사는 되는대로 가는 법일세. 지금 자네의 처지로는 우선 병을 고치겠다는 생각을 하는 것이 제일 급한 것 아닌가."

용규의 솔직한 성격을 아는 홍식은 어쨌든 용규의 마음을 누그려 주려고만 했다.

크리스마스도 꿈만 같이 지나고 양력으로 정월이 다가왔다. 서울대학 학생들이 연말연시 방학을 즐기며 놀고 있을 때, 박홍식의 사택 안방에는 저녁상이 차려져 있었다.

모인 사람 중 손님은 죽을 고비를 겨우 넘겨 퇴원한 김용규, 학생들의 의협심에 구조되어 회생한 김화숙—이제는 루월이라는 이름은 쓰지 않게 되었다—남매뿐이었다. 주인인 박홍식과 그의 아내, 또 한 사람은 용규에게 사랑을 받고 있는 걸 알면서도 마음이 싱숭생숭한 은주다.

다섯 사람은 새로운 삶과 정의에 쌓여 즐거운 만찬을 함께 하고 있었다.

"김 군, 그래, 간도에 가서는 어떻게 할 생각인가?"

박홍식이 젓가락을 든 채 물었다.

"그야, 가 보아야 알겠지. 다시 조선으로 돌아오지 않는다면 행복하겠네."

용규가 한숨을 쉬자 화숙이 나서서 말했다.

"오빠는 너무 세상일을 단편적으로만 보시는 게 큰 걱정이에요. 어쨌든 저도 기생 노릇을 면했으니 꼭 들어앉아서 은주 언니에게 글이나 배우고, 오빠도 다시 학교에 다니시기만 하면 그럭저럭 바랄 것 없는 세상 아니겠어요."

화숙은 다시 옆에 앉은 은주를 보며 말했다.

"언니, 오빠를 따라 언니도 간도로 가는 게 어때요? 그래야 오빠도 다시 조선을 오실 거예요."

기생이라는 이름은 겨우 면했지만 기생 노릇 하던 버릇은 금방 버리기 어려워서 화숙은 자못 그립다는 듯 벌써 은주와 자신의 오빠 사이를 놀리고 있었다.

홍식은 속이 좀 뒤틀리는 것 같았다. 할 수 없는 퇴물 기생이라는 생각이 들었는지도 몰랐다.

"너는 왜 이렇게 나대니."

홍식은 이 한마디로 화숙의 입을 막았다. 그러나 용규와 은주의 사이를 수상하게 여겨 눈치를 보고 있던 홍식은 빙그레 웃으며 은주에게 말했다.

"은주야, 네 뜻은 어떠냐? 화숙 씨도 가고, 간도 구경도 할 겸 함께 가는 거 말이다. 의외로 좋은 소설 재료가 생길

지도 모르지."

은주는 얼굴이 빨개지며 고개를 숙인 채 숟가락으로 국그릇만 살살 휘젓고 있다.

"애야, 왜 대답이 없니."

"몰라요."

은주는 겨우 대답을 했다. 화숙은 핀잔을 이미 한 번 들었지만, 남자를 어렵게 여기지 않던 버릇이 남아 있어 또다시 나섰다.

"아유, 박 선생님도. 누가 그러면 갈게요, 하고 나설까요. 싫다고 하지 않으면 좋다는 뜻이지."

화숙이 이렇게 말하자 박홍식의 부인까지 나서서 말했다.

"작은 아씨는 여행하기를 제일 좋아하시잖아요."

여러 사람들은 오직 남성을 원수라고 부르짖던 은주와 근엄한 군자와도 같은 용규 간에 병실에서 맺은 약속을 몰라서 이 구석 저 구석 건드려 보고 있었다.

은주와 용규가 병원 생활 이후로 진지할 정도로 가까워진 것은 사실이지만, 두 사람이 함께 입을 닫고 말을 하지 않으니, 여러 사람들은 두 사람의 사이가 어느 정도인지는 알 수 없었다.

"하여간 좋은 일이야. 은주도 봄날이 한 번 더 오는 것이 마땅하고, 용규 군도 달아난 지 십여 년 된 부인을 기다리는 것은 어리석은 일 아닌가." 어느 날 박홍식이 자신의 부인에게 이런 말을 한 적도 있었지만, 사실 두 사람이 얼마나 좋아하는지는 아무도 알지 못했다. 용규는 병원에서 퇴원하는 길로 홍식의 집으로 거처를 옮겼다. 그래서 마침 동래에서 올라온 화숙과 함께 친구 집에서 곁방살이를 잠시 하게 되었다.

용규가 홍식의 집에 거처하게 된 뒤로 홍식의 여동생 은주의 활동은 참으로 볼만했다.

'예술가의 손끝에는 잉크가 묻어야지 물이 묻는 것은 치욕이다.' 이런 괴상한 논리로 오라버니댁만 부려 먹던 은주가 어느 틈에 차를 끓이고 고기를 굽게 되었다. 아침잠을 자 버릇하던 화숙보다 매일 은주가 먼저 일어났기 때문에 용규가 아침에 마시는 차는 반드시 은주가 끓여서 가져갔다.

그렇지만 용규는 여전히 단아한 신사의 길을 잃지는 않았다. 은주의 다정한 대접을 받으면서도 자신의 가슴을 조금도 어지럽게 하지 않으리라는 결심을 갖고 있었다. 그러나 때때로 응접실 같은 곳에서 단둘만 앉아 있게 될 때마다 가슴이 뛰는 것은 어쩔 수 없었다.

'은주를 아내로 삼고 싶다. 그러나 아직은 그 시기가 아니다. 그래서 그 시기가 오기 전까지는 은주의 사랑을 미리 받지는 못하겠다.' 이것이 용규의 뜻이다. 그러나 한시라도 바삐 용규의 아내가 되어야 자신을 헌신짝 버리듯 버리고 간 옛사랑에게 보란 듯이 보여 줄 수 있겠다 싶은 은주의 조급한 마음으로는 용규의 우유부단한 태도에 가슴이 탈 지경이었다.

이런 상황에서 용규는 마침내 누이를 데리고 간도로 가서 우선 어머니와 동생을 만나기로 결심을 한 것이다. 그러면 자연히 시간이 걸릴 것이고, 그동안 은주와의 문제도 해결이 될 기회가 올 것 같았다.

"김 군, 자네 여동생 말대로 은주와 같이 가면 조선으로 돌아오겠나?"

용규는 기가 막혔다. 여러 사람들의 시선이 화살처럼 자신의 가슴을 쏘아 대고 있었다. 은주와 얼싸안던, 병원에서 하루 동안 있었던 기억이 새로 고통스럽게 가슴을 덮쳤다.

"박 군, 자네까지 농담을 하는군."

"천만에, 농담이 아닐세. 나는 오늘 저녁 이 자리에서 박은주, 김용규 두 사람의 가슴에 숨겨 둔 사랑을 양지로 끌어내려 할 뿐일세. 허허허."

용규와 은주는 동시에 고개를 숙여 버렸다. 홍식의 웃음은 차차 사라지고 그는 이제 진지해졌다.

"김 군, 나는 이제껏 자네의 인격과 성격을 잘 아는 사람이니 이런 말을 할 수 있는 것일세. 대관절 자네가 간도로 갔다가 다시 돌아오지 않으면 저 불쌍한 은주는 어찌할 텐가. 은주와 자네 사이가 조금도 불순하지 않다는 것은 나도 알고 있네. 그래도 어쨌든 두 사람이 우정 이상의 감정을 가지고 있는 것은 사실 아닌가.

일생을 독신으로 마무리하겠다는 은주가 이제야 겨우 가슴에 타오르고 있던 인생에 대한 복수의 불길이 꺼지려 하는데 자네가 다시 이 아이를 버리고 가면 그 최후는 너무 무섭지 않겠나.

　자네는 물론 친구의 누이를 친구 모르게 사랑했다는 것과, 십여 년 전에 도망간 부인이 신경 쓰이는 것이겠지만 그 두 가지는 도저히 이유가 되지 않네. 자네가 미국으로 갈 때는 호적법이 분명히 실시되지 않았던 때라 사실상 부부였지 법률상 수속은 없었지. 그러니 전처가 달아난 것을 이혼이라 볼 수 있고, 친구의 누이라는 점에는 내가 이렇게 말하는 이상 아무런 상관이 없잖은가.

　보아하니 은주도 자네의 입에서 무슨 말이라도 나오기를 기다리는 것 같고, 자네는 자네대로 고민만 하는 것 같으니 이러다가 나중에는 어찌 되겠나. 그러니 화숙 씨도 다행히 자유롭게 되고, 이제는 기쁜 얼굴로 간도에 계신 어머님을 뵈러 가는 길이니, 아예 이 기회에 은주와의 관계를 결정하고 가는 것이 좋지 않겠나.”

　방 안은 잠잠히 홍식의 말소리만 들려왔다. 은주는 고개를 들지 못한 채 눈물만 흘리고, 용규는 두 팔로 무릎을 짚은 채 얼굴을 반쯤 수그리고 말없이 있었다.

　“김 군! 은주를 버리지는 않겠지?”

　박홍식의 물음에 용규는 드디어 침묵을 깼다.

　“박 군……. 나는 할 말이 없네. 다만 자네 여동생의 호의가 좋을 뿐이지."

홍식은 용규의 손을 꼭 잡았다.

"김 군, 생각 잘했네. 자네의 지금 그 한마디로 두 사람의 영혼이 함께 된 걸세."

홍식은 은주를 보며 물었다.

"은주야, 너는 이의 없지?"

"……."

홍식의 부인이 답답해하며 나섰다.

"아니, 작은 아씨더러 무슨 대답을 하라고 하십니까. 김 선생이 승낙만 하시면 그만이지."

이때 은주의 옆에 앉아 있던 화숙은 은주를 놀리기 위해 무릎 밑으로 손을 넣어 은주를 꼭꼭 찌르며 작은 목소리로 말했다.

"이제는 정말로 언니네요. 얼른 대답을 하세요."

화숙은 은주에게 귀찮게 굴었다. 은주로서는 너무나 애달픈 기쁨이었다. 근 이십여 일 동안이나 속을 태워 오던 사랑의 앞에서 시원한 대답을 들을 때는 남북 수천 리 사이로 갈려야 할 전날 밤이 아닌가. 이제는 마음을 놓고 사랑하는 사람의 가슴에 안겨 눈물겹게 지내는 하소연을 할 마지막 밤은 점점 깊어 가지 않는가.

물론 용규가 간도로 갔다가 조만간 돌아올 것임은 알고 있었다. 그러나 그것은 오늘 밤에 기약하지 못할 먼일이다.

"김 군, 이왕 그런 마음을 가졌거든 내일 하루는 보내고 모레 아침에 떠나기로 하세. 그리고 내일은 약혼이나 하세나그려."

화숙이 참다못해 말했다.

"오빠, 그렇게 해요. 모레 아침에 가요."

용규도 어쩔 수 없었다.

"상관없지."

이 말을 듣고 홍식은 용규의 어깨를 치며 말했다.

"이런 못난 사람. 삼십이 넘은 사람이 그렇게 수줍어서야 되나."

이 말에 모두가 크게 웃어 버렸다. 점점 조롱이 심해질 것을 안 은주는 이 기회에 일어서서 양실[46]로 나갔다. 그 뒤로 화숙도 쫓아 나갔다.

서로 앞서거니 뒤서거니 양실로 나간 두 여성은 안락의자에 나란히 앉았다.

"언니, 오빠를 모시고 간도로 가지 않을 수도 없고, 그렇다고 병선 씨를 그대로 내버려 두지도 못하겠고, 저는 도무지 어떻게 해야 할지 모르겠어요."

은주는 동래 온천에 있을 때까지는 화숙과 병선의 사랑을 적극적으로 지원했다. 그러나 그것은 용규의 성격과 생활을 잘 알지 못했을 때의 일이다. 장차 자신의 남편이 될 용규로서는 도저히 화장을 한 채 카메라 앞에서 노는,

46) 양실(洋室): 서양식 별관

178

자신과는 길이 다른 사람을 매부로 삼으려 하지는 않을 것이다.

만일 용규가 병선과 화숙의 연애 문제를 알게 되면 얼마나 놀랄까. 그는 화숙이 기생 노릇을 하고 있는 것을 알았을 때와 다름없이 놀랄지도 모른다.

"저는 아직도 처녀예요. 기생 노릇을 했어도 몸은 잘 지켰어요." 화숙이 죄악의 세상을 모르는 오빠의 마음을 편하게 해 주기 위해 꾸며 낸 말을 용규는 아직도 믿고 있다. 이런 때에 돌연 화숙에게 이병선이라는 활동사진 배우 애인이 있다고 하면 그는 아마도 졸도를 할지도 모른다.

사나이 눈치를 보며 거짓말도 묘하게 하고, 마음도 잘 알아보는 화숙이라도 살아 있는 예수 같은 오빠의 앞에서는 차마 병선의 말을 꺼내지도 못하고 있는 것이다.

은주는 화숙의 마음이 얼마나 답답한지 알고 있다. 그러나 자기로서는 도대체 누구 편을 들어야 좋을지 알 수 없었다.

"그렇지만 간도에 갔다 올 동안은 오빠에게 물어보지 않는 것이 좋을 것 같아요. 만약 지금 이야기를 하면 얼마나 상심을 할까요. 고국이라고 돌아왔는데 바로 속만 썩이시다가 이제야 겨우 마음을 편히 하시게 되었는데……."

은주는 화숙에게 병선의 이야기를 하라고 말하지 못했다. 이때까지는 의동생이었지만 이제부터는 시누이가 될 사람이었다. 화숙도 은주의 이 말에는 아무 말도 할 수 없었다.

오빠를 위해 사랑을 끊을까, 사랑을 위해 오빠를 버릴까, 이것이 지금 화숙의 가슴에 새로 자라나는 고민이다.

"그렇지만 이제 와서 어떻게 병선 씨를 버려요."

"그렇다고 오빠를 배신하지는 못하시잖아요."

"그야 그렇지요……."

"그러니 지금 갑자기 오라버니를 놀라게 하지 말고 병선 씨에게도 사정을 잘 이야기한 뒤에 어찌 되었든 이 문제는 간도에 다녀온 뒤에 꺼내는 것이 좋을 것 같아요. 지금 억지로 떼를 쓰기라도 해 보세요. 그럼 오라버님은 죽을지도 몰라요."

은주의 말은 모두 지당한 말이었다. 그러나 화숙은 지금까지 은주가 지지해 주다가 갑자기 반대를 하는 것이 야속하기도 했다. 그러나 은주가 하는 말에 반박할 수 없었다. 두 사람은 모두 답답한 기분에 사로잡혀 묵묵히 앉아만 있었다. 창밖으로 초승달의 그림자를 쫓아 소나무 가지가 흔들리고 때때로 아랫동네에서 개 짖는 소리가 들릴 뿐이다. 바람도 잠이 들었는지 조용한 겨울밤이었다.

두 사람이 잠시 침묵을 지키는 사이 창밖으로 구슬픈 휘파람 소리가 들렸다. 밤은 깊어 가는데 집들과 떨어져 있는 서울대학 사택 부근에서 이런 휘파람 소리가 들리는 것은 의외였다. 은주는 이상하게 여겨 다시 말했다.

"누가 저런 휘파람을 불까."

그러나 화숙은 휘파람의 의미를 알고 있었다.

"언니, 병선 씨가 오셨나 보아요. 그이는 저를 부를 때 반드시 저런 휘파람을 분답니다."

"그럼 어서 나가 보아요. 그렇지만 얼른 보내야 해요. 또 오라버님께서 아시면……."

"네……."

화숙은 양실 옆문을 열고 뒤뜰로 내려갔다. 낮은 철망을 넘어 화숙은 뒷동산으로 기어 올라갔다.

"병선 씨! 병선 씨!"

그녀는 나직한 목소리로 불러 보았다. 대답이 없다. 그러나 병선이 멀리 있는 것은 아니었다. 바로 화숙이 서 있는 소나무 뒤에 숨어서 그녀를 속이고 있었다.

여러 번 부르다가 대답이 없어 별안간 컴컴한 소나무 숲속이 무서워진 화숙은 다시 돌아서서 내려가려 했다. 그제야 비로소 숨어 있던 병선이 화숙의 등 뒤로 나타났다.

"화숙 씨!"

화숙은 깜짝 놀라 돌아섰다.

"병선 씨!"

두 사람은 어찌할 줄 모르고 서로 얼싸안았다.

사랑하는 사람의 품에 안긴 가슴 사이로 아득한 시간은 번개와 같이 지나갔다. 두 사람은 숨이 찰 지경에 이르러서야 겨우 서로의 품을 벗어났다.

"자, 그리 춥지도 않은데 여기 앉아서 이야기를 합시다."

병선이 먼저 큰 소나무가 가로놓인 곳으로 갔다. 화숙도 아무 말 없이 그 뒤를 따라가 나란히 앉았다.

아무리 날이 누그러졌다고는 해도 겨울은 겨울이었다. 겹철 옷도 없는 화숙은 부모의 품을 막 떠난 어린 새처럼 몸을 가볍게 떨었다.

"추운가 보구려."

병선이 민망한 듯 바라보며 말했다.

"아니에요. 괜찮아요."

"괜찮긴. 자, 일어나서 이것을 입고 앉아요."

병선은 벌떡 일어나 자신의 외투를 벗었다.

"싫어요. 안 추워요."

"춥지 않은 게 뭐요. 자, 어서 입어요. 괜히 감기 걸리지 말고."

"당신은 괜찮으세요?"

"나야 뭐 남자인데."

"그럼 입혀 주세요."

화숙은 어리광을 부리듯 병선의 앞으로 가서 두 팔을 들어 외투를 받아 입었다. 화숙은 병선의 다정한 마음에 너무 감격해 병선의 왼팔을 자신의 오른팔로 꼭 껴안았다.

"그래, 간도는 당신도 가야 하오?"

병선이 비로소 화제를 꺼냈다.

"네, 모레는 떠나야 한대요."

"왜, 내일이라더니."

"그게 아니라, 은주 언니하고 오빠하고 내일 약혼식을 하게 되어서 하루 연기되었어요."

병선은 깜짝 놀랐다.

"약혼식! 살아 있는 성인과 실연을 한 소설가가 약혼이라. 의외인걸."

화숙은 악의 없는 눈으로 병선을 흘겨보았다.

"왜요. 우리 오빠는 여자도 모르는 병신인가요. 그냥 양심에 거리낌 없는 생활을 하실 뿐이에요."

병선은 웃으며 말했다.

"점점 말솜씨도 늘어가는구려."

"나는 싫어요."

화숙이 돌아앉았다. 병선은 팔을 벌려 화숙의 허리를 얼싸안아 돌려 앉혔다.

"화났소? 이건 칭찬을 해도 화를 내니, 어디 말이나 하겠소."

"그러니까 내 성질을 건드리지 마세요. 가뜩이나 속상해 죽겠는데."

"속이 왜 상하오?"

"생각을 좀 해 보세요. 오빠는 성경 말씀 이외에는, 예수교인 이외에는 사람다운 사람이 없는 줄로 믿고 계세요. 그런데 당신은 교회도 믿지 않고, 더욱이 배우 노릇을 하니 어떻게 오빠에게 결혼 시켜 달라고 말이나 꺼내 볼 수 있겠어요. 그래서 생각다 못해 은주 언니에게 상의를 했더니, 지금까지 지지해 준 언니도 오빠가 너무 엄격하게 구시는 통에 기가 막혀서 간도로 가기 전에는 입도 뻥긋하지 않는 것이 좋겠다고 하시니 이 일을 어떻게 한단 말이에요."

병선은 묵묵히 듣다가 한숨을 쉬었다.

"큰일이구려. 지금 와서 별안간 예수를 믿겠다고 할 수도 없고……."

"그렇지만 어떻게 해요. 그래도 무슨 수를 생각해야지요. 제 생각 같아서는 간도에 갔다 오는 기간이 적어도 한 달은 걸릴 것이니 그동안 당신은 우리 오빠가 다니시는 정동 예배당을 다녔으면 좋겠어요."

"그러면 배우 노릇은 어떻게 하란 말이오."

"어쩔 수 없지요. 그건 먹고 사는 일이니 어떻게든 양해를 구할 수 있겠지요. 하지만 예수만 믿는다면 아마 덮어 주시겠지요."

병선은 또 한 번 한숨을 쉬더니 말했다.

"사랑에서 신앙이라. 참 좋은 활동사진 소재구나."

화숙은 병선의 수그린 고개 밑으로 얼굴을 기울여 따뜻한 숨결을 뿜었다.

"왜 그러세요. 그렇게 성가셔요?"

병선은 화숙을 마주 바라보다가 다시 한 번 다가가 안고 화숙의 등을 가만히 토닥거렸다.

"나를 그렇게 못 믿소? 당신과 결혼만 할 수 있다면 예

수도 믿을 수 있소. 도적이라도 믿으리다. 그러나 그 이후
에도 여의치 못하면 그땐 내가 하자는 대로 합시다."

그건 달아나거나 죽어 버리거나 둘 중의 하나였다. 화숙
도 병선의 의도를 알았다. 그녀는 병선의 허리를 꼭 껴안
았다.

"그래요. 마음대로 하세요."

이때 양실 문이 열렸다.

"작은 아씨! 작은 아씨! 어서 들어와요."

은주의 나직한 목소리가 들렸다.

모욕과 고민에서 벗어나지 못하던 김용규에게도 비로소
기쁜 날이 다가왔다. 간도로 가는 날짜를 하루 연기하고
오늘은 은주와 약혼의 예를 베풀게 된 것이다.

아침부터 박홍식 부부는 무척 바빴다. 용규는 생애 처음
사랑하는 사람을 위해 약혼반지를 사러 갔다.

"오빠는 틀에 박혀서 언니의 마음에 드는 반지를 못 살
거예요."

화숙은 이렇게 말하며 용규를 따라나섰다. 용규 남매
는 종로 네거리에 즐비한 금방을 이리저리 돌아다니며 약
혼반지를 골랐다. 화숙은 백금 반지를 사자고 우겼다. 용
규는 학교에서 염치없이 받은 돈으로 약혼하는 비용을 한
푼이라도 과하게 쓰는 것은 차마 못 할 일 같아서 굳이 십
팔금 반지를 골랐다.

반지 속에는 날짜와 '김(金)', '박(朴)' 두 글자를 새겼다. 이것도 물론 화숙의 의견이었다.

형식상으로 용규는 이미 한 번 장가를 들었던 사람이다. 그러나 철이 없었을 때, 부모의 노리개 노릇을 하던 전안청[47]은 유쾌하지 못한 기억으로 남아 있었다. 달아난 아내. 그것은 용규에게 다시없는 큰 짐이었다. 그러나 아내는 마침내 용규가 미국으로 가자 독수공방의 쓸쓸한 신세를 지키지 못하고 스스로 물러가 버리고 말았으니 사실 이번 은주와의 사랑이 첫사랑이나 마찬가지였다.

그러나 용규는 재혼이라는 생각을 잊을 수 없다. 재혼이라는 것을 잊지 못하는 동시에 은주가 실연을 당했던 여자라는 것도 잊지 못한다. 결국 용규는 쌍방이 서로 재혼의 길을 아무 불평 없이 걷는다면 그것이 곧 행복이요, 평화라고 생각했다.

약혼 의례라고 해 보아야 특별한 의식이 있는 것은 아니다. 단지 신랑이 될 사람이 신부가 될 사람에게 반지를 주면 그것이 곧 백년가약을 대신하는 선물이 되는 것이고, 다정한 가족, 친구들이 모여 축배나 들면 그만이었다.

그러나 박홍식은 일반적인 약혼이라고 생각하지 않았다. 실연에 병든 가슴을 안고 눈물짓던 누이와, 잔인한 운

---

47) 전안청(奠雁廳): 혼례 때 신랑이 기러기를 가지고 신부 집에 가서 상 위에 놓고 절하는 예를 치르기 위해 차려 놓은 자리. 차일을 치고 병풍을 둘러놓고, 큰상 위에 솔·대·과일·음식 등을 차려 꾸민다.

명의 발길에 무참하게 짓밟히던 친구와의 기념일인 만큼 이 약혼이 얼마나 기쁜지 아침부터 이리저리 친한 친구들을 초대하느라 분주했다.

오후 두 시 반, 박홍식의 집 응접실에서 오찬회가 열렸다. 모인 사람들은 대개 예배당 교역자[48]들과 학교 직원들 십몇 명 정도였다.

화숙은 병선의 일은 거의 잊은 듯 음식을 나르느라 한참 바빴다.

"우리가 존경하는 김 선생과 우리 문단의 중진인 박은주 양의 이번 약혼은 다만 한 가정, 한 개인의 기쁨으로 볼 것이 아닙니다. 우리는 더럽혀지고, 병이 든 반도를 위하여 국가적으로 축복할 일입니다."

영문학 선생의 일장 연설에 용규는 얼굴이 화끈거렸다.

오찬이 중간쯤 지났을 때에 어떤 인력거꾼이 편지 한 장을 김용규 선생께 드려 달라고 건네주고는 그대로 사라져 버렸다.

편지를 받아 든 화숙은 편지가 무거운 이유가 궁금했다. 바로 용규를 불렀다. 홍식도 따라 나왔다.

"오빠, 웬 인력거꾼이 이걸 갖다 주고는 도망가듯 가 버렸어요."

용규가 보니 분명 자신에게 온 물건이었다.

"뜬금없군. 뜯어보세나그려."

48) 교역자(敎役者): 교회의 종교 사업에 종사하는 목사, 전도사 등을 이르는 말

홍식도 궁금하다는 듯 들여다보았다.

용규는 봉투를 뜯었다. 그 속에는 백 원 지폐가 스무 장, 보석 반지가 한 개 있었다. 여러 사람들은 모두 어안이 벙벙했다. 지폐와 함께 하얀색 편지가 있었다.

나의 존경하는 김용규 선생.

나는 성결 된 인격과 굳센 신앙으로 정신적으로 타락해 가는 반도의 비운을 구해 낼 것이라 믿노라. 사랑은 인생에서 새로운 용기를 내린다. 참스러운 노력은 평화스러운 가정에서 샘솟는 것이다. 나는 이러한 의미로 오늘 선생의 약혼을 축복하노라.

예식 중에 버려질지 모르나 이름을 숨기고 삼가 드리는 나의 선물을 버리지 말라.

용규는 어떻게 해야 좋을지 몰랐다. 화숙은 어느 틈에 보석 반지를 들고 광채를 살펴보고 서 있었다.

"대관절 누가 보냈을까?"

홍식이 말했다.

"꼭 탐정 소설 같아요."

화숙은 홍식의 말에 덧붙였다. 그러나 용규는 오히려 아무 말이 없다. 그는 아마 여러 생각들로 마음이 복잡한 모양이었다.

용규는 한참 있다가 말했다.

"박 군, 이게 누구 짓일까?"

마치 어떤 범죄에서 피해자가 된 듯 물었다. 홍식은 누가 보낸 것인지 몰라 궁금하긴 했지만 결코 유쾌하지 못한 일 같지는 않았다.

"이 사람아, 뭘 그렇게까지 생각하나. 익명으로 남에게 선물을 하는 것은 미국에서도 많이 유행하는 일이네. 편지의 사연을 보면 자네를 존경하는 사람이 보낸 것이니 조금이라도 불쾌하게 생각할 것은 없지 않은가."

용규도 결코 불쾌하지는 않았다. 다만 너무 의외의 일인지라 잠시 망연한 생각이 들어 딴에는 무척 감격해서 한다는 말이 그렇게 나왔을 뿐이다.

"그야 그렇지. 그런데 조선에서 이천 원 돈이면 적지 않은 돈인데……."

"그럼, 적다고는 못하지. 그런데 있는 사람들은 또 그만큼 있으니."

화숙은 용규가 뭐라고 하는지, 홍식이 뭐라고 하는지는 관심 없었다. '허영'이라는 악마의 눈을 뜬 이후로 그녀는 한시도 금강석[49]의 고귀한 가치와 찬연한 광채를 잊어 본 적이 없다.

다만 가난한 애인 이병선을 지키고자 오직 그 욕망을 담

---

49) 금강석(金剛石): 천연의 광물 중에서는 제일 단단하고 광택이 매우 아름다우며, 광선의 굴절률이 커서 반짝거리는 광물. 다이아몬드

아 뒀을 뿐이다. 그러다가 이제야 겨우 그런 상상을 손가락 사이에 실현하게 된 것이다. 그녀는 우선 약지에 반지를 껴 보았다. 맞지 않는다. 그래서 다시 가운데 손가락에 꼈다. 이번에는 억지로 맞았다.

그녀는 손에 낀 반지를 유리창으로 비쳐 들어오는 햇빛에 비추며 기뻐했다. 고운 손등을 이리저리 돌려 가며 금강석 광채를 보다가 그녀는 문득 무슨 생각이 난 듯 반지 낀 손가락을 들어다가 유리창에 대고 금을 그었다. 금강석 모서리가 유리창 위로 스쳐 가며 유리창에는 선명하게 흰 금이 그어졌다.

화숙은 무척 기분이 좋았다. 그녀는 반지가 어떤 이유로 와서 어떻게 자신의 손에 끼워졌는지는 완전히 잊은 듯, 어린아이가 사탕을 들고 놀 듯 뛰면서 기뻐했다.

"오빠, 오빠. 이 반지는 진짜예요. 유리창에 금이 그어져요."

화숙은 이렇게 말하며 용규의 팔을 끌었다. 용규는 홍식과 이야기를 하다가 화숙의 행동을 보고 말했다.

"그건 왜 가지고 그래. 그게 우리 물건은 아니다. 이리 가져오거라."

화숙은 그제야 꿈에서 깬 듯했다. 슬그머니 반지를 빼 오빠의 손에 놓으며 말했다.

"언니 끼시라고 누가 보낸 거지요."

홍식은 화숙이 아까워하는 모습을 보며 말했다.

"그야 아무나 껴도 되지요. 화숙 씨가 껴도 상관없습니다."

용규는 반지를 든 손을 얼른 숨겼다.

"그건 안 될 말이네. 이 돈과 반지는 사회사업에 기부를 하거나 교회 일에 쓰는 것 외에는 손끝도 댈 수 없네."

이때 손님들 틈에 함께 앉아 있던 은주가 밖으로 나간 사람들이 너무 늦으니 궁금해서 나왔다.

"거기서 뭐하세요?"

화숙이 나서며 말했다.

"언니! 언니! 큰 사건이에요. 돈 이천 원하고, 금강석 반지하고……."

"그게 무슨 말이에요?"

은주는 용규의 앞으로 다가섰다.

용규는 아무 말 없이 돈과 반지와 편지를 은주에게 주었다. 은주는 우선 편지를 읽었다. 읽고 나더니 그녀도 역시 이상한 듯했다.

"글쎄, 도무지 생각이 나지 않는군."

용규가 다시 한 번 생각하는 듯 고개를 기울였다.

"아무리 생각해 보아도 두 사람밖에는 없네. 우리 학교 교장이거나, 그렇지 않으면 김석황 군일세. 교장은 자네가 내 누이와 약혼을 한다는 말을 듣고는 얼마나 기뻐했는지 모르네. 그는 자기 재산만 하더라도 오십만 원은 넘는 사람인 데다가 자네가 브라운 씨의 사랑하는 제자라고 늘 아꼈으니 이런 일을 했을지도 모르지."

박홍식은 말을 이었다.

"또 한 사람, 김석황은 사람은 좀 심술궂고 오입질을 좋아하지만 그래도 재산가요, 가끔 의협심이 생기면 남을 위해 몇천 원 돈쯤은 아끼지 않는 사람일세. 자네의 일을 신문에 낸 뒤로 나만 만나면 자기 일생의 큰 실수라고 떠들던 터라 속죄를 하는 뜻으로 보냈는지도 모르지."

화숙도 나섰다.

"그래요, 김 사장은 심술은 있어도 돈을 쓸 때는 아끼는 일이 없어요."

용규는 화숙이 김석황의 이야기를 할 때 말참견을 하는 것이 못마땅했다.

"화숙아, 너는 어서 들어가 손님께 음식이나 권하렴."

화숙은 고개를 숙이고 방으로 들어가 버렸다.

화숙은 손님이 나가고 저녁 식사가 끝이 나 자신의 방에서 쉬게 될 시간을 얼마나 기다렸는지 모른다. 내일 아침에는 간도로 떠난다. 이병선을 만난 이후 처음으로 오랜 시간 이별하게 된 것이다.

동래로 갔을 때는 그가 따라오기도 했지만 이번 길은 오라버니와 함께 가는 길이어서 여정이 불편할 터라 병선이 따라 올 수도 없었다. 저녁 때에 체전부50)가 미국에서 온

50) 체전부(遞傳夫): 우편집배원의 전 용어

신문, 잡지를 한 뭉치 들고 온 틈에 이병선에게서 온 편지 한 장이 섞여 있었다.

내용이 간단했다면 화장실에 가서라도 얼른 읽어 보았 겠지만 만져 보기에도 편지지로 십여 장이나 되는 것 같아 짬을 내서 볼 수는 없었다.

저녁 식사를 마치고 용규와 홍식은 응접실에서 여러 가 지 앞으로의 일을 이야기하기 시작했고, 홍식의 부인은 종 일 시달려서 안방에 가 먼저 쉬게 되었다. 은주와 화숙은 각자 사랑을 그리는 회포를 품고 함께 방으로 들어갔다.

은주는 용규와 피차 마음을 허락하고 그에게 사랑의 반 지까지 받았지만 아직도 불타는 사랑을 받아 보았다든가, 아니면 '네가 없으면 살 수가 없다'는 식의 말 한마디를 들 어 보지 못했다.

다행히 그녀는 용규의 단아한 성격을 믿고 있어서 어떤 불만도 갖지 않았지만 그래도 오늘 밤만 지나고 나면 내 일 아침에는 간도로 멀리 떠나갈 애인에게 마음껏 한마디 이별을 고하는 말이라든지, 아니면 '서로 떨어져 있는 것 이 싫으니 정말로 함께 갑시다'와 같은 말을 듣지 않고는 견딜 수 없었다.

화숙은 화숙대로 품에 감춘 편지 속에 '같이 죽자', '같 이 달아나자', '간도로 가지 마라' 이 세 가지 중에 무슨 말 이든지 한 마디가 있을 것 같아 차마 편지를 뜯을 용기가 나지 않았다.

청량리 정거장으로 슬며시 나와 작별을 하겠다는 사람에게서 뜻밖에 한 뭉치 편지가 왔으니 이런저런 생각이 드는 것도 무리가 아니었다.

화숙은 어쨌든 편지를 뜯어보기로 했다. 아무런 부끄럼이 없는 화숙이 은주에게 말했다.

"언니. 저, 아까 병선 씨에게서 편지가 왔어요. 우리 얼른 뜯어보아요."

은주는 웃었다.

"원, 작은아씨도. 내가 왜 남의 연애편지를 같이 보아요?"

"아니에요. 보다가 차마 볼 수 없는 구절이 나오거든 그때 관두세요."

화숙은 이렇게 말하며 책상 앞에 놓인 전기촛대 앞에 가서 편지를 뜯었다. 은주도 못 이기는 체하며 옆으로 가서 함께 읽었다. 글씨는 매우 선명했고, 사연도 정돈되었다.

화숙 씨.

지금은 1월 15일 아침. 아니, 나에게는 아침이지만 세상에서 통용되는 소위 '시간'으로 보자면 새벽 한 시입니다. 이제야 겨우 눈을 떴습니다. 게으른 백성 노릇을 면할 날은 내게 영원히 오지 않을지도 모르지요.

어젯밤 뵙고 집 문안으로 들어가다가 친구를 만나서 이리저리 화가 나 쓸데없이 빼갈[51]을 마셨더니 머리가 그저

51) 배갈(白干儿): 고량주. 무색투명하며 향기가 있고 쌉쓰레한 중국 특산 소주

띵합니다. 예수를 믿으면 술도 끊어야지요. 아침 기도가 있을 테니 늦잠도 피해야 할 것입니다. 일요일은 예배당을 가야 하니 친구들과 쓸데없이 놀러 다니는 일도 줄어들 겁니다.

사랑을 위해, 자신을 위해 나는 지금 새로운 세계, 새로운 삶을 개척하고자 팔을 걷고 나섰습니다. 아침에 눈을 뜨고 생각하니, 지난날에 호탕하게 놀던 나 자신이 마치 철모르는 인생을 밟아 온 길을 제삼자가 되어 바라보는 것같이 민망하고 애처로웠습니다.

화숙 씨. 내일 아침에는 간도로 떠나가시겠지요. 저는 굳이 붙잡을 생각은 없습니다. 오라버니를 따라 어머니와 동생을 보러 가는 당신의 이번 여정에 섭섭한 눈물을 흘리면서라도 축복할 것입니다. 그러나 다만, 한시라도 빨리 돌아오시길, 그리고 돌아오실 동안 나는 나대로 진실한 '크리스챤52)'의 길을 걸을 것이니, 당신도 역시 당신의 오라버님께 나의 처지와 우리의 사정을 이해하실 수 있도록 노력하셔야 할 겁니다.

우리의 일에 대해서는 은주 누님께서도 힘을 빌려주실 것으로 믿습니다. 아무쪼록 은주 누님께 애원이라도 하겠습니다.

사랑의 길을 밟는 사람에게는 눈물과 애원을 치욕으로 생각하지 않습니다. 내일 아침에는 청량리역에 나가겠습니

52) 크리스챤(Christian): 기독교를 믿는 사람

다. 화숙 씨가 아무리 일찍 와도 내가 반드시 먼저 가서 기다릴 것이니 두고 보시지요.

그러나 어쩌나요. 손목 한 번 못 잡아 보고, 잘 가라는 말 한 마디조차 못 하고, 떼를 지어 덤벼드는 승객들 틈에 섞여서 간신히 한 방울 눈물과 한 번 마주치는 시선으로 기가 막힌 이별을 나는 차마 어찌해야 할지요.

화숙 씨.

그러나 이것도 꽃을 보기 위해 겪는 풍상이라고 한다면 가슴이 무너지더라도 곱게 참을 것입니다. 부디 가는 길마다 편지나 잊지 마세요.

화숙 씨!

저는 어젯밤에 기가 막힌 이야기를 회사 사람들에게 들었습니다.

그것은 바로 어제 저녁때 일이었어요. 우리 회사 제2반에서 촬영하는 활극 〈미안한 개에 십 전씩〉이라는 활동사진을 촬영하기 위해 장충단 너머로 가는 도중 등선각 앞을 지나려니 계단 위에서 강팔이와 김영자가 나란히 서서 재미있게 내려왔다고 합니다.

김영자는 곧 김석황의 누이로 여류 음악가이며, 강팔은 김석황의 유일한 심복으로 반도일일신문사 사회부장이다. 이것은 은주도 알고 있었다. 그러나 등선각이 어디인지는 모른다.

"작은 아씨, 등선각이 어디예요?"

"아, 언니는 모르시겠지요. 장충단 넘어가는 언덕 위에 있는 일본 요릿집인데 거기서는 음식을 파는 것보다도 조용한 방을 여러 곳에 꾸며 놓고 사랑에 굶주린 남녀들에게 방만 빌려주는 곳이랍니다."

은주는 이마를 찡그렸다.

"강팔이가 어떤 새끼인데요. 영자인가 뭔가 하는 계집애도 이제 자기만 골치 아플 거예요."

화숙은 다시 편지를 읽기 시작했다.

우리 회사 사람들은 당신의 이야기가 반도일일신문에 난 이후로 가뜩이나 벼르던 참이라 드러내 놓고 별별 욕설을 다하며, 강팔이가 신문에 낸 대신에 우리는 사진을 촬영하자며 카메라로 두 사람이 붙어 있는 모습이며, 영자가 견디다 못해 달아나는 꼴까지 모조리 촬영했다고 합니다. 이 지경을 당한 강팔이는 처음에는 카메라 앞으로 달려들기도 했지만 혼자 여러 사람들을 당할 수도 없고 등선각 앞에서 사진 찍힌 자신의 추태가 어떻게 돌아다닐지 몰라서 걱정이 되었는지 나중에는 백배사죄를 하며 어쨌든 자신들을 찍은 필름만은 없애 달라고 애걸했습니다.

그러나 심술궂은 이삼득 군이 카메라 앞으로 나서서 강팔의 가슴을 떠밀며 얼른 가지 않으면 필름을 현상해서 김석황에게 보낸다는 통에 혼비백산하여 달아나 버렸다고 합니다.

그 이후 날이 새고 오늘 낮, 이 편지를 쓰기 몇십 분 전에 촬영기사 유치영 군이 찾아와 이야기를 하는데 또 한 번 포복절도를 했습니다.

오늘 열한 시쯤 되어 강팔이가 인력거를 몰고 회사로 와서 처음에는 감독을 보고 어르기도 하고 탄원도 하는 등 한참 몸이 달아 애쓰는 것을 유치영 군이 무척 동정하는 척하고 원판을 갖다주었다고 합니다.

지금까지 다 죽는 모습을 하고 빌던 강팔이가 원판을 갖다주니 그 자리에서 성냥을 그어 태워 버리며 "활동사진은 찍지 않고 불량소년들의 행태만 하는구나!"라고 건방진 소리를 또 했다고 합니다.

원판을 태워 버렸으니 다시 써먹을 것이 없는 줄 알고 그런 수작질을 한 것이겠지요. 그러나 늘 치밀한 성격을 가진 유치영 군의 품에는 이미 그 원판을 이용해서 두 사람의 추태를 인화해 놓은 것이 몇 장 있는 줄은 모르고 나댔다고 합니다.

그때 유 군은 웃으며 품속에서 사진 한 장을 내밀고 원판은 태웠지만 그러면 인화한 이 사진은 무섭지 않냐고 놀렸더니 금방 그는 체면도 잊은 채 거의 울다시피 사죄를 하고 결국 그 사진까지 받아 가지고 도망하듯 돌아갔다고 합니다.

하지만 유 군에게는 아직도 몇 장이 남아 있으니 그자를 두고 중치하는[53] 데는 다시없는 무기가 될 것입니다.

이때 마침 방문이 열리며 홍식이 들어왔다. 은주와 화숙이 깜짝 놀라 돌아보니 홍식은 두 사람이 다정하게 앉아 있는 것을 대견하다는 듯 웃으며 말했다.

"은주야, 나는 먼저 가서 잘 것이니 응접실로 좀 가 보거라. 김 군이 너의 의향을 들어 보고 간도에 혼자 가든 같이 가든 하겠다고 한다."

은주는 얼굴이 빨개지면서 응접실로 나갔다.

은주는 응접실 문 앞까지 가서는 주춤거렸다. 먼저 벌어진 것 같은 저고리 앞섶을 여미며 고름까지 다시 꼭 매었다. 머리를 두 손으로 더듬어 흐트러진 곳을 몇 번 걷어 올렸다. 그러고도 차마 문을 얼른 열 수 없었다. 마치 첫날밤 신방에나 들어가는 것 같았다.

한참 동안 주저하다가 무슨 모험이나 하듯 문을 열고 들어섰다. 이때 용규는 브라운 박사에게 편지를 쓰고 있었다.

문이 열리는 소리를 듣고 용규는 돌아보았다. 은주는 남자가 혼자 있는 방에 여자가 스스로 찾아 들어가는 것 같아 다시 얼굴이 빨개졌다.

"아직 안 주무셨소?"

53) 중치(重治)하다: 엄중히 다스리다.

"네……."

"거기 잠시 앉아 기다려 주시오. 잠깐 편지를 써야 하오."

"네."

은주는 긴 의자의 한끝에 가 앉았다. 그냥 앉아 있기가
차마 겸연쩍었는지 미국에서 오는 주간 회보를 들어 뒤적
거렸다. 용규도 사실 편지는 쓰고 있으나 은주와 이날 밤
모든 것을 허락하게 된 사이이고, 가장 공정한 길을 밟아
약혼을 한 날 밤이라 그때까지 다소 경계하던 생각도 이제
는 사라지고, 거의 식어 버린 것 같은 정열이 어느 구석에
서부터인가 타오르는 것을 깨닫게 되었다.

용규는 편지에 사인을 하고 나서 은주를 돌아보았다.

"은주 씨, 이리 잠깐……."

은주는 부끄러운 듯 용규의 옆으로 갔다.

"여기에 영어로 사인을 하나 하시오."

"누구에게 보내는 건가요?"

"왜, 내가 병원에서 한 번 이야기한 적이 있지요. 미국에
있는 브라운 박사라고. 나를 자식처럼 여겨 주시는 은인
이 있다고."

"네."

"이 편지는 그 선생에게 보내는 것인데, 오늘 우리가 약
혼을 했다는 보고이니 편지 끝에 은주 씨도 사인을 하면
믿지 않겠소."

용규의 입에서 드물게 듣는 멋진 소리가 나왔다. 은주도

그의 흥미로운 계획이 깨질까 봐 바로 붓을 들어 "김용규"라 쓴 밑에다 용규가 알려 주는 대로 사인을 했다. 두 사람이 이렇게 다정히 머리를 맞대고 글씨를 쓰기는 오늘이 처음이었다. 병원에서 탈선에서 탈선으로 두 사람은 정신없이 껴안고 운 뒤로는 도리어 피차 부끄러워 단둘이 만나면 얼굴이나 붉혀 왔던 것이다.

이제는 이 이상 더 부끄러워할 이유가 없지 않은가, 오늘 밤마저 놓치면 또 언제나 행복한 밤이 오겠는가, 하는 소리가 두 사람의 귀를 울리는 것 같았다.

사인을 마치고 은주는 그대로 고개를 잠깐 들었다. 머리를 맞대고 들여다보던 용규의 얼굴과는 서로 숨결을 느낄 만큼 가까웠다. 두 사람은 꼼짝도 하지 않았다. 다만 서로 응시하는 시선에서 불이 날 듯 정열이 타오를 뿐이었다.

이때 만일 용규가 연애 소설이라도 가끔 읽었던 남자 같으면, 활동사진의 러브 신이나마 몇 번 봐 뒀다면 얼싸안기도 했으리라. 키스도 했을 것이다. 몸부림이라도 했을 것이다. 그러나 근엄한 기독교인의 생애를 밟아 온 용규는 애인에게 마음은 허락할 줄 알지만 마음을 허락한 애인에게 몸을 맡기고 정열을 쏟을 줄은 몰랐다.

아니, 아주 모를 리는 없다. 그러나 그는 그런 짓을 지금 하는 것이 그리 좋은 생각 같지는 않았다. 예수가 자기의 가슴에 강림해 계시다면 반드시 민망하게 보시리라는 생각이 들었다.

'아직 결혼 전인데⋯⋯.'

이 한 마디가 그의 본능이 요구하는 모든 자극을 깨뜨려 버리고 있었다.

결국 아직도 이성이 그의 마음을 지배하고 있었다. 그래서 숨결이 점점 급해 오는 은주의 얼굴을 보고도 어쨌든 이 찬스를 벗어나리라고 일어섰다.

사랑을 경험해 보았던 여성, 더욱이 소설을 쓰는 젊은 여성인 은주에게는 어쩔 도리가 없었다. 금방 닥쳐올 줄 알았던 행복이 머리를 돌려 버린 것이다. 그토록 바라고 기다렸던 사랑은 너무나 냉담하게 벌떡 일어서서 긴 의자가 있는 곳으로 가 버렸다.

은주는 서운했다. 아무리 용규의 고결한 인격에 마음이 팔렸다 하더라도 오늘 밤 이 자리에서까지 점잖은 체하는 것이 답답하기도 하고 밉기도 했다.

용규는 멀리 떨어지고 나서야 비로소 너무 냉담하게 은주를 뿌리치고 온 것 같아 나직한 목소리로 말했다.

"은주 씨, 은주 씨. 이리로 오시오."

은주는 대답도 없이 고개를 무겁게 드리운 채 용규의 옆에 가서 앉았다.

용규는 은주가 화나지는 않았는지 걱정이 되어 그녀의 얼굴을 바라보며 말했다.

"은주 씨, 화났소?"

그 목소리는 매우 달콤했다.

은주는 더 고개를 숙이며 말을 하지 않았다. 용규는 답답했다.

"은주 씨, 여보. 화났소?"

"아니요."

"그럼 왜 그렇게 앉아만 있소."

용규는 이렇게 말하며 평생 처음 용기를 내서 은주의 손목을 끌어 자신을 향해 앉게 했다. 은주는 못 이기는 체하고 돌아앉았다. 용규는 은주의 얼굴을 똑바로 바라보았다. 사랑하는 사람 앞에서 부끄럽기도 하고, 기쁘기도 한 빛을 띠며 앉아 있는 그녀의 자태는 새삼스러울 정도로 고와 보였다. 신앙도 인격도 체면도 이제는 생각할 필요 없는 순간이 용규를 지배할 때가 온 것이다.

용규는 사랑을 인정했다. 그러나 사랑을 어떠한 방식으로 누릴지, 이에 대해서는 전혀 알지 못하는 숙맥이었다. 그래서 은주를 대할 때 어떻게 하면 좋을지 알지 못하는 것이다. 어쨌든 너무 난잡하게는 하고 싶지 않았다.

그렇다고 쭈그리고 앉아서 처음 만나는 친구의 누이를 대하듯 할 수도 없었다. 그러다가 평생의 용기를 다해서 은주를 돌려 앉혀 놓고는 또다시 기운이 풀려 버렸는지 손을 슬그머니 놓으며 이야기를 꺼냈다.

"은주 씨, 아까 당신 오라버니와도 의논을 했소. 나는 어찌하든 한 달 이내에 돌아올 것이니 그동안 은주 씨는 시흥에 가서 예배당을 짓는 데 주선을 해 주셔야겠습니다.

그리고 예배당 안에 우리가 지낼 집도 조그마하게 지어야 하겠고, 우리의 결혼식도 물론 시흥 예배당에서 하는 것이 좋겠지요."

"그럼 시흥에 가서 살게 되나요?"

"그렇소. 할 수만 있다면 아주 시골 사람처럼 살고 싶소. 내가 지금 영문으로 집필 중인 『세계와 조선』이라는 책은 미국에 있는 큰 출판사의 청탁이 있어서 쓰는 것이니, 그 원고료만 받으면 시골에서 몇 식구가 살 살림거리는 장만하게 될 것이오."

"저도 시골은 좋아해요. 그런데 제가 혼자 어떻게 주선을 해요."

"그야 오라버니가 계시지 않소. 남매가 상의해서 설계, 건축 모든 것을 아담하게 해 놓으시면 나는 돌아오는 즉시 결혼 준비를 하지요."

"시흥에는 친척들이 계시지 않나요?"

"친척? 친척이라고는 모두 십촌 이상으로 남이나 다름없는 사람들뿐인데, 그들은 모두 철원에서 살고 있소."

"맞다, 저도 시흥읍에서 하룻밤 잔 적이 있어요."

용규는 깜짝 놀랐다.

"시흥에서 하루를 묵으셨소?"

용규는 급히 물었다. 혹시나 옛 애인과 놀러 다니다가 하룻밤을 함께 보내지 않았을까, 하는 의심이 번개처럼 스쳐 지나가 두려웠다. 그러나 은주는 태연히 고개를 들어 놀라는 용규의 눈치를 보며 말했다.

"재작년 가을이에요. 학교 동창회에서 관악산 삼막사 단풍 구경을 갔다가 올라오는 길에 막차를 놓쳐 이십여 명이 좁은 방에서 껴 잤답니다."

용규는 안심이 되었다.

"그러면 시흥과는 나보다 연고가 깊구려. 나는 이번에 낮차를 타고 가서 저녁차를 타고 돌아왔을 뿐인데."

은주는 용규가 아직도 자신을 의심하고 있다는 것을 알고 있었다. 내일 아침에 헤어지면 한 달 이상이나 떠나 있을 애인에게 자신의 과거에 대한 의혹을 남겨 보내고 싶지는 않았다.

주변은 잠잠히 꿈속에 잠겼다. 벽에 걸린 시계 소리도 잠에 취한 듯했다. 집 안에서 잘 사람은 전부 자리에 들었고, 남은 사람은 오직 은주와 용규뿐이었다.

은주는 용규의 말에 일부러 대답하지 않았다. 그리고 한참 후에 화제를 돌렸다.

"용규 씨, 용규 씨는 아직도 제가 처녀인지 아닌지 의심하시는군요."

은주의 눈에는 벌써 눈물이 그렁그렁 맺혔다. 용규는 순식간에 양심의 가책을 느꼈다. 은주를 의심한 것을 뉘우쳤다. 그는 갑자기 은주를 껴안으며 말했다.

"은주 씨, 용서하시오. 내가 잘못했소. 결코 의심을 하는 것은 아니오."

용규는 비로소 성교도(聖敎徒)라는 법의(法衣)를 벗고 '사람'의 모습을 한 것이다. 은주 역시 용규를 껴안으며 말했다.

　"그럼 의심하지 않는다는 마음을 보여 줘요."

　은주는 마치 어리광을 피우는 것 같았다.

　"어떻게……."

　용규 역시 숨결이 가빠지며 은주의 얼굴을 들여다보았다.

　은주는 눈을 감으며 빨간 입술을 들고 용규를 한 번 더 강하게 껴안았다. 두 사람의 얼굴이 서로 어우러졌다. 세계는 한순간 불길에 타오르는 것 같았고, 예수의 목소리는 심장이 뛰는 소리에 들리는 듯 들리지 않는 듯했다.

하

"오빠, 시장하지 않으세요?"

화숙은 기차가 삼방(三防)[54] 부근을 지날 무렵 이렇게 물었다. 그때까지 영문 잡지를 읽고 있던 용규는 고개를 들며 말했다.

"아니, 아직 나는 괜찮다. 너나 어서 먹으렴."

"그럼 나도 좀 있다 먹을래요."

화숙도 아직 배가 고프지는 않았다. 다만 청량리에서 떠난 이후로 몇 시간이 지났지만 도무지 아무런 말이 없이 책만 읽는 오라버니에게 치근거리기 위해서 말을 건 것이다.

경성 – 원산 간 기차에는 식당이 없고 용규는 미국에서

---

54) 함경남도 안변군에 있는 명승지. 예전에, 남북 간의 중요한 통로를 이루어 세 군데에 통행인을 검사하는 관방(關防)이 설치되어 있었던 데서 비롯한 이름이다. 약수로 유명하다.

자라난 습관상 정거장에서 파는 도시락은 먹지를 못한다. 이것을 안 은주는 이날 새벽같이 일어나서 간단한 양식요리를 준비해서 화숙의 짐 속에다 넣고 부탁을 했다. 그래서 비록 화숙은 시장하더라도 그 음식에 자신이 먼저 손을 댈 염치는 없는 것이다.

"오빠, 언니를 모시고 왔으면 더 좋았을 걸 그랬어요."

은주는 또 말을 걸었다. 용규는 책에서 눈을 떼지 않으며 대답했다.

"왜?"

"그렇지 않아요? 일단 심심하기도 하고, 또 어머님께서도 궁금해하실 텐데."

용규는 빙그레 웃었다.

"누가 결혼 전에 시어머니 먼저 보러 가니."

화숙도 따라 웃으며 말했다.

"왜 못 가요. 신식 색시들은 시집가기 전에 시부모를 만나 보는 것을 예사로 안답니다."

그렇잖아도 용규는 청량리 정거장에서 눈물이 그렁그렁한 채 "안녕히 다녀오세요"라고 말하던 은주의 모습이 책 위에 어른거려 못 견디던 참이라, 화숙이 그냥 하는 말이었겠지만 가슴이 뭉클했다.

'데리고 왔다면 좋았을걸.'

이런 생각이 들지 않는 것도 아니었다. 그러나 결혼 전에 간도까지 끌고 가는 것이 미안하기도 했고, 시흥 예배당 문제도 은주가 있으면 도움이 많이 될 것 같아 같이 가지 않기로 했던 것이다.

그래도 용규는 애타는 마음을 화숙에게 속 시원히 털어놓을 수 있었다. 그러나 생글생글 웃으며 앉아 있는 화숙의 가슴은 얼마나 타는지 아무도 알 수 없다. 청량리 정거장에서 기차에 오를 때에 화숙은 은주와 함께 자신의 오라버니를 가운데 세우고 정거장 마당으로 들어섰다.

그때 정거장 들어서는 문 앞에 병선이 서 있다가 눈이 마주치게 되자 그만 저편으로 피해 버렸다. 은주도 의남매이긴 했지만 용규가 어떻게 생각할지 몰라 이제는 차마 인사도 못했다. 다만 용규를 사이에 세우고 두 젊은 여성은 의미 있는 눈짓을 한 번씩 주고받았을 뿐이다.

화숙이 기차에 오른 뒤에야 병선은 겨우 화숙이 멀리 보이는 곳에서 수건을 흔들었다. 그러나 그때 화숙은 오라버니와 배웅 나온 여러 사람들의 눈 때문에 차마 답례도 시원하게 하지 못했다.

기차가 떠난 뒤에 화숙은 그래도 못 잊어서 오라버니의 자리를 떠나 차 밖으로 나섰다. 승강대에 내려서 정거장 쪽을 바라보니 다른 사람들은 돌아가고 오직 병선만 혼자 망연히 서 있었다. 화숙은 미친 듯이 수건을 흔들었다. 병선도 따라서 흔들었다.

두 사람의 사이는 순식간에 멀어져 갔다. 목소리도 들리지 않고 모습도 분명히 보이지 않는다. 이제는 오직 수건과 수건이, 사랑의 신호만이 쉬지 않을 뿐이었다. 이렇게 기막힌 이별이 또 어디 있겠는가. 그러나 마음이 씩씩한 화숙은 아무리 기막힌 걱정이 있더라도 오랫동안 계속해서 속이 썩지는 않는다. 그 대신 금방 웃다가도 금방 가슴이 쓰려지는 고민을 하루에 몇 번씩 반복하는 것이다.

의정부 정거장까지는 병선의 생각을 하고 기가 막혔다. 그러나 몇 시간 지내는 동안 '하는 수 있나. 이제는 속을 태워 보아야 소용도 없고……' 이런 생각이 들어 겨우 마음을 돌렸으나 그래도 가슴에 젖어 있는 우울한 애수가 사라지지는 않았다.

화숙은 무심히 오라버니와 대화를 하기 위해 은주의 이야기를 꺼냈다가 잠깐 잊고 있었던 병선의 생각이 갑자기 든 것이다. 용규가 은주를 그리워하고 있지만 그래도 간도에 다녀오면 둘은 다시 만나 함께 살 수 있었다. 그러나 화숙 자신도 병선을 그리워하고 있지만 간도에 다녀온다 해도 어떻게 될지 모르는, 그야말로 속절없는 사랑이기 때문이다.

그늘의 사랑과 양지의 사랑, 빛을 보는 사랑과 보지 못하는 사랑. 이 두 마음을 실은 기차는 간도로 가기 위해 원산을 향해 달려간다.

용규와 화숙은 원산에 이르러 기차에서 내리고 증기선으로 청진까지 가기로 했다. 배가 떠날 시간이 가까워서 남매는 원산 조선인 교역자 두 사람의 작별을 받으며 대남환(臺南丸)[55]이 정박해 있는 부두로 나갔다. 부두 근처로 가까이 가니 화숙이 외쳤다.

"아! 저것 좀 보세요!"

용규도 이미 바라본 것이다. 아, 얼마나 기가 막힌 꼬락서니인가.

바가지, 이불 보퉁이를 지고 그 위에는 다시 서너 살 되는 아이를 업었다. 어린아이는 짐 위에 앉아서 자기를 업은 아버지의 갓 위로 고개를 내밀고 있다. 이것이 간도로, 간도로 살 길을 찾으러 가는 조선 농민의 꼬락서니였다.

누더기에 감긴 노파가 그래도 새로운 세상 구경이나 하려는 듯 며느리의 뒤를 따라 허둥대고, 젊은 여자들의 가슴에는 대개 젖먹이가 매달려 있었다. 머리에는 옷 보퉁이가 얹어 있었으며, 등에는 큰 자식이 또 업혀 있었다.

이 같은 유랑의 무리들—살 길을 찾는다고 사지(死地)를 구해 가는 어리석고 답답한 동포들—이 지금 간도로 어머니와 누이와 동생과 아버지의 분묘를 찾으러 가는 용규의 가슴에는 어떻게 비쳤을까.

그는 먼저 자신의 가족이 간도로 떠나갈 때도 저 꼬락서니였으리라 추측했다. 갓을 젖혀 쓰고 동저고리[56] 바람으로 선원에게 몰리며 허둥대는 노인이 마치 자신의 부친이

55) 1920년대 일본 대판상선주식회사 소유의 증기선 이름
56) 남자가 입는 저고리, 즉 동옷을 속되게 이르는 말

밟아 간 길을 이어서 밟는 것 같아 가슴이 뭉클했다.

"오빠, 저 사람들도 간도로 가는 거지요?"

"그래, 우리하고 같이 갈 사람들이다. 아버지께서도 저렇게 가셨겠지."

"네, 그때도 어떻게나 많이 갔는지 몰라요. 청량리 정거장에서만 그날 백 명이 탔나, 그랬어요."

"흥, 간도가 아무리 넓다 해도 아무나 가면 살 수 있나."

"그래도 좋다는 소문이 있으니 저리들 가지요."

이때, 옆에 있던 목사가 말했다.

"좋긴 뭐가 좋습니까. 저렇게 간 사람들이 몇 달 뒤에는 가지고 간 바가지는 고사하고 귀여운 딸까지 중국 지주에게 빼앗기고 다시 고향을 찾아온답니다. 그러니 살길이 없어서 가는 것을 가지 말라고 할 수도 없고, 그렇다고 그대로 내버려 둘 수도 없고, 그야말로 딱한 일이지요."

삼등실 승객이 다 오르는 구경을 한 뒤에 용규 남매는 이등실로 들어갔다. 이등실에는 조선인 관원 몇 사람과 노국57)사람 한 명이 있을 뿐이고, 그 외에는 전부 일본 사람이었다. 화숙은 삼등실 승객들이 어떻게 있는지 궁금했다.

"오빠, 저 삼등실에 구경 좀 다녀올게요."

"얼른 다녀오렴."

"은주 언니도 같이 왔으면 좋았을걸. 혼자 가려니 무서워요."

57) 예전에 러시아를 이르던 말

용규는 미국에서 자란 남자다. 여성을 존중하는 문화에
젖은 사람이다.

"그럼 나랑 같이 갈까?"

"그래요, 퍽 볼만할 거 같아요."

용규는 화숙이 가련한 동포들이 꾸물대는 구렁텅이를
구경 삼아 가자는 말에 천진난만함을, 그야말로 돈도 인
생도 모르는 순진함을 느꼈다.

"너도 참 철이 없다. 가엾은 사람들을 구경하러 가는 법
이 어디 있니. 그냥 가엾어서 가 보는 것이지."

화숙은 고개를 잠깐 숙였다.

"돈도 없이 동정을 어떻게 해요."

용규는 또 웃었다.

"알겠다. 어쨌든 같이 가 보자. 그런 가엾은 사람들의 삶
을 보고 싶어 하는 것도 좋은 일이니."

용규 남매는 선실에서 나왔다. 일, 이등객은 삼등실로
자유롭게 내려갈 수 있다. 그러나 삼등객은 임의로 일, 이
등실에 올라오지 못한다. 이것이 가장 순조로운 실행이
된다. 용규는 이런 생각을 하며 좁은 층계를 지나 삼등실
로 내려갔다. 화숙은 컴컴한 배 바닥에 있는 삼등실이 금
방 무서워졌다. 다시 오라버니의 양복 뒷자락을 꼭 잡고
따라갔다.

삼등실 앞으로 다가서자 우선 강한 악취가 코를 찔렀
다. 아니, 단지 코에만 스치는 것이 아니라 무거운 냄새에

젖은 공기가 몸 전체에 미치는 것 같았다. 화숙은 그만 숨이 턱 차서 선실에 들어가 보기도 전에 말했다.

"오빠, 그만 올라가요."

화숙이 이렇게 말하며 뒤로 물러설 때 구두 끝으로 사람의 발을 밟았다.

"아야!"

비명소리에 놀라서 내려다보니 선실이 꽉 차서 선실 밖으로 쫓겨나 늘어앉아 있는 사람들 중 한 여자였다.

화숙은 깜짝 놀라 그 여자에게 사과했다.

"실례했습니다."

용규도 고개를 숙이며 다정히 물었다.

"다치지는 않으셨는지요."

그 여자는 이제껏 우러러 바라보던 점잖은 남자와 꽃 같은 여자가 동시에 사죄를 하는 통에 잠깐 아팠던 생각은 사라지고 도리어 죄를 진 것 같은 생각이 든 모양이다. 그녀는 옆에 앉아 있는 노파를 꾹 찔렀다.

"어머니, 어머니."

대신 대답을 좀 하라는 눈치를 보였다. 사십이 좀 넘은 듯한 노파는 화숙을 보며 말했다.

"괜찮소이다. 모르고 그러신 것 같은데."

노파는 다시 용규의 위아래를 훑어보았다. 발을 밟혔던 여자는 십칠팔 세쯤 되어 보이는, 머리를 길게 땋은 처녀다. 분홍 저고리에 남색 치마. 빛깔만 보면 고운 듯 들리겠으나 그 실상인즉 이 년, 삼 년씩 두고 추석 명절에는 겹옷으로, 정월 명절에는 솜옷으로 만들어 단벌로 호사를 부리느라고 옷감은 낡고 빛은 바래서 그야말로 서울 사람들이 보면 꼭두각시나 다를 것이 없다.

얼굴은 비천한 생애에 젖어 닦달58)을 못해 어둠이 쌓였으나 바탕이 고운 사람이라, 어디인지 그 의복, 그 자리에는 너무나 알맞지 않은 듯한 고귀한 느낌을 준다.

용규는 바로 '팔려 가는 여자가 아닌가' 하는 생각이 들었다. 그와 동시에 화숙도 '색주가59)로 팔려 가는 촌 계집애 아닌가' 하는 의혹이 생겼다.

'땅마지기 쓸 것은 신작로로 나가고 계집애나 쓸 것은 색주가로 나간다.' 농촌에서 읊어 나오는 이 한마디 민요가 그 가련한 처녀의 운명을 말하는 듯했다. 화숙은 호기심이 들어서 우선 그 노파를 보며 물었다.

"이 아이가 친따님인가요?"

노파는 그 처녀의 머리를 쓰다듬었다.

"무남독녀 외동딸이라우."

노파는 한숨을 쉬었다. 듣고 보니 친어머니와 가는 모양이다.

"단 두 분이만 가십니까. 동행은 없습니까?"

58) 물건을 손질하고 매만짐
59) 색주가(色酒家): 젊은 여자를 두고 술과 함께 몸을 팔게 하는 집

눈물에 젖는 사람들

"같이 갈 사람이 누가 있나요. 우리 모녀만 살다가 둘만 간도로 가는 길입니다."

"간도는 왜 가십니까?"

노파는 또 한숨을 쉬었다.

"그게 아니라, 이 애 아버지가 간도 경찰서에 잡혀 갇혀서 면회나 해 볼까 하고 가는 길이랍니다."

이번에는 용규가 더 궁금했다.

"경찰서에는 무슨 일로 잡혔습니까?"

"……."

"어서 이야기 좀 해 보세요."

"……."

노파는 다시 입을 열려고 하지 않았다. 용규와 화숙은 더 궁금해졌다.

"할머니, 말씀을 좀 해 보시지 그러세요."

화숙이 조르니 노파는 용규의 등 너머에서 왔다 갔다 하는 양복쟁이를 가리켰다. 분명히 그 사람 때문에 말을 못하겠다는 뜻이었다.

용규와 화숙은 함께 돌아보았다. 운동모자에 여우 털목도리를 눈 밑까지 두르고, 까만 구두를 번쩍번쩍하게 닦아 신고 왔다 갔다 하는 중년 남자가 있었다.

"아마 형사인가보다."

용규는 이렇게 말하며 자신이 관부 연락선[60]에서 겪었던 생각이 나서 화숙에게 작게 소근거렸다.

"그럼 저 처녀를 데리고 가서 물어볼까?"

"글쎄요."

화숙은 한참 심심하던 탓에 좋은 소일거리, 좋은 친구를 얻었다는 듯 생글생글 웃으며 말했다.

"이봐요, 아가씨. 우리 저기 위로 올라가서 놀아요."

"네……."

그녀는 간다고도, 가지 못한다고도 하지 않았다. 화숙은 다시 노파에게 말했다.

"할머니, 저도 간도로 어머님을 뵈러 가는 길인데 심심하니 따님하고 여기 위층에 올라가서 같이 놀게 해 주세요."

"그러면 가서 놀다 오너라. 공연히 쓸데없는 말은 하지 말고."

아직도 그 처녀는 일어서려고 하지 않는다. 화숙은 마음이 조급해서 어린아이를 꾀어내듯 말했다.

"이봐요, 어서 일어나요. 위층에 올라가면 바다도 보이고, 냄새도 나지 않고 정말 좋아요."

그 처녀는 못 이기는 체하고 일어섰다. 흰 고무신에 담긴 새카만 버선이 눈에 띄었다. 그녀는 그래도 꽃 같은 처녀였다. 그것이 특히 부끄러운 듯 주춤주춤하다가 화숙의 뒤를 따라 이 층으로 올라갔다.

---

60) 관부 연락선(關釜連絡船): 부산과 일본 시모노세키(下關) 사이를 연결하던, 일본의 철도성 연락선

그 가련한 처녀는 금년 십칠 세 충청남도 예산읍에서 멀지 않은 촌에서 자라난 박금순이었다. 일찍이 금순이 그 어머니의 복중에 들었을 때, 금순의 부친은 국사에 참례하다가 결국은 뜻을 이루지 못하고 그길로 만주로 건너가서는 다시 고향에 발길을 들어놓지 못했다.

일 년에 한 번, 이 년에 한 번 이리저리 굴러 들어오는 소문에, 무고하게 있다는 것만 들었는데, 이번에 의외로 간도 훈춘(琿春)[61] 영사관 경찰에 잡혀 갔었다는 급보를 듣고 모녀가 정신없이 쫓아가는 길이었다.

세 사람은 금순을 가운데 세우고 난간에 기대 이야기를 시작했다. 아직도 먼 산에는 쌓인 눈으로 눈이 부시건만 동해에 잠든 듯한 파도 위로는 때아닌 따뜻한 바람이 불어온다.

"그래, 아버님은 무슨 죄를 지었답니까?"

"폭탄을 만들다가 들켰대요."

"어디서?"

"그런 건 자세히 몰라도 간도에서 여러 사람들이 조선으로 가지고 들어오려고 폭탄을 만들다가 십여 명이 한번에 붙들렸다고 우리 시골 주재소 순사가 알려 줘서 알았답니다."

"그럼 가면 만나 뵐 수는 있겠소?"

---

61) 중국 길림성에 있는 도시. 우리나라와 러시아 연해주에 접하여 있는 교통과 상업의 요충지다.

"뭐, 우리 아버지 좀 만나자고 하는데 거절하진 않겠지
요."

"글쎄. 못 뵙는 경우도 있을 텐데. 대관절 간도에 가면
누구든 찾아갈 사람은 있소?"

"아무도 없답니다."

"아, 가엾어라. 오빠, 간도까지 같이 가거든 거기 교회에
가서 청을 하더라도 아버지 면회를 하게 해 줘요."

용규는 침통한 표정을 지었다.

"그야 힘을 써 보겠지만 한 번 만나서 뭘 하겠니."

금순은 용규를 바라보며 말했다.

"꼭 좀 만나 뵙게 해 주세요……."

"글쎄. 가서 상황을 보고 어떻게든 해 보지."

이래서 화숙은 뜻밖에 말동무를 한 명 알게 되었다. 기
차로, 배로 간도까지 가는 동안 화숙과 금순은 금방 친해
졌다. 피차 타고 가는 등급은 다르지만 화숙은 먹을 것을
사는 대로 금순에게 가져다주고 금순의 어머니에게도 가
져다주었다. 이러는 동안 일행은 훈춘 정거장에 내렸다.

금순 모녀를 우선 정거장에서 제일 가까운 조선 여관에
묵게 한 후 용규 남매는 다시 마차를 빌려 타고 어머니를
찾기 위해 촌으로 나섰다. 해는 이미 기울고, 살을 에는 벌
판 바람은 추위에 익숙하지 못한 남매의 정신을 아득하게
만들었다.

용규의 모친이 산다는 곳은 훈춘 서도북으로 삼십 리나

• 간도로 향하는 이주민들

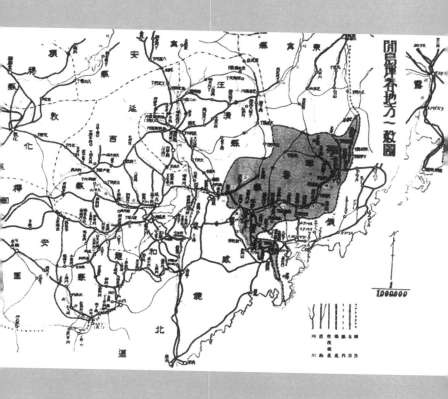

• 간도통계도(1928년)

들어간 곳이다. 전보도 보낼 수 없고, 알릴 길도 없어서 무작정 집을 찾아 들어가게 되었다.

마차꾼이 처음에는 두 시간이면 넉넉히 들어간다더니 그럭저럭 밤 열 시 반이나 되어서 겨우 부락의 초입에 이르렀다.

"오빠! 이제 불빛이 보여요."

담요로 전신을 둘러싸고 덜덜 떨고 앉아 있던 화숙이 나직이 입을 열었다. 눈을 딱 감고 묵도를 하던 용규도 눈을 뜨고 마차 앞을 바라보았다. 과연 맞은편 언덕 밑으로 십여 개의 불빛이 반짝거렸다.

"아마 어머님께서는 주무실걸요."

"글쎄."

용규는 어머니 있는 곳이 가까워 올수록 더한층 가슴이 무너지는 것 같았다. 아버지도 없이 어린 남매만 데리고 훈춘 촌구석에서 지내는 어머니의 참담한 심정은 생각만 해도 기가 막혀서 눈으로 마주하게 될 때는 과연 어떨까, 싶은 생각이 드는 것이다.

"퍽 놀라실걸요."

"그래도 알려 드릴 도리가 없지 않느냐."

"인숙이도 꽤 컸을 것이고, 진규도 몰라보게 되었을걸요."

용규는 인숙이라는 누이와 진규라는 동생이 있다는 건 알고 있었다. 그러나 자신이 미국에 가 있는 동안에 태어나 그동안 자라 간도로 가서 있게 된 까닭에 한 번도 만나 보지는 못했다.

"나는 얼굴도 모르는데."

"참, 그렇지요. 인숙이는 퍽 부끄러워할 것이니 보세요. 얼굴도 제법 탐스럽게 생기고, 바느질도 잘한답니다. 그런데 어려서부터 어떻게 부끄러움을 타는지 장사치만 들어와도 뛰어 달아난답니다."

이 촌락은 조선 이주자의 일부가 새로 건설한 피와 눈물의 구렁텅이였다. 흙과 돌과 나무를 되는대로 얽어 붙여 놓은 돼지우리 같은 사람의 집이 컴컴한 어둠 속에 괴물처럼 늘어서 있었다.

마차에서 내린 남매는 바로 준비한 회중전등을 켜서 이 집 저 집 문패를 살펴보았다. 띄엄띄엄 늘어선 농가에서는 벌써 집집마다 코 고는 소리가 들렸다. 화숙은 잘못 찾아온 것은 아닌지 불안했다.

"오빠, 여기가 분명 망향촌일까요?"

화숙이 물었다.

"글쎄. 가만있어 보아라."

용규는 또 한 집의 문패를 밝혀 보았다. 이 촌락은 용규의 아버지가 이곳에 와서 동지를 모아 건설한 조선인 마을이다. 촌락에 사는 동포는 아침에 일어나면 뒷동산에 올라가 남쪽 하늘을 바라보고 고향을 그리는 열정을 식히지 말자는 촌의 헌법이 있어서 결국 동네의 이름도 망향촌(望鄕村)이라고 지었다.

여덟 번째 집에서 겨우 "김진규"라는 문패를 발견했다. 아버지가 작고를 하여 열한 살 된 둘째 아들의 이름으로 문패를 붙인 어머니의 뜻이 보였다.

"얘야, 이 집이다. 이 집이야."

용규는 뒤에서 추위와 무서움에 어찌할 줄 모르고 서 있는 화숙을 돌아보았다.

"네!"

이제야 겨우 화숙이 나섰다.

"어머니, 어머니!"

화숙은 소리를 질렀다. 지금까지 그리워하던 마음과 불안한 마음을 한꺼번에 목소리에 담아서 거의 고함을 질렀다.

"어머니! 어머니!"

방에서도 소리가 들려왔다. 아마 잠든 어머니를 깨우는 진규의 목소리 같았다.

화숙은 다시 소리를 질렀다.

"진규야!"

"누구요?"

"누나다. 서울 누나!"

"누나?"

문을 박차고 진규가 뛰어나왔다. 어머니도 잠결에 놀라

맨발로 뛰어나왔다. 화숙은 와락 어머니 품에 안겨 훌쩍거리며 울기 시작했다. 진규도 울었다.

용규는 반가운지 슬픈지 기가 막힌 건지 정신이 아득해져 왔다.

한바탕 눈물에 젖은 사람들 속에서 그래도 화숙이 급하게 눈물을 거두며 말했다.

"참, 어머니. 오빠가 왔어요. 미국 갔던 오빠가."

용규는 겨우 어머니 앞으로 가까이 갔다. 어머니는 너무나 반가워서 말도 나오지 않는 것 같았다. 한참 동안 멍하게 용규의 얼굴을 바라보았다. 용규도 어머니를 바라보았다. 남루한 옷에, 얼굴에는 주름살이 가닥가닥 늘어져 말도 못하게 수척했다.

희미한 석유 불에 비치는, 십여 년 만에 만나는 모자의 얼굴에는 눈물과 기쁨 이상의 감개가 흐르고 있었다. 한참 바라보던 어머니는 거의 혼절을 하듯 아들의 가슴에 쓰러졌다.

"아이고, 상봉아!"

소리를 치며 그대로 또 울었다.

'상봉'은 용규의 아명이다. 세상에서 인격과 학식이 뛰어난 김용규의 아명을 부를 특권을 가진 사람은 이 세상에 오직 어머니뿐이었다. 용규도 어머니를 얼싸안으며 울었다. 진규는 형님을 처음 보는지라 낯설어 달려들지 못하고 화숙과 같이 서서 꼭 껴안고 있었다.

화숙은 인숙이 보이지 않아 궁금해졌다.

"어머니, 인숙이는 어디 갔어요?"

화숙이 묻자 이 소리를 듣고는, 이제껏 화숙의 품에서 따뜻이 안겨 있던 진규가 소리를 지르며 울었다. 진규의 울음이 심상치 않아 용규도 깜짝 놀라 물었다.

"어머니, 인숙이는 어디 갔나요?"

"……."

"어머니, 인숙이는 어디 있어요?"

"……."

용규와 화숙이 번갈아 가며 물어도 어머니는 대답도 하지 않고 울고만 있었다. 용규는 무슨 불행이 또 닥쳐오는 것 같은 불안에 휩싸였다. 화숙도 인숙의 신상에 기막힌 운명이 걸쳐 있구나, 하는 생각이 들었다.

어머니는 기가 막혀 차마 입도 떨어지지 않는 것 같았다.

"애, 진규야. 어떻게 된 일이냐? 누이도 죽었니?"

용규는 다시 진규에게 물었다.

"아니요."

진규 역시 고개를 숙이고 분명하게 대답을 하지 못한다.

밖에서는 찬 바람이 소리를 치며 불어 든다. 한 간도 못되는 봉당62)에는 사방이 바람구멍이라 날카로운 시베리

---

62) 봉당(封堂): 안방과 건넌방 사이의 마루를 놓을 자리에 마루를 놓지 아니하고 흙바닥 그대로 둔 곳

아 바람이 새어 들어온다. 어머니가 문득 침묵을 깼다.

"날씨가 추우니 방으로 들어가자."

어머니가 앞서서 들어갔다. 용규 삼 남매도 우선 묵묵하게 따라 들어갔다.

말이 방이다. 명색이 사람의 집이다. 흙바닥 위에 삿자리[63]가 깔렸는데 그것조차 부스러져서 먼지에 섞여 있었고, 벽에는 삭풍한설에 성에가 어려 신문지와 휴지장으로 발라 놓은 도배가 축축하게 되어 있었다.

세간이라고는 고리짝이 두 개, 이부자리라고는 때인지 검은 별인지 분간할 수 없는 것이 방 한 귀퉁이에 치우쳐 놓였을 뿐이다. 그 위에 가물거리는 석유 불빛조차 빈곤한 주인의 운명을 나타내는 듯 애연히 흔들리고 있다.

용규는 '어머님께서 이렇게까지 고생을 하실 줄은 몰랐다'는 생각이 들었다. 그러나 화숙은 어머니가 가엾으면서도 '오늘 밤 이런 곳에서 어떻게 자나' 하는 걱정도 들었다. 가물거리는 등잔불을 중심으로 네 식구는 둘러앉았다.

"그래, 대관절 인숙이는 어떻게 되었습니까?"

용규가 다시 어머니에게 물었다. 어머니는 아직도 눈물이 그치지 않았다. 진규는 어머니의 팔을 잡고 또 같이 운다.

"그런 게 아니라 청인 놈에게 빼앗겼단다."

"뭐요?"

"아이고!"

63) 갈대 등을 쪼개 만든 자리

용규와 화숙은 똑같이 소리를 질렀다. 인숙이 횡포한 청인의 손에 끌려가기까지의 애사도 눈물 없이는 들을 수 없었다. 용규의 아버지가 작고를 하자 그동안 밀렸던 집세, 텃세가 조선 돈으로 오십 원가량 되었다. 그러나 낯선 남의 나라에 와서 가장까지 잃은 여자의 솜씨로는 오십 원은커녕 단 오십 전도 구하기가 어려웠다.

청인 놈의 독촉은 성화같았다. 나중에는 살고 있는 집을 내놓으라고까지 야단이 났다.

가뜩이나 눈과 얼음과 바람에 목숨이 조여드는 간도의 겨울을 당한 가엾은 사람에게는 마치 지옥으로 내쫓는 사자의 채찍 소리나 다를 것이 없었다.

어떻게 하는 수 없는 세 식구는 오직 서로 껴안고 우는 수밖에는 없었다.

한 달 동안 성화를 하던 청인은 결국 두 번째 요구 조건을 제시했다.

"돈을 못 주겠거든 인숙이를 내놓거라."

이 소리를 들은 인숙은 몇 번씩 자살을 하려고 했다. 인숙은 화숙보다 인물이 좋았고, 십육 세를 맞는 처녀였으나 어디인가 점잖은 데가 있는 여성이었다.

동네 남자만 보아도 방으로 기어들어 가난한 살림에 어머니의 속도 많이 썩였던 그녀가 이런 무서운 소리를 듣고서 차마 살아 있을 수는 없었을 것이다. 그러나 죽으려 해도 죽지 못하고 땅세 조르는 청인, 집세 조르는 청인 두 놈이

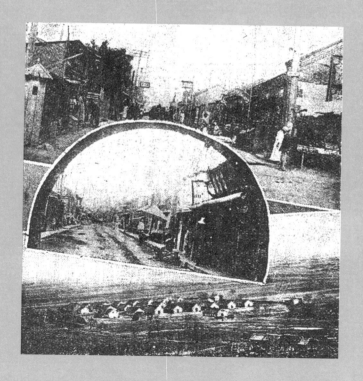

• 훈춘 일본 영사관 분관
• 훈춘 시가지

매일 몰려와서는 가련한 노인을 끌어내서 욕설까지 했다.

"돈을 내놓든, 딸을 내놓든 해라!"

그들은 노인에게 폭행을 했다. 그동안 동네 사람들이 말리기도 하고, 대신 빌기도 했지만 돈과 계집 외에는 예의도, 체면도 모르는 자들의 귀에는 아무런 감동을 주지 못했다.

동네 사람들은 모두가 빈민이라 돈으로 구원할 사람이라고는 한 사람도 없으니, 결국에는 그들도 같이 울기만 할 뿐이었다.

이같이 매일 눈물과 애걸로 날을 보내기를 또 한 달을 끌었다. 이제는 어머니도 음식을 전폐하고 누워 버렸고, 인숙은 오직 철없는 진규를 안고 땅에 묻힌 아버지만 부를 뿐이었다. 경성에 있는 화숙에게도 통지를 해 보려 했지만 그것은 어머니가 반대를 했다.

"권 주사가 편지에 화숙이가 도무지 벌이도 못하고 주인의 속만 태워서 큰일이 났다고 야단을 쳤는데, 기별을 하면 속만 태우지 무슨 소용이 있느냐"고 말렸던 것이다.

병든 어머니의 약값은커녕 어머니가 앓아 드러누우니 세 식구의 먹을 걱정이 더 커졌다. 그래도 어머니가 이 집 저 집 돌아다니며 그럭저럭 먹을거리나마 얻어 왔는데, 이제는 안타깝게도 그 유일한 살길마저 끊어지게 된 것이다.

진규는 처음에는 눈치만 보았지만 두 끼째 굶더니 염치

없이 인숙만 졸랐다.

"누나, 배고파."

비죽배죽하는 진규를 가엾이 바라보는 인숙의 배도 등에 붙을 지경이었다. 병석에 누워 있는 어머니만은 좁쌀로 죽을 쒀 권했지만, "깔깔해서 어디 먹겠니" 하며 어머니는 평생 아무 말도 안 하려는 듯 입을 닫아 버렸다. 조밥이나마 먹는 것이 다행이라던 어머니도 병이 드니 이런 말을 한 것이다.

악마 같은 청인은 여전히 아침저녁으로 와서 이제는 인숙을 달래고 위협하기 시작했다. 인숙은 어머니가 지고 있던 이 집안 가장으로서의 책임을 이제는 자신이 맡게 되어 세 식구의 목숨을 보존해야만 한다는 기막힌 책임감에 이제는 부끄러움도, 무서움도 없었다.

진규가 세 끼째 굶주린 아침이다. 이날 인숙은 일찍부터 진규를 깨웠다.

"누나, 왜 그래?"

어린아이의 눈이지만 오늘 아침 누나의 눈치가 매우 수상했던 것이다.

"어머니 병환이 하도 낫지 않으시니, 아버님 산소에 가서 빌어나 보자."

진규는 단지 "네"라고 대답하며 벌떡 일어났다. 어린 남매는 배고픔과 추위에 벌벌 떨며 뒷동산에 묻힌 아버지 산소로 올라갔다. 산 위에는 아침에 남쪽 고향을 바라보는 절차를 치르러 온 사람이 벌써 네댓 명이나 있었다.

인숙은 즉시 아버지의 산소 앞으로 가서 절을 했다. 진규도 따라서 절을 했다. 진규는 아버지 산소에 절만 하면 아버지가 먹을 것이 생기게 도와줄 것이라 진심으로 믿고 빌었다.

인숙은 절을 하고 나서는 다시는 견디지 못하겠다는 듯 저고리 소매로 눈을 가리고 울기 시작했다. 진규는 다시 이상해 보이는 누나를 붙들고 벌벌 떨며 졸랐다.

"누나! 누나! 어서 내려가!"

인숙은 잠자코 진규의 손목을 꼭 잡고 집으로 돌아왔다.

잠시 후에 청인이 왔다. 한 놈은 좁쌀 한 섬을 지고, 한 놈은 돈을 가지고 왔다. 인숙은 어머니가 모르게 좁쌀을 받아 부엌에다가 쌓아 놓고, 이십 원을 받아 진규를 주었다.

무슨 일인지 알 길이 없는 진규는 반은 반갑고, 반은 의심스러워 물었다.

"누나, 저놈들이 이건 왜 가져왔어?"

"어머니가 편찮으신데 어떻게 할 수가 있겠니. 그래서 내가 날마다 저 청인의 집에 가서 일을 해 주기로 하고 먼저 이것을 받았단다."

철없는 진규는 어머니가 동네 집집마다 돌아다니며 먹을 것을 얻어 오듯이 아마 누님도 그렇게 하는 것이라고 생각했다. 쌀과 돈을 주고 나서는 두 놈의 청인이 즉시 인숙의 손목을 하나씩 잡아끌었다.

인숙은 순간 자신의 몸이 사라져 버렸으면 했다. 너무 화가 나서 혼절할 지경이었다.

진규는 눈이 뚱그래졌다. 이 자리에서 인숙이 참지 못하면 진규가 울고 어머니가 알고 동네가 떠들썩하게 된다. 인숙은 눈을 딱 감고 내가 죽었거니 했다. 그 외에는 이 무섭고 더러운 운명을 달게 받을 길이 없는 것이다.

인숙은 청인에게 말했다.

"손을 놓아도 순순히 따라가겠다."

인숙이 이런 뜻을 알리자 청인도 눈치를 챘는지 빙글빙글 웃으며 슬그머니 손을 놓았다. 인숙은 급하게 좁쌀을 일어서 한 솥을 앉혔다. 그러고 나서 진규를 보며 말했다.

"지, 진규야……. 내가 이 청국 사람의 집에 가서 일을 하고 올 테니 이 솥에 불을 때서 밥이 되거든 그 돈으로 반찬을 사다가 어머님 모시고…… 먹거라……."

나중에는 목이 메어 말도 못 하고 그만 대문 밖으로 나섰다. 진규는 수상하기는 했으나 인숙이 너무 침착하게 굴었기 때문에 그래도 눈치는 채지 못했다.

"그럼 누나. 얼른 다녀와!"라고 말할 뿐이었다.

이래서 순결한 조선 처녀 한 명이 악마 같은 청국 지주 두 놈에게 무참히 끌려가고 만 것이다.

인숙이 등성이를 넘은 뒤에야 어머니는 겨우 진규의 말을 듣고 알았다. 자리맡을 보니 인숙이 연필로 쓴 편지가 있었다. 그것은 인숙이 집안을 구하기 위해 한 몸을 희생해 바친다는 사연이었다.

어머니가 나중에 청인을 쫓아가서 아무리 야단을 쳤으나 빚진 돈 오십 원, 나중에 준 돈 이십 원, 좁쌀 한 섬 값과 합해서 백 원을 내지 않으면 인숙을 돌려보낼 수가 없다는 거절을 받았을 뿐이다.

그래서 인숙은 두 명의 중국인 손에 끌려 육신이 무참히 더럽혀지게 되었다. 한 달이 못 되어 그녀는 세 번이나 목을 매려 했지만 두 놈이 돌아가며 지키는 통에 완전히 죽지도 못하고 치명상만 얻었다.

거기에, 중국 사람들이 항상 가지고 있는 악성 화류병64)까지 감염되니 그녀는 마침내 병석에 쓰러져 죽을 시간만 조급하게 기다리는 몸이 되었다. 백 원 돈이 많은 돈은 아니다. 설령 인숙을 인육의 시장에 판다 한들, 밝은 천지 번화한 도회지에 갔다가 판다 한들 화숙의 천오백 원에 뒤지지는 않았을 것이다.

그러나 세상을 등진 간도 촌구석, 은전 한 푼이면 낮에 수심이 걷히고, 몇 식구의 한 끼 연명이 되는 이 '산지옥'에서는 백 원이라는 금액도 하늘이 알 듯 큰돈이었던 것이다. 인숙은 이제 자신의 육신과 마음을 따로 떼어 놓고 아직도 순결을 지키고 있는 마음으로 엉망이 된 육신을 슬퍼하는 상상을 하며 겨우 자신의 생명을 의식하게 되었다.

64) 화류병(花柳病): 성병을 달리 이르는 말

234

너무나 무참히 더럽히고, 병들고, 애달파진 처녀의 육신을 돌아보면 차마 몸서리가 쳐 견딜 수 없는 것이다. 이제 인숙에게는 오직 한 가지 사는 길이 있으니 그것은 이 극악무도한 짐승의 아가리에서 벗어나기 위해 생명을 끊어 버리는 것이다. 그러나 그녀는 죽을 자유까지 빼앗기고 말지 않았는가.

　이제 겨우 꽃피는 몸을 맞이하려는 처녀에게 두 놈의 악마의 손길이 덮칠 때, 어찌 세상의 도리가 있으며 정의가 있을까. '간도라 하는 곳에서는 오직 돈과 힘만이 살 길이다'라고 설파한 어떤 사람의 간도 시찰담은 이러한 사정을 가리켜 탄식을 한 것인지도 모르겠다. 병석에서 신음하는 인숙에게 약은 먹이지도 않고 돈 들여 구해 온 아리따운 보배가 없어지기 전에 하루라도 뜻있게 쓰는 것이 유리하다는 듯 밤마다 병든 인숙의 침상에는 중국인 두 놈의 두려운 그림자가 번갈아 가며 떠날 일이 없었다.

　그래서 인숙은 어머니 아버지를 늘 입버릇처럼 부르며 병상 위에 잡혀 갇힌 몸이 되어 오직 악마가 하고자 하는 대로 자신의 육신을 무의식적으로 바칠 뿐이었다.

　용규는 눈을 감고 어머니의 눈물 반, 하소연 반의 이야기를 들었다.

　두 손은 침상 좌우에 결박되고, 허리는 침상 복판에 결박되어 피폐한 일신조차 마음대로 움직이지 못하는 어린 누이의 몸에 실리는 악마의 그림자…….

용규의 감은 눈에는 여러 가지 악한 환영이 떠올랐다. 화숙도 울고, 진규도 울었다. 그러나 방 안의 사람들은 오직 용규의 입이 떨어지기만 기다리는 듯 말이 없다. 용규는 눈물을 닦으며 침통한 얼굴을 들었다.

"어머니, 인숙이가 있는 곳은 여기서 얼마나 됩니까?"

"한 오 리밖에 안 되는데 큰 강을 건너가야 한단다."

"강은 얼었겠지요?"

"그래, 이 전만 주면 썰매를 태워 주니 강을 건너는 것이야 쉽지."

용규는 아무 말 없이 시계를 보았다. 벌써 새벽 한 시다.

"어머니, 지금 갈 수 없을까요?"

"너무 늦지 않았니."

"그렇지만 제게 백 원 돈은 있으니 한시라도 빨리 구해 와야 하지 않습니까."

"후……. 네가 진즉에 왔으면 좀 좋았겠니. 아마 그동안 죽었을지도 모른다."

용규는 벌떡 일어섰다.

"어머니, 어서 갑시다. 화숙이하고 진규는 집에서 기다리거라. 어머님 모시고 다녀올 테니."

어머니도 진규를 따라 일어섰다. 화숙은 어머니의 옷이 얇은 것을 보고 자신의 외투를 입혀 주었다.

"어머니, 이거 입고 가세요."

어머니는 추위와 씩씩하게 싸우는 여장부다.

"얘, 망측하구나. 내가 외투가 다 뭐냐."

"아녜요, 입고 가셔야 합니다. 혹시 인숙이가 올 때 춥지 않겠어요."

이 말에 어머니는 아무 말 없이 받아 입었다. 그래서 용규와 용규의 모친은 밤을 타서 중국인의 집으로 죽을 날만 기다리는 산송장을 찾으러 길을 재촉하게 되었다.

이날 밤 인숙은 두 놈의 중국인 중 호명이라는 지주에게 능욕을 당할 차례였다. 호명이 인숙의 방에 들어가는 날 밤에 왕달현이라는 또 한 명의 중국인은 바깥방에서 수작을 한다. 잔인무도한 두 놈의 홀아비는 가엾은 처녀의 정조를 무참하게 짓밟는 것이다.

경찰도 없고, 법도 없는 무정부 상태나 다름없는 간도 촌구석에는 오직 가엾은 사람의 피눈물만 속절없이 얼어버릴 뿐이다. 인숙의 병이 심해 감에 따라 호명의 몸에도 화류병의 감염이 심해졌다. 그 악성 화류병은 처음 감염된 왕달현의 몸에서 인숙에게 옮아 다음에는 호명에게 옮았다. 이를 알게 되자 호명은 즉시 말했다.

"인숙의 병을 고쳐 줄 것. 또한 나의 치료비도 왕달현이 지불할 것."

호명은 이 두 가지 조건을 가지고 왕달현을 윽박질렀으나 왕달현은 말을 듣지 않았다. 며칠 동안 이 문제로 큰 싸움이 나서 나중에는 칼부림까지 났다. 사람이기를 초개와

눈물에 젖는 사람들

같이 아는 중국 사람들의 일이었으나 그 이후로는 피차 마음을 놓고 잠을 못 자는 모양이었다.

그러나 싸움은 하면서도 병에 신음하면서도 인숙의 생명이 나날이 꺼져 가는 것을 보면서도 어쨌든 돌아가며 인숙의 방에서 잠을 자자는 약속은 신통하게 지켜 나갔다.

왕달현의 가슴에는 오직 육욕이나 채우자는 욕망뿐이었다. 인숙이 죽어 가는 것을 보면 볼수록 '죽어 버리면 다 허사지!'라는 생각을 가지고 더한층 그녀의 육신을 핍박했다.

그래도 나잇살이나 좀 더 먹은 호명은 때때로 더운죽도 흘려 넣어 주고 결박했던 손도 주물러 줘 가며 인숙을 달래기도 했다. 그러나 산송장처럼 자리에 누워 자신이 살았는지 죽었는지조차 모르는 인숙은 왕가가 어떻게 하든, 호가가 어떻게 하든 알지 못했다. 오빠와 어머니가 찾아오는 줄도 모르고 인숙은 가까워 오는 악마의 발자국 소리에 몸서리만 쳤다.

처음에 이 소리를 들었을 때는 소리도 지르고 울기도 했다. 그러나 이제는 소리 지를 기운도 없고 몸을 움직일 자유도 없다. 이제는 오직 몸서리나 치고 얼굴이나 찡그릴 뿐이다.

호명은 방으로 들어서며 문을 안으로 잠갔다. 그것은 자신이 자는 동안 혹시 왕달현이 들어와 죽이지나 않을까 하는 의심 때문이었다. 호명은 인숙의 머리맡으로 갔다.

그리고 그녀의 초췌한 얼굴을 들여다보더니 빙긋 웃었다. 그 웃음은 인간의 웃음 같지 않았다. 초열지옥에서 죄에 우는 영혼들을 불가마 속에 집어넣는 순간에 사자의 얼굴에서나 볼 듯한 웃음이었다.

호명은 인숙이 이제는 몸을 풀어 놓아도 자신의 힘에 저항할 수 없이 피폐한 것을 알게 되자 우선 기뻤다. 오늘 밤에야 인숙의 결박을 풀어 주고 그녀의 몸이 그의 뜻대로 움직이게 해 보리라, 이것이 호명의 머리에 떠오른 생각이었다. 결박된 미인과 밤을 지낸다는 것은, 야만인의 생각에도 어디인가 부자연스러운 모양이었다.

호명이 마침 인숙의 허리를 안고 결박을 풀기 위해 덤빌 때에 문을 두드리는 소리가 크게 들렸다. 호명은 깜짝 놀라 벌떡 일어났다. 인숙도 정신이 가물가물한 상태로 눈을 감았다가 겨우 고개만 번쩍 들었다. 밖에서 부르짖는 소리는 분명 어머니의 목소리인 것이다.

인숙은 무슨 일인지 알 수 없어서 "어머니! 어머니! 어머니!" 하며 결박된 몸을 간신히 움직여 가며 애만 쓸 뿐이었다.

호명도 인숙의 어머니인 줄은 알았다. 그러나 밤중에 와서 문을 두드리는 것이 수상해서 꼼짝도 하지 않았다. 그러나 바깥문은 왕달현의 손으로 열렸다. 인숙의 모친과 용규가 들어왔다. 왕가도 인숙의 모친만 온 줄 알았다가 웬 양복을 입은 장정이 들어서는 것을 보고 훈춘 일본 영사관 경찰관이 나온 줄 알고 그만 주춤주춤 뒤로 물러났다.

인숙의 모친은 왕가를 보고 부르짖었다.

"이놈아! 돈 가져왔으니 내 딸을 내놓아라."

왕가는 대략 십여 년 동안 조선 이주민의 피를 긁어서 사는 자라서 조선말은 대개 알아듣는다.

"돈……돈……. 얼마 가져 왔어?"

"백 원 내라고 그랬지? 그래서 백 원 가져왔으니 어서 우리 딸을 내놓아라!"

묵묵히 뒤에 서 있던 용규는 품에서 십 원짜리 열 장을 꺼내 왕가를 보여 주었다.

"자, 돈 여기 있다. 어서 인숙이를 내놓아라."

용규는 소리를 질렀다. 돈을 든 용규의 손은 떨리고 있었다.

돈을 본 왕달현은 하늘인 것처럼 기뻐했다. 다 죽어 가는 인숙을 본전에 이자까지 얹어서 찾아간다는데 기뻐하지 않을 리가 없었다. 왕가는 즉시 옆방 문을 두드렸다. 인숙을 지키는 호명에게 뭐라고 중국 말로 소리쳤다. 호명도 한참 듣더니 얼른 인숙에게 달려들었다.

인숙은 도무지 어찌 된 일인지 몰라 소리만 질렀다.

"어머니! 어머니!"

울음에 섞인 가냘픈 소리다. 이제는 목이 잠겨 소리를 크게 지르려고 해도 소리가 나오지 않았다. 어머니와 오라버니는 즉시 인숙이 갇힌 방문 앞까지 가서 말했다.

"인숙아, 놀라지 마라. 돈을 가지고 너를 찾으러 왔다!"

소리를 질러 보았지만 인숙의 귀에는 들렸는지 들리지 않았는지, "어머니……" 소리를 몇 번 부르던 인숙은 다시 혼절을 했다. 호명은 즉시 인숙의 손과 허리에 묶인 것을 풀어 놓고 이불을 턱 밑까지 덮어 놓은 후 서서히 문을 열었다. 어머니와 용규는 물결이 밀리듯 방으로 들어섰다. 가물가물한 불빛 아래에 머리는 흐트러지고 혈색은 죽은 사람처럼 까무러친 인숙의 모습은 누가 보아도 눈물이 날 지경이었다.

어머니와 용규는 침상 앞으로 가서 얼싸안고 울었다. 어머니는 몸부림까지 쳤다. 지금까지 하는 수 없다는 생각이 들어 덮어 뒀던 애석하고 원통한 마음이 이제야 폭발한 것이다.

"인숙아! 인숙아! 죽었느냐! 눈 좀 떠라! 말 좀 해라! 오라비가 너를 살리러 왔다."

울음 반, 말 반 인숙의 가슴을 안고 넋두리를 했다.

인숙은 겨우 눈을 떴다. 그녀는 어머니의 손을 꼭 쥐며 말했다.

"어머니……. 나는 죽어야지……."

어머니는 다시 몸부림치며 말했다.

"애야, 죽긴 왜 죽니. 살리러 왔는데 죽는 게 무슨 말이냐. 인숙아. 오라비가 왔다. 미국 갔던 오라비가 왔다."

용규는 손등으로 눈물을 씻으며 인숙의 머리맡으로 가까이 갔다.

"인숙아, 오빠다! 정신을 차려야 한다. 이제 곧 집으로 갈 테니."

인숙은 힘없는 눈을 돌려 용규를 보더니 반가운지도 모르겠다는 듯 다시 고개를 돌리며 말했다.

"어머니, 저분이 오빠인가요?"

"그래, 오라비란다. 그렇게 미국 간 오라비가 보고 싶다더니 왜 그러니……."

"흥……. 나는 죽어요. 자꾸 죽어 가는 것 같아요. 어머니, 물……."

용규는 그만 가슴이 터지는 것 같았다. 인숙이 반가워하지도 않는 그 심정이 얼마나 애처로운지 몰랐다. 어린 누이가 산송장 노릇을 해 가며 사람으로서 겪지 못할 치욕을 겪는 것을 이제야 데리러 왔느냐고 원망하는 것 같았다.

인숙의 의식은 점점 흐려져 가는 모양이다. 어머니는 머리맡에 놓여 있는 주전자에서 얼음같이 차가운 차를 주전자 뚜껑에 따랐다.

"어머니, 너무 차지 않겠어요."

용규가 무겁게 입을 열었다. 용규와 어머니가 울며 몸부림치는 것을 보면서 악마 같은 호명의 가슴에도 한 줄기 양심이 생겼는지 그는 얼른 뛰어나가 더운 차를 한 잔 들고 왔다. 어머니는 노려보면서도 그 차를 받아서 인숙의 입에 댔다.

"인숙아, 인숙아! 물 마시거라."

"⋯⋯."

대답이 없다. 눈은 감고 입도 다물고 겨우 코에서 가늘게 금방 사라질 듯 숨결이 움직일 뿐이다. 이번에는 용규가 인숙의 어깨를 흔들며 "인숙아, 인숙아" 하고 불렀다. 인숙이 실낱같이 눈을 떴다. 어머니와 오라버니를 한 번씩 보더니 새카맣게 탄 입술만 몇 번 움직이고 말았다.

어머니는 보다 못해 인숙의 입술을 벌리고 차를 들여 넣었다. 몇 모금을 넘기지 못해 기침이 났다. 기침이 나는 바람에 오라버니의 손을 잡고 겨우 진정을 했다.

"인숙아! 인숙아! 내가 오빠다. 야속하게 생각지는 말거라. 몰라서 그런 거니⋯⋯."

인숙은 오빠의 손을 잡은 채 쳐다보더니 말했다.

"오빠⋯⋯. 오빠 왜 이제 와요. 나 죽는 것 보러 왔나요?"

인숙은 북받쳐 올라오는 울음을 마음속에 담아 두고 고통의 소리를 내며 들었던 고개를 다시 베개에 떨구었다.

그녀는 또다시 눈을 감았다.

용규는 즉시 백 원 돈을 중국인 두 놈의 앞에 던졌다. 두 놈은 굶주린 이리가 고깃덩이를 본 듯 덤벼들어 허둥지둥 돈을 주워 들었다.

"어머니, 인숙이를 일으키세요. 얼른 데리고 나가야겠

어요."

"글쎄, 저렇게 정신을 못 차리는데."

용규는 기가 막히는 듯 정신없이 늘어진 인숙을 다시 한 번 굽어보며 말했다.

"그렇지만 이런 곳에 한시라도 더 둘 수는 없지 않습니까."

어머니도 이 말에는 반대할 이유가 없었다. 즉시 인숙의 허리를 껴안아 일으켰다.

"아야! 아야!"

인숙은 비명을 지르며 두 손으로 아랫배를 누른다. 어머니도 따라서 이불 속으로 손을 넣어 그녀의 아랫배를 만져 주었다. 인숙의 몸을 일으키는 바람에 겨우 진정이 되었던 병세가 다시 나타난 것 같았다. 어머니는 인숙이 악성 화류병에 걸린 줄 알고 있었다. 그러나 용규는 아직 그것을 모른다.

"어머니, 얘가 왜 이럽니까?"

"……."

어머니는 이 자리에서 인숙의 병세를 말하고 싶지는 않았다. 그러나 어머니도 인숙의 병을 다 알지는 못한다. 오직 그녀가 화류병이 걸린 줄이나 알지 자궁내막염이 생겨서 지금 장차 그녀의 생명을 빼앗으려 하는 복막염이 되어 있는 줄은 모르는 것이다.

열은 점점 높아지고 입술은 타들어갔다. 인숙은 지금 정신이 혼란스럽고 육신은 아파서 어머니고 오빠고 모두가 원망스러웠다.

어머니는 인숙을 달랬다.

"애야, 인숙아. 자, 일어나자. 집으로 가서 얼른 약을 먹어야 하지 않겠니."

"어머니, 아파……."

인숙은 이렇게 말하며 울었다. 그러나 그 울음소리는 뒤가 없었다. 용규는 묵묵히 서서 바라보았다. 맞은편에서 돈을 세고 있는 중국인의 꼬락서니가 얼마나 가증스러웠으랴. 용규가 만일 적을 사랑하라는 예수의 제자만 아니었다면 난리가 났을 것이다.

용규는 어쨌든 이 침울한 악마의 구혈을 벗어나는 것만이 상책이라는 생각이 들었다.

"어머니, 어서 일으킵시다. 밤이 깊어 가는데 기다리라고 일러둔 썰매꾼이 가 버리면 강을 어떻게 건넙니까."

어머니는 억지로 인숙을 일으켜 앉혔다. 용규는 답답해서 인숙의 등을 받쳐 일으켰다. 인숙은 죽이든 살리든 이제는 모르겠다는 듯 다시 어머니와 오라버니에게 몸을 실었다. 모자가 한쪽 어깨씩 부축을 해서 간신히 침대에서 내려 세웠다. 그녀의 속옷에는 악랄한 과거를 보여 주는 혈흔이 군데군데 검붉게 말라붙어 있었다. 어머니는 이것을 보고 즉시 화숙이 준 외투를 둘러 주었다. 용규는 자신의 목에 감았던 목도리로 인숙의 얼굴과 머리를 둘러싸고

숨을 쉴 수 있는 구멍만 남겼다. 왼편으로 인숙의 오른쪽 어깨를 부축한 용규는 오른손으로 회중전등을 꺼내 들었다. 중국인은 그것이 권총인 줄 안 것 같았다.

두 놈은 동시에 소리를 지르며 구석으로 몰려갔다. 그 중에 조선말을 좀 하는 왕가가 겨우 입을 열었다.

"이보시오, 우리 죽여서 무슨 소용 있어. 어서 당신 집에 가는 게 좋지 않아?"

하며 벌벌 떨었다. 용규는 그 말을 들은 체도 하지 않고 말했다.

"자, 어머니. 천천히 나갑시다."

어머니도 인숙의 왼편 어깨를 부축했다.

"자, 그러면 천천히 가자."

드디어 인숙은 어머니와 오빠에게 부축되어 악마의 구혈을 벗어났다. 다행히 바람은 불지 않았다. 그러나 북쪽 나라의 뼈까지 스며드는 추위는 병든 인숙에게 결코 이롭지 않았다. 하늘에는 무수한 별의 무리가 벌벌 떨고 있고, 들에는 눈 가는 곳까지 하얀 눈빛뿐이었다.

그래도 용규에게는 악취가 코를 찔러 숨이 막힐 것 같은 중국인의 뒷방에 있는 것보다는 춥기는 하나 신선한 공기를 가슴으로 마시는 듯한 밖이 상쾌했다.

용규는 인숙의 한쪽 팔을 부축하고 어머니는 인숙의 어깨에다가 자신의 팔을 얹고 인숙의 팔을 끌어 어깨에 얹어 발을 맞춰 걸었다. 용규는 인숙의 손이 드러난 것을 보고 자신의 장갑을 벗어서 인숙의 손에다가 끼워 주었다.

"어머니, 얘가 정말 추울 겁니다."

그는 이렇게 말하며 쓸데없는 걱정이라도 안 할 수 없었다.

인숙은 겨우 걸어서 강가까지 왔다. 강가에는 부탁해 둔 썰매꾼이 담배를 피우며 기다리고 있었다. 세 사람은 즉시 썰매에 올라탔다. 썰매에 오르며 인숙은 그만 어머니의 무릎에 쓰러져 버리고 말았다.

용규는 겁이 나서 회중전등을 밝혀 인숙의 얼굴을 비춰 보았다. 새하얗게 야윈 얼굴에는 핏기라고는 찾을 수 없고 아랫입술을 힘껏 물고 눈을 딱 감은 얼굴에는 참을 수 없는 고통이 실려 있었다. 윗입술이 가엾게 몇 번 떨렸다. 감은 눈 속에서 눈동자가 움직이더니 뜨거운 눈물이 소리도 없이 주르륵 흘러내렸다. 마주 보고 있던 어머니가 또 울었다.

"인숙아! 인숙아!"

목이 메어 어머니는 인숙을 힘껏 껴안았다. 인숙은 겨우 입을 열었다.

"엄마……."

그녀는 어머니를 얼싸안고 몸을 한 번 뒤척이더니 다시 바로 누웠다. 두 팔을 내던지며 한숨을 쉬었다. 어머니와 용규는 숨을 죽이고 인숙만을 들여다보았다.

그녀는 겨우 눈을 떴다. 오빠와 어머니를 둘러보더니 방긋 웃는다.

"후……."

한숨을 쉬더니 그녀는 뜬 눈을 감았다. 일 초, 이 초. 그녀는 다시 눈을 뜨지 않았다. 어느덧 썰매는 맞은편 강가에 도착했다.

"어머니, 여기서부터는 제가 업겠습니다."

용규는 인숙이를 안아 일으켰다. 그러나 이미 때는 늦었다. 그녀의 몸은 인형처럼 뻣뻣했다. 용규는 깜짝 놀랐다.

"어머니, 인숙이 좀 보세요."

어머니도 놀라며 인숙의 코에다가 귀를 댔다. 숨소리를 들어 보기 위해서였다.

"아이고머니나!"

소리를 지르며 어머니는 얼음판에 주저앉아 버렸다. 용규도 따라서 인숙의 가슴에 손을 넣어 보았다. 추위에 언 손이었건만 그리 따뜻하지 않았다. 맥을 잡아 보니 끊겨 버리지 않았는가.

용규는 울지도 못했다. 이 자리에서 자신마저 울고 앉아 있으면 뒤치다꺼리를 할 사람이 없는 것이다. 용규는 인숙의 시체를 그대로 업었다. 그리고 어머니를 보며 말했다.

"어머니, 여기서 우시면 안 됩니다. 어쨌든 집으로 얼른 갑시다."

어머니도 용규가 인숙의 시체를 업고 서서 재촉하는데

어찌할 수 없었다.

꽃빛도 보지 못하고 무참한 최후를 맞이한 인숙의 몸은 병든 시체가 되어 어머니의 집으로 돌아오게 되었다. 인숙의 시체를 아랫목에 뉘인 뒤 용규는 기도를 올렸다. 어머니와 화숙과 진규는 함께 모여 훌쩍대기만 한다. 밤은 거의 지났다. 어머니가 때때로 가슴을 치고 울려고 하면 화숙은 번번이 입을 막다시피 말렸다.

"동네 사람들에게 창피해요. 무슨 영광스러운 죽음이라고 크게 울어요."

한참 울던 네 식구는 새벽이나 되어야 앞일을 의논했다.

날이 새거든 아버님의 시체까지 파서 용정촌(龍井村)[65]으로 나가 화장하고 백골만 가지고 경성으로 돌아간 뒤, 용정촌에 가서는 어쨌든 그곳 교회에 가서 증기선에서 만난 박금순을 데리고 그녀의 아버지를 면회하도록 주선해 주고 형편을 보아서 시흥 집으로 데리고 가자고 했다.

날이 새자 동네 사람들이 몰려들었다. 가엾은 처녀가 악랄하게 죽임을 당했는데 누가 서러워하지 않으랴. 동네 사람들의 호의로 아버지의 시체도 새로운 관에 옮기고 인숙의 시체도 입관해서 마차에 나란히 실었다.

마차 뒤에는 어머니와 용규와 화숙이 고개를 숙이고 따라 나섰다.

---

65) 중국 길림성 동부 간도에 있는 마을. 일제 강점기에 우리 민족이 피하여 살았던 곳이다.

아! 망향촌아, 잘 있거라. 흰옷 입은 나그네의 눈물을 얼리는 망향촌! 순진무결한 처녀의 피를 빠는 망향촌아! 이제 영원히 이별이다.

그러나 아직도 악마의 구혈에 할 수 없이 남아 있는 백여 만 동포는 어떻게 될까. 용규의 가슴은 터질 것 같았다.

용규의 일행을 배웅하는 동네 사람들의 눈에도 눈물이 어렸다. 동네 부인들은 용규 모친의 손을 잡았다.

"여보, 그래도 진규 어머니는 고향 구경 하시는구려. 우리는 아마 여기서 이대로 시들고 얼어 죽을까 보오."

이렇게 말하며 목메어 우는 사람도 있었다.

망향촌이 차차 멀어져 간다. 용규가 등성이를 넘을 때 돌아보니 아직도 흰옷 입은 가련한 동포들은 망연하게 바라보고 있었다.

두 구의 시체를 앞세우고 고향으로 돌아가는 용규의 일가족이 부럽다는 듯……

용정촌에 이른 일행은 우선 조선인 교회를 찾아갔다. 이훈이라는 목사에게는 이미 경성에서 통지가 와서 김용규가 찾아오기를 기다리고 있었다. 그러나 설마 시체를 둘씩이나 앞세우고 찾아올 줄은 몰랐다.

하는 수 없이 시체는 교당 안에 임시로 수용하고, 이 목사는 일행을 방으로 안내했다. 십여 년 전부터 간도에 와서 아직도 독신으로 전도 사업에 종사하는 산신령 같은

• 용정 정류장
• 용정 전경

목사의 집이라 그야말로 퇴락하고 쓸쓸했다.

"경성에서 편지가 석 장이나 와서 맡아 뒀습니다."

이 목사는 편지 석 장을 내놓으며 화장 준비를 한다고 분주히 나갔다. 용규는 편지를 차례로 뜯어보았다. 한 장은 박흥식에게서, 또 한 장은 은주에게서 온 것이고, 마지막 한 장은 은주가 화숙에게 보낸 것이었다.

흥식의 편지에는 시흥에 예배당은 어쨌든 모양 좋고 쓸모 있게 지어 놓을 것이니 걱정 말라는 뜻과 미국에서 브라운 박사가 보낸 편지가 있기에 동봉해 보낸다는 사연뿐이었다.

은주가 용규에게 보낸 편지는 사랑의 편지라는 면에서는 그다지 아기자기한 맛은 없었다. 아직 어려워서 하고 싶은 말을 다 하지 못하는 사연이었지만, 그래도 평생 처음 애인에게 편지를 받은 용규의 가슴은 순간 황홀했다.

"얼른 오세요. 오실 때가 되면 물론 오시겠지만 그래도 기다려집니다."

맨 아래 적힌 구절이 제일 마음에 드는지 용규는 거듭 읽고 부끄러운 듯 잘 접어서 넣었다. 화숙에게 온 편지는 꽤 두꺼웠다. 아마 별별 잡담이 많은 모양이었다. 화숙은 혹시나 병선의 소식이나 있을까 하여 일부러 한구석에 비켜서서 봉투를 찢었다.

매우 재미있는 편지였다. 은주는 시흥에 짓는 예배당 옆으로 집을 같이 짓는데, 서재는 자신이 특별히 고안을 했고 아침부터 저녁까지 햇빛이 떠나지 않게 했다는 말이며, 서재 문만 열면 바로 작은 시내가 흐르고 그 앞으로 꽃밭이 펼쳐지도록 꾸미겠다는 등 용규에게 속살거릴 사정을 용규에게는 차마 어려워서 말도 못하고 화숙에게 대신 했다.

화숙은 병선의 말이 나오기만 고대하고 읽었다. 그러나 끝까지 병선의 말은 없었다. 화숙은 서운했다. 그러나 서운한 빛도 내색할 수 없었다.

"네게는 뭐라고 왔니?"

용규는 떨어져서 몰래 보는 화숙의 편지가 궁금했다.

"꽤 재미있네요."

그녀는 편지를 오빠에게 건네주었다. 용규는 편지를 받아 들며 물었다.

"보아도 괜찮은 거냐?"

"네, 보세요."

편지를 주면서도 화숙은 오히려 서운했다. 너무 서운한 생각에 문득 앞에 떨어진 봉투를 다시 들어 속을 뒤적거려 보았다. 과연 은주는 그렇게까지 화숙의 마음을 모르는 사람은 아니었다.

봉투 속에 조그마한 쪽지가 붙어 있다. 손가락을 넣어 떼어 내니 가는 철필로 서너 줄 글씨가 적혀 있었다. 화숙의 얼굴에 화색이 돌았다. 당장 교당에 누워 있는 아버지와 동생이 잠시 살아 돌아온다 하더라도 이 이상 더 기쁠 것 같지는 않았다. 그러나 지금 이 자리에서는 기쁜 내색도 마음대로 보일 수 없었다.

그녀는 즉시 그 종이를 손바닥에 감춰 담고 읽었다.

이별이 이렇게 쓰린 것인 줄은 몰랐습니다. 이럴 줄 알았
다면 죽기를 감수하고 청량리에서 따라가든지, 못 가게
했을 것입니다.

-예수의 유일한 새 제자

화숙은 읽기를 마치자 병선이 너무 그립고 안타까워 그의
손목을 잡는 듯 그 편지를 꼭 쥐었다.

브라운 박사가 용규에게 보낸 편지는 다른 것이 아니라
화숙이 기생이 되었다며 용규가 하소연한 것에 대한 답장
이었다. 양심이 꾸짖지 않는 일에는 원기를 잃어서는 안
된다는 훈계가 적혀 있었고, 속히 누이의 몸을 구해 뜻있
는 하나님의 제자를 만들라며 천오백 원의 돈표66)를 함께
넣어 보냈다.

용규는 새삼스럽게 브라운 선생의 자비에 감동했다.

이러는 동안 이 목사는 장의 마차 두 대를 빌려 가지고
와서 화장장으로 가기를 재촉했다. 자칫하면 해가 지기
전에 장의가 끝나지 못할까 봐 걱정을 하는 것이다.

마차 두 대는 아버지와 인숙의 시체를 싣고 무거운 걸음
으로 화장장으로 향했다. 마차 뒤에는 용규의 세 식구와

66) 돈표(票): 수표, 어음 등 현금으로 바꿀 수 있는 표

이 목사 및 교역자 네 사람, 배에서 만났던 박금순이 화숙의 손에 끌려 따라갈 뿐이었다.

소나무 한 그루도 볼 수 없는 간도 벌판. 우뚝 솟은 화장장 벽돌 아궁이 속에는 두 구의 시신이 좌우로 놓여 있었다. 어머니의 몸부림치는 소리에 해는 저물고 지평선 너머로 기우는 애연한 석양이 땅에 어리는 것 같았다. 날이 새면 백골을 찾아가기로 화장장이에게 약속을 하고 모두는 이 목사의 집으로 돌아왔다.

이날은 마침 삼일 예배[67] 날이었다. 이 목사는 특히 김용규에게 유익한 이야기를 좀 해 달라고 청했다. 용규도 가슴에 어린 울분과 애통을 한번 풀어헤치고 싶은 생각도 없지는 않았다.

"그러면 상제의 몸으로 길게 말할 수는 없으나 오늘 여러분의 은혜를 많이 입었으니 기도나 올리겠습니다."

용규는 이렇게 말했다. 고국에 돌아오면서부터 겪어 온 수난과 박해를 눈물지으며 하나님 앞에 무릎 꿇고 마음껏 하소연이나 하려는 것이다.

예배 시간 전까지 틈을 타서 박금순 모녀에게 면회 신청을 해 주려고 이 목사와 함께 영사관 경찰 서장을 찾아갔었다. 서장은 인품이 좋은 노국 사람이었다. 용규가 생각했던 바와 같이 악마 같은 사람은 아니었다. 울고 서 있는

67) 삼일 예배(三日禮拜): 주일로부터 삼 일 뒤인 수요일 밤에 하는 기도 모임

금순 모녀를 보며 통역을 시켜서 말했다.

"오늘 밤, 잠시 면회는 허락할 것이니 두 번 다시는 만날 생각을 말고, 취조가 끝나면 경성으로 압송이 될 것이니 간도에서 방황하지 말고 고향에 가서 기다려라."

그는 이렇게 순순히 알려 주었다.

용규와 이 목사도 그 말은 맞다고 생각했다. 그래서 금순 모녀에게 면회가 끝나거든 즉시 예배당으로 돌아오라고 이른 후 용규와 이 목사는 먼저 돌아왔다.

예배당에는 사십 명가량의 남녀 신자들이 모여들었다. 이 목사의 말에 의하면 그 신자들 중에도 중국 지주나 고리대금업자들에게 딸을 빼앗긴 사람, 젊은 아내를 빼앗긴 사람이 대여섯 명이나 있다고 했다.

십육촉 전등 네 개가 이곳저곳에 희미하게 빛나고 돗자리를 깐 바닥에서 꾸물거리는 신자들의 꼴이 마치 전염병에 걸려 신음하는 환자들 같았다.

이 목사가 단에 오르자 예배가 시작되었다. 찬미가 끝난 후, 이 목사는 김용규를 일반 신자에게 소개했다. 용규는 단 아래에서 신자들에게 목례를 하고 즉시 무릎을 꿇었다. 여러 신자들도 일제히 고개를 숙였다.

"전지전능하신 아버지시여. 인정은 사라지고 바람은 찬데, 몸에 실리는 것은 고통과 굶주림뿐입니다. 고국을 그리는 가엾은 자녀들에게 너무나 시험이 혹독하시지는 않은지 의심하는 자도 많을 것입니다. 그러나 아버지시여,

저는 믿습니다. 아버지께서 기적을 머지않은 장래에 내리실 것을.

아버지시여, 저는 간도 벌판에 내 아비와 누이의 시체를 불살랐습니다. 그러나 그것이 아버지의 큰일을 계획하시는 데에 필요한 하나의 희생이라면 눈물을 거두고 거룩한 희생을 축복이라도 하겠습니다.

아버지시여, 저희들 조상이 이름을 날리던 이 간도 천지에 이제는 다시 저희가 수난과 박해에 눈물과 피를 짜내게 되었습니다. 오늘날 저희들이 받는 이 박해와 수난이 결코 까닭이 없는 것은 아니겠지요.

조선 백성은 너무나 게으릅니다. 너무 무식합니다. 그래서 모두 하나님의 품에서 벗어났습니다. 그러는 동안에 힘은 사라지고, 생각은 흐려져서 이제는 자신의 육신, 자신의 마음을 아무 데나 내던지는 것 외에는, 아무렇게나 죽어 버리는 것 외에는 다시 나아갈 길이 끊겼습니다.

아! 자비로우신 아버지시여. 어리석은 자는 아직도 아버지의 눈물을 의심할 것입니다. 그러나 저는 오늘날 남보다 많은 불행을 앞에 놓고, 오히려 아버지 앞에 부끄럽나이다. 저는 제가 당연히 맞이할 불행을 틀림없이 받은 거라 믿습니다. 이 같은 불행한 길을 막을 만한 힘과 용기가 저에게 없었던 것을 한탄할 뿐이옵니다.

아버지시여, 저는 굳센 사람이 되기를 원합니다. 동포의 불행을 하나라도 구원하겠다는 용기를 이 자리에 모인 여러 형제자매들에게도 낱낱이 내려 주시기를 원합니다. 그래서 몸에 실리는 박해를 자기 스스로가 능히 물리칠 수 있는 큰 일꾼들이 무리를 지어 일어날 때에 비로소 아버지의 거룩하신 힘이 자신의 몸에도 실린 것을 알게 하시기를 원합니다."

용규는 기도를 마치고 눈물에 젖은 얼굴을 들었다. 신도들도 곳곳에서 훌쩍거렸다. 이 목사도 눈물을 거두며 용규와 악수를 하자 다른 신도들까지 용규에게 굳은 악수를 건넸다.

밤 예배가 끝나자 박금순 모녀가 눈이 퉁퉁 부어서 왔다. 면회장에서 금순의 모친이 몸부림을 치며 울다가 유치장 순사에게 몇 대 맞았다고 금순이 하소연을 하며 또 울었다. 금순 모녀도 이제는 간도에 남아 있을 여유도 고향으로 돌아갈 용기도 거의 사라진 모양이었다.

용규의 어머니는 그 정성을 가엾게 여겨 날이 새거든 백골을 거둬 가지고 간도를 떠나는 길에 같이 데리고 가자며 우겼다. 그래서 날이 새자 일행은 정거장에 모였다. 아버지의 백골은 용규가 들고, 인숙의 백골은 화숙이 들고, 어머니와 금순 모녀는 뒤를 따라 정거장으로 갔다.

차 시간이 되자 이 목사 및 여러 신자들의 배웅이 매우 성대했으나 넋이 빠진 듯한 용규는 기쁜 듯 아닌 듯했다.

올 때는 이등석을 탔으나 돌아갈 때는 뜻밖의 비용도 많이 지출이 되었고, 금순 모녀에게는 삼등석의 비용마저 부족해서 일행은 모두 삼등석에 오르기로 했다. 차에 오르며 용규는 즉시 자신의 지갑을 화숙에게 건네주었다.

"자, 돈은 이것이 전부다. 경성까지 갈 동안 기차 속에서 아껴야 한다."

화숙은 지갑을 받은 즉시 열어 보았다. 일 원짜리가 몇 장, 십 원짜리가 한 장, 그리고 잔돈뿐이다.

"오빠, 큰일 날 뻔했네요."

화숙이 지갑 속을 들여다보며 같이 걱정을 했다.

"자칫 여비가 부족할 뻔했지. 그래도 어쨌든 그 돈으로 다섯 식구의 배를 채워 가며 경성까지 가야 한다."

화숙은 다섯 식구의 며칠 동안을 책임질 돈지갑이 자신의 손에 들어온 것이 마치 누거만[68] 재산이나 일시에 얻은 것 같아 만족스러웠다.

"걱정 마세요. 제가 어떻게 해서든 아껴 쓸게요."

이때 금순이 무슨 일인지 궁금해서 쫓아왔다.

"얘야, 금순이가 온다. 조용히 해라."

용규는 금순이 오는 것을 보고 화숙의 입을 틀어막다시피 소곤거렸다. 불쌍한 처녀에게 미안한 생각이나마 들게 하지 말자는 것이다. 화숙은 다년간 화류계에서 이런저런 핑계를 대던 솜씨가 남아 있었다. 그녀는 즉시 시치미를 떼며 금순 쪽으로 돌아보고 말했다.

68) 누거만(累巨萬): 매우 많음. 또는 매우 많은 액수

"애, 금순아. 금순아. 이리 와."

금순이 바짝 다가왔다.

"언니, 왜요?"

"저, 다름이 아니라 이제 점심을 먹어야 하는데 뭘 먹을지 의논한 거란다."

"망측해라. 의논은 무슨 의논이에요? 아무것이나 잡숫고 싶은 대로 잡숫는 거지."

시골 처녀로서는 먹을 것을 걱정하며 의논을 한다는 것이 아마도 이상해 보인 모양이다.

"그래도 어디 그럴 수 있니. 이왕이면 모두 마음에 드는 것을 사 먹어야지."

이때 용규는 두 여성이 의외로 티격태격하며 이야기를 하는 것을 듣다가 고상하지 못하게 배가 고팠다. 며칠째 음식다운 음식을 먹어 본 적도 없고, 입맛이 생긴 적도 없었다. 이제야 겨우 눈앞에 닥친 기막힌 문제를 해결하고 기차에 올라 쉬니 억눌렸던 식욕이 구석구석에서 끓어올랐다.

"화숙아, 나는 사과하고 빵……."

용규가 웃으며 말했다.

"오빠는 빵이랑 사과. 어머니는……?"

화숙은 어머니를 바라보았다. 어머니는 아직도 경황이 없어 보였다.

"애, 내가 언제 음식 가려 먹던?"

어머니가 핀잔을 주었다.

"어머니는 기권."

화숙은 여전히 농담을 했다. 어느 틈에 금순은 건너편 칸으로 뛰어갔다. 그곳에 음식을 파는 곳이 있었다. 용규에게 사과와 빵을 사 주려고 한 것이다. 주머니에 돈이 몇 푼 있어서 은인에게 보은하는 셈 치고 용규의 청을 얼른 자신이 들어주려 한 것이다.

간도 지방 기차 안이라 먹을 것이 변변할 리가 없다. 용규가 찾던 빵은 물론 없었다. 금순은 팥이 든 빵과 마른 사과를 들고 왔다. 사과를 깎으려고 어머니 앞으로 갔더니 어머니는 속도 모르고 화를 냈다.

"이것아, 무슨 돈이 있어서 군것질을 하냐."

금순은 힐끔 쳐다보며 말했다.

"내가 먹을 거 아닌데. 화숙 언니 오빠 드릴 거예요."

"아……."

어머니는 이렇게 말하며 곰방대를 다시 물고 연기를 피웠다.

금순은 사과 두 개를 간신히 깎아서 팥이 든 빵과 함께 용규 앞으로 가지고 갔다. 옆에 앉아 있는 화숙은 아직도 떠들고 있었다. 사과를 깎을 때까지도 은인에게 대접하겠다는 생각뿐이었지만 용규 앞으로 가니 처녀의 부끄러움이 생겨났다.

이제는 이러지도 저러지도 못한다. 돌아서 가기도 난처

하고, 그렇다고 용규에게 권할 용기도 없었다. 한참 머뭇거리는 동안에 화숙의 눈에 먼저 띄었다.

"어머, 저것 봐. 벌써 사 왔네."

화숙은 용규를 보며 말했다.

"오빠, 금순이가 오빠 잡수실 걸 사왔어요."

용규도 금순을 보았다. 용규의 어머니도 그녀를 보았다. 한 칸 건너에서 금순의 모친도 보고 있었다. 여러 사람의 시선이 금순의 떨리는 손끝에 놓인 사과와 빵에 주목했다. 금순은 어처구니가 없었다.

"드세요."

그녀는 용규의 무릎에 탁 놓고 도망을 가듯 멀리 앞으로 돌아갔다. 모두가 웃었고 건너편에 앉아 있던 중국인 승객들도 같이 웃었다.

화숙과 금순의 수선스러움과 재미있는 행동 속에 일행은 그럭저럭 경성에 도착했다. 이번에는 경성역에서 내렸다. 정거장에는 박홍식의 남매와 정동 예배당 교역자와 서울 대학생도 십여 명이나 반갑게 마중을 나왔다.

마중을 나온 학생들 틈에는 전에 화숙이 기생 노릇을 할 때 강제로 입을 맞추려다가 망신을 당한 학생, 화숙 혼자만 요릿집에 불러 놓다가 친구들에게 습격을 받은 학생도 섞여 있었다.

'저것들이 우리 오빠 마중을 나온 것이 아니라 전부 나

를 보러 온 것이구나.'

화숙은 이런 생각이 들자 어깨가 으쓱해졌다. 그러나 금 방 부끄러워져 금순의 손을 잡고 오빠의 뒤로 바짝 따라 섰다.

용규는 홍식과 어깨를 나란히 하고 이야기를 나누며 걸 어가고, 은주는 홍식의 옆에 서서 두 사람의 이야기를 듣 기만 하면서 걸어갔다. 화숙의 모친과 금순의 모친은 이 미 백년 지기나 된 것처럼 다정하게 서서 뒤를 따랐다.

금순의 모친은 화숙의 모친을 존경하고, 화숙의 모친은 눈물로써 금순 모녀를 동정했다. 한 명은 과부, 한 명은 생 과부였다. 두 노인의 서러움에는 공통되는 점이 많았던 것 이다.

용규 일행은 경성역을 나와 여러 사람과 작별을 하고 즉 시 홍식의 집으로 모였다. 은주는 언니와 함께 저녁 준비 에 바빠 용규의 얼굴도 제대로 볼 수 없었다. 화숙이 떠날 때 남의 눈을 속여서까지 청량리 정거장에 나와 작별을 해 주던 병선은, 화숙이 돌아올 때는 알지 못했기 때문에 마 중도 나오지 못했다.

'지금 병선 씨는 뭘 하고 있을까.'

이런 생각이 들자 화숙의 밝았던 마음은 다시 흐려졌다. 화숙은 무슨 걱정이든 오래 하지 못하는 쾌활한 성격을 가졌다. 대신에 잊었던 걱정이 갑자기 떠오를 때는 그야말 로 몸도 마음도 소스라치는 것같이 쓰러지는 것이다.

금순의 모친과 금순은 건넌방에 겸상을 해서 대접을 하고, 남은 식구는 전부 안방에 모였다. 저녁 식탁에는 용규를 중심으로 맛있는 음식을 늘어놓았다. 용규의 모친과 박홍식의 부인이 나란히 앉고, 그 옆으로는 화숙과 은주가 앉았다. 맞은편에 앉아 있는 용규와 홍식은 여전히 영어로 이야기를 계속하고 있었다.

  용규의 모친은 앞으로 며느리가 된다는 은주가 그리 탐탁지 않은 듯했다. 시골 노인의 안목이라 며느리가 마음대로 부려질 것 같지도 않았고, 시어머니를 존경할 것 같지도 않았다.

  "어머니, 우리 언니는 정말 얌전해요. 신식 여학생 같지 않아요?"

  화숙이 웃으며 말했다. 홍식의 부인은 어머니가 없는 시누이의 사정을 알고 있었다.

  "참, 우리 작은 아씨는 다른 것은 그렇다 쳐도 어머님께 효성은 극진할 거예요. 어려서부터 별로 울어 보지도 못하고 자랐답니다."

  용규의 모친은 은주를 다시 한 번 바라보았다.

  "젊은 사람들은 순하면 제일이지요."

  이렇게 말하며 마음속으로 하나님께 그렇게 되었으면 좋겠다고 기도를 했다.

  이날 밤 늦게야 용규와 은주는 예전에 간도로 떠나기 전날 작별을 하던 응접실에서 다시 만났다. 처음보다는 그래도 좀 가까워져서 이런 얘기, 저런 얘기를 끝없이 했다.

시흥에 건축 중인 예배당이 완성되면 그곳에서 결혼식을 거행할 것과 서울대학은 당연히 사직을 하고 브라운 박사가 보낸 돈으로는 서울대학생 기독 청년회 도서실을 지으라고 익명으로 기부를 할 것, 금순 모녀를 시흥으로 먼저 보내서 우선 자리를 잡게 할 것에 대해 이야기했다. 이 중 맨 나중에 은주가 설계한 주택의 설명이 제일 아기자기한 재미가 있었다.

한참 설계에 대한 설명을 들은 용규의 눈앞에 금방 아름다운 '스위트 홈'이 펼쳐지는 것 같아 마음이 황홀했다.

"설계는 그런데, 예배당을 짓고 나면 무슨 여유가 있겠소?"

용규는 걱정이 되었다.

"걱정 마세요. 제가 다 알아서 할게요."

은주가 귀엽게 웃으며 말했다.

"어떻게 알아서 하겠단 말이오?"

은주는 용규의 얼굴을 가까이 들여다보며 말했다.

"오빠한테는 들었다는 말 하지 마세요. 다름이 아니라, 오빠가 저금한 돈으로 우리가 살 집을 지어 준다고 해서 설계를 했어요. 오빠가 당분간 용규 씨에게는 알리지 말라고 했답니다."

듣고 보니 나쁘지 않은 음모를 꾸미고 있었던 것이다.

"그리고 김석황 씨의 음악가 여동생이 있었지요?"

은주는 용규의 대답을 기다렸다.

"김영자……."

"맞아요. 그 사람이 반도일일신문 사회부장 강팔이라는 남자랑 달아났대요."

용규는 침이라도 뱉을 것 같은 표정이었다.

"망할 것들. 달아나면 그만인가. 양심의 가책은 평생 가슴에 담겨 따라다닐 텐데."

"그것 때문에 김석황 씨는 사장직을 내놓고 이제부터는 착실하게 실업계와 관계를 맺겠다고 언명을 했대요."

"흥, 이제야 김 군도 꿈에서 깼나 보군. 진작 그럴 일이지. 양심 없는 기자들을 모아 놓고 재산을 탕진해 가며 신문을 꾸며 대면 뭘 하겠소."

이때, 응접실 문이 열리며 진규가 들어왔다.

"형님, 어머님께서 잠깐 오시라고 합니다."

"알겠다. 어디 계시냐?"

"저기 아랫방에 계세요."

"그럼 어서 들어가 주무시오. 나는 어머니를 좀 뵙고 자겠소."

용규는 은주에게 이렇게 말하고 진규와 함께 어머니가 있는 방으로 들어갔다. 그 방에는 화숙과 어머니가 함께 있었다.

"왜 안 주무세요?"

용규는 어머니 옆에 앉으며 말했다. 화숙의 얼굴에는 눈물의 흔적이 있었다. 용규는 이상하게 생각했다.

"화숙이는 왜 울었지?"

"……."

"큰일 났구나."

어머니가 답답해하며 말했다.

"무슨 일인데요?"

용규는 놀라서 물었다.

"화숙이가 임신을 했단다."

"뭐라구요?"

용규는 눈앞이 아찔해졌다.

"그렇게 놀라 보아야 무슨 소용이니. 아이 아빠가 분명 있다고 하니 얼른 혼인을 시켜야 하지 않겠니."

용규는 눈을 감고 팔짱을 낀 채 한참 묵묵히 있었다. 화숙은 여전히 훌쩍거렸다.

"화숙아, 누구냐?"

"……."

화숙은 차마 대답을 못했다.

"왜 대답을 못 해? 이런 일은 남들이 알기 전에 조용히 해결을 해야 한다."

어머니가 보다 못해 화숙을 향해 말은 했지만, 사실 아들에게 소문을 내지 말고 조용히 조치를 취하라는 뜻도 담겨 있었다.

"서울에 사는 사람이에요."

화숙이 겨우 입을 열었다.

"이름이 뭐냐?"

"정동 예배당에 다니는 이병선이라는 사람이에요."

"언제부터 안 사람이냐?"

"제가 기생 노릇을 할 때 알던 사람이에요."

"얘가 기생 노릇을 할 때 그 사람을 만나서 오늘까지 다른 남자는 만난 일이 없다고 하는구나."

어머니가 화숙의 말을 끊으며 대신 설명했다.

"그래, 몇 달이나 되었답니까?"

용규도 이제는 어머니에게 물었다.

"아마 넉 달이나 다섯 달밖에 안 된 것 같다."

"그러면 왜 진작 말을 하지 않은 거냐. 어쨌든 내일 그 남자를 내가 좀 만나야겠다. 도대체 뭘 하는 사람이냐?"

"저, 활동사진 회사에 다니는 사람이에요."

"뭐? 그럼 요전에 반도일일신문에 났던 신문 기사가 모두 사실이었구나."

"……"

용규는 어이가 없었다. 김석황의 비열한 태도에 분개하기 전에 자신이 믿었던 사람이 속인 것이다. 용규는 한숨을 쉬었다. 그야말로 죄악의 이 세상이 금방 사라져 버렸으면 하는 큰 한숨이다.

"용규야, 기왕 이렇게 된 일을 어떻게 하겠니. 내일이라도 네가 그 사람을 만나서 좋게 상의를 하고 네 혼인과 같이 혼인시켜서 그래도 아기 이름이나 지어 놔야지."

용규는 옳고 그른 일, 희로애락에 항상 명석한 판단을 하는 사람이다. 이 이상 속을 썩이고 얼굴을 붉히고 한숨을 쉰들 이왕 나빠진 일이 더 좋아질 것 같지는 않았다.

"이제 와서 잘잘못을 따져 본들 뭐 하겠습니까. 어쨌든 빨리 혼례나 시켜서 아버지 없는 자식을 낳았다는 남의 비웃음이나 피해야겠지요."

어머니는 그래도 딸의 편을 드는 법이라 이 말을 듣고 얼굴빛이 환해졌다.

"암, 그렇지. 그거 말고 다른 도리가 있겠니."

어머니는 화숙을 보며 말했다.

"얘야, 너도 그만 울고 오빠하고 앞일이나 상의해라."

"그러면 제가 내일 아침 그의 집으로 가서 데리고 올까요?"

용규는 화숙의 부끄럼 없는 태도에 어이가 없어서 피식 웃었다.

"그래라. 어머니, 그럼 상심 마시고 주무세요."

용규는 벌떡 일어나 아랫방에서 나왔다. 안마루 끝에는 은주도 눈치를 챘는지 그때까지 서서 기다리고 있었다. 용규가 마루를 올라올 때 은주가 물었다.

"어떻게 되었어요?"

용규도 이제는 동래 온천 사건 이래로 은주도 병선과 화숙의 사이를 알면서도 속였다는 것을 알았다. 그러나 지금 와서 책망을 하고 싶지는 않았다.

"하는 수 있겠소. 한시라도 바삐 결혼이나 시켜서 체면치레나 해야지."

"잘 생각하셨어요. 작은 아씨가 아마 그 일 때문에 십년 감수했을 거예요."

"어떤 사람이오?"

"매우 똑똑해요."

은주는 이렇게 말하며 지금까지 용규를 속인 것이 생각나 얼굴이 붉어졌다.

아랫방에서 화숙은 어머니 옆에 누워 병선과 자기가 화려한 결혼예복을 입고 식장에 나서는 상상을 하며 날이 새기만 기다렸다.

날이 새자 화숙은 일찍 일어나 씻고 경성으로 들어갔다. 오빠가 아침에 출근하기 전에 병선을 데려다가 대면을 시키고서 이제 겨우 햇빛을 보게 된 사랑을 즐기려는 것이다.

"작은 아씨는 참 좋으시겠어요."

은주가 대문까지 나오며 한 말이 결코 인사치레나 비웃음처럼 들리지 않았다.

등성이를 돌아서며 송림 사이를 타 넘어야 전차 타는 곳까지 빨리 다다를 수 있어서 화숙은 일부러 길이 좀 험한 송림 길을 택했다.

때가 너무 일러서 길에는 사람이라고는 없었다. 햇빛이 동쪽에서 빛나고, 참새들이 재잘거렸다. 찬 바람이 불 때마다 소나무 가지에서 나는 "쇄—" 하는 소리조차 사랑의 노래처럼 들렸다. 춥기도 했지만 화숙은 추운 줄도 모르고 등성이에서 비탈을 내려갈 때 두 팔을 들고 마음속으로 만세를 외쳤다.

'이제는 모든 것이 뜻대로 되었어. 달아날 필요도 없고, 죽을 필요도 없지.'

아직도 아침잠에 외로운 꿈을 꾸고 있을 병선을 두들겨 일으키고, 사랑의 행진곡이나 부르며 오라버니의 앞으로 가면 그 자리에서 두 사람의 사랑을 허락받고 차마 바라지도 않았던 영화스러운 결혼식까지 열리게 되는 것이다.

세상에 이보다 더 기쁜 일이 어디 있으며, 이보다 더 시원한 일이 어디 있을까.

비행기, 자동차. 화숙은 자신의 걸음이 느린 것 같아 이런 것을 떠올리며 서둘렀다.

자신이 돌아온 줄도 아직 모르는 병선의 방에 갑자기 뛰어들기만 해도 한 달을 기다리던 사람에게는 기적처럼 반갑겠지만, 거기에 가슴을 조이던 결혼 문제까지 해결이 되었다고 하면 분명 병선은 어안이 벙벙해서 "정말이오?"라고 물을 것이다. 그러면 화숙은 화를 내며 "누가 꼭두새벽부터 입에 헛바람 넣고 다니나요?" 하며 짜증도 내 보리라고 생각했다.

전차에 올라 우미관 앞까지 가는 동안에도 어지간히 시간이 더딘 것 같았다.

화숙은 전차에서 김석황을 만났다. 아마 오궁골[69] 기생집에 간다고 자기 집 쪽으로 내려가는 모양이었다. 오늘처럼 기쁜 날에는 김석황을 미워할 여유도 없었다. 김석황도 화숙을 보며 깜짝 놀랐다.

"아, 언제 오셨소?"

"어제 왔어요."

"그렇군요."

김석황은 이렇게 대답하며 저쪽에 가서 앉아 버렸다. 화숙은 자신을 그토록 쫓아다니던 김석황이 자신이 병선과 결혼한다는 소문을 들으면 마음이 어떨까 생각하자 통쾌하기도 했다.

전차는 우미관 앞에서 섰다. 김석황은 관철동이 자신의 집이라며 내렸다. 화숙은 김석황과 또 마주치기 싫어서 하는 수 없이 교동 벽문에 가서 전차에서 내렸다. 내리자마자 우미관 뒤로 서둘러 갔다.

역시 병선이 자는 방의 창문이 굳게 닫혀 있었다. 대문도 잠겨서 화숙은 답답한 마음에 창 앞으로 가서 나직이 병선을 불렀다.

"병선 씨! 병선 씨!"

잠이 깊이 들었는지 대답이 없다. 지나가는 사람들이 아

69) 현재 서울 종로구 신문로1가동, 신문로2가동 일대

래위를 훑어보는 바람에 화숙은 화가 나서 크게 소리를 질렀다.

"병선 씨! 병선 씨!"

십여 회나 불러도 대답이 없다. 귀를 기울여 보니 대답은 없지만 방에서 부스럭대는 소리가 작게 들리는 것 같았다. 잠에서 깼지만 자신을 속이려 하는 것이라고 생각한 화숙은 일부러 목소리를 크게 하며 말했다.

"그만둬요. 날도 추운데 찾아온 사람에게 얼른 문을 열어 줘야지!"

화숙은 발자국 소리를 크게 내며 저편 골목으로 돌아가는 시늉을 하고 골목 모퉁이에 숨어 가만히 엿보았다.

정말로 병선은 자고 있지는 않았다. 화숙이 골목 모퉁이에 숨자 창문이 열렸다. 병선의 헝클어진 머리가 쑥 나오더니 잠에 취한 눈을 들어 아래위 골목을 두루 살폈다. 화숙은 혼자 웃었다.

'당신이 정말로 나를 속이려다가 도로 속는구나.'

화숙은 이렇게 생각하며 골목에서 쑥 나와 소리를 질렀다.

"이봐요!"

병선은 무슨 일인지 소스라치게 놀라며 고개를 숨긴다.

화숙은 분명 병선이 뛰어나오리라고 생각했다. 병선이 자신의 앞으로 가까이 오거든 일부러 화난 기색을 지어서 한번 속여 보리라고 준비를 하고 기다렸다.

일 분, 이 분······

귀중한 시간은 청춘과 사랑을 조롱하며 지나갔다. 나올 줄 알았던 병선은 다시 나타나지 않았다. 그제야 화숙은 수상한 생각이 들었다. 병선이 하는 짓이 너무 우스운 것이다.

전 같으면 한마디만 불러도 반드시 문을 열었을 것이며, 비록 장난으로 한 번은 속았다 해도 창으로 내다보기까지 하고 그대로 숨어 버리는 일은 없었다. 이십여 일이나 서로 떨어져 있는 동안 또 무슨 변화가 생긴 건 아닌가.

비록 철석같이 믿는 사이지만, 그래도 병선은 활동사진계에 이름 있는 배우로 이곳저곳에서 미인들이 죽느니 사느니 하는 편지가 몰려드는 당대의 미남자라 화숙으로서도 굳게 믿을 수는 없었다.

병선은 화숙을 사랑한다. 그러나 화숙도 사랑하지만 또 다른 미인들이 손짓을 하는 곳으로 고개를 돌리기도 한다. 이것이 오늘날 인격과 주관이 없는 배우들의 상습이다.

자신을 따라다니는 미인이 하나라도 늘면 그것을 자랑으로 삼고 예술 이상의 성공으로 아는 것이다. 기생도 좋다. 여학생도 좋다. 여배우 지원자도 좋고, 남의 집 소실도 좋다. 어쨌든 용돈도 주고, 손목시계도 빼 주고, 자동차 비용도 내주는 미인들 속에 묻혀 사는 것을 무한한 영광으로 아는 비열한 신파 연극 시대의 전통이 오늘날 조선 영화 예술계에도 전해진 것이다.

그래도 병선은 그 인기, 그 외모에 비해서는 무던히 얌전한 편이었다. 그만큼 화숙은 병선에게 모든 것을 기울였다. 병선이 다른 미인에게 한눈팔 여지가 없이 화숙의 사랑이 병선의 마음에 휘감겼던 것이다. 그래서 병선도 화숙의 사랑에 몸을 바쳐 가며 아무런 불평 없이 오직 자유의 세상이 오기만을 함께 빌었다.

그러나 병선은 영원히, 그리고 완전히 화숙의 것은 아니었다.

화숙이 간도로 간 뒤에 비로소 병선은 고독의 자유에 활개를 쳐 보게 되었다. 여러 미인들에게 마음껏 끌려다니기도 했다. 예배당에 꼭 다니겠다고 맹세는 했지만 몇 번 못 가서 포기했다.

세상에는 화숙만 미인이 아니었다. 화숙만큼의 미모를 가진 여자, 예술에 반했던 여자가 없는 것도 아니었다. 그래서 화숙과 이별을 한 후로 병선은 고결하고 쓸쓸한 마음을 안고 그만 한 걸음, 두 걸음 새로운 사랑의 세계에 깊이 빠져들고 만 것이다.

병선은 어젯밤에도 최근 촬영소에 새로 들어온 여배우인 고수련이라는 미인에게 무리하게 이끌려 청요릿집에 가서 한 잔 마시고는 정신없이 그 미인과 함께 집으로 돌아왔다. 물론 그럴 때마다 양심의 가책이 없었던 것은 아니다.

"그래. 나는 남자니까 정조 문제는 없지. 화숙이가 오면 모든 계집과 관계를 끊고 그녀 앞에 무릎 꿇고 용서를 받으면 된다."

그는 이렇게 부르짖기도 했다.

"수련 씨, 나는 어쨌든 애인이 있는 사람이니 그녀가 돌아오면 분명 우리는 남이 되어야 합니다."

어젯밤 요릿집에서도 이런 말을 했었다. 그는 설마 화숙이 경성에 돌아온 줄은 모르고 태평하게 수련을 데리고 집으로 왔다가 이 사달이 난 것이다.

화숙은 의심이 벌컥 들어 서둘러 병선의 창 앞으로 갔다.

"병선 씨! 병선 씨!"

악을 쓰다시피 그를 불렀다.

방 속의 병선은 한창 바빴다. 그러나 자리에 쓰러져 누워 있는 수련은 일어날 생각도 없었다. 활동사진 배우가 되려는 욕망보다도 스크린에서 보고 정들어 버린 이병선에게 접근해서 노는 기회를 만들기 위해 애를 써서 여배우가 된 수련이었다. 이제야 꿈에 그리던 사랑의 품에 안기게 된 것이다. 그러니 화숙이 왔건, 누가 왔건 움직일 필요가 없었다.

수련도 화숙과 병선의 관계를 잘 알고 있었다. 잘 아는만큼 자칫 병선을 빼앗길지도 모른다는 불안함이 있었다.

"왜 이러세요. 화숙이는 뭐 특별해요? 걔나 나나 좋아하는 건 같지요. 이병선은 화숙의 것이라는 증거라도 있어요?"

일부러 수련은 화가 난 목소리로 크게 떠들었다. 이 소리를 창밖에서 들은 화숙은 그만 눈앞이 아득해졌다.

순식간에 땅이 갈라지는 것 같고, 다시 질투의 불길과 절망의 발악이 북받쳐 올라왔다. 화숙은 즉시 대문으로 달려들어 부술 듯 흔들었다. 이제는 체면도 염치도 없었다. 오직 빨리 방으로 뛰어들고 싶은 마음뿐이었다.

화숙이 얼마 동안 대문을 흔들었는지 알 수 없었다. 안집에서 아침 짓는 부엌데기[70]가 하도 소란스러워서 내다보다가 마침내 문을 열어 주었다. 화숙은 문을 열어 주는 부엌데기의 가슴을 밀치고 뛰어 들어가 병선의 방문을 벌컥 열었다.

병선은 여전히 초조하게 일어서서 허둥대고 있었고, 수련은 문이 열리는 소리를 듣고 즉시 이불을 푹 뒤집어썼다.

"내가 이불을 해서 줄 때 이따위 년이나 데리고 자라고 했어?"

화숙이 뛰어들며 수련이 덮고 누워 있는 이불을 홱 벗겼다.

수련은 화숙을 알고 있었다. 그러나 화숙은 수련을 알지 못했다. 속저고리, 속옷 바람으로 누워 있던 수련은 말없이 일어나며 머리를 고쳐 틀더니 화숙을 흘긋 쳐다보았다.

폭발할 기회를 기다리던 화숙의 분노는 수련의 얄미운

[70] 부엌일을 맡아서 하는 여자를 낮잡아 이르는 말

눈물에 젖는 사람들   277

눈짓에 그만 터져 버리고 말았다.

"아니, 이년아! 아니꼽게 누구를 흘겨봐!"

화숙은 수련의 뺨을 힘껏 때렸다. 뺨을 맞은 수련이 그
대로 있을 리가 없다. 벌떡 일어나며 화숙의 목도리 자락
을 잡아챘다. 화숙은 그대로 이불 위에 쓰러져 버렸는데,
고개는 병선의 발등에 가서 떨어졌다. 쓰러진 화숙의 배
위로 벌써 수련이 올라앉았다.

수련은 화숙의 이 뺨 저 뺨을 힘껏 때리기 시작했다. 그
녀는 힘이 넘쳐 났다. 그러나 화숙은 시기심에 가득하여
분하다는 생각보다는 이제 자신의 일생이 무너졌다는 절
망이 가슴을 덮어서 수련을 한 번 때리기는 했지만 다시
꼼짝할 용기조차 사라져 버렸다.

몇 차례나 때려도 화숙이 반항하지 않자 수련은 가만히
화숙을 내려다보았다.

불쌍하다. 화숙은 그만 그대로 졸도해 버렸다. 일이 이
렇게 되자 수련은 겁이 나서 병선을 찾으려고 방을 둘러보
았다. 그러나 병선은 보이지 않았다. 누구 편을 들어야 좋
을지 모르는 병선은 두 사람이 싸우는 것을 보다 못해 어
느 틈엔가 외투를 입고 달아나 버렸다.

남자다운 기풍은 조금도 갖추지 못하고 오직 잘생긴 얼
굴과 여자에게 다정히 구는 재주나 가진 병선은, 미인들
을 데리고 논다기보다 미인들의 마음을 맞춰 가며 지내는
사람이었다. 그런 병선이라서 이런 경우에 달아나는 것 말

고는 별다른 방법이 없었다.

수련은 우선 머리맡에 놓여 있던 주전자의 물을 화숙의 입에 흘려 넣었다. 뺨을 때리던 손으로 다정하게 화숙의 저고리 고름을 풀고는 가슴을 문질러 주었다. 이제는 화숙과 싸우던 마음은 거의 잊은 채 졸도한 사람을 구해야겠다는 생각과 도망간 병선이 비열하다는 생각뿐이었다.

한참 만에 화숙은 숨을 쉬었다. 가슴을 문지르는 수련의 손을 잡으며 잠꼬대하듯 말했다.

"병선 씨, 가요, 가요. 결혼…… 아, 원통해……."

화숙은 다시 한숨을 쉬었다.

한순간의 짝사랑에 눈이 멀어 화숙이라는 애인이 있는 줄 알면서도 고집을 부려 병선을 가로채려 했던 수련의 가슴에도 이 처참한 상황에 후회와 동정이 생겼다. 만일 병선이 달아나지 않았다면 수련의 마음이 이렇게까지 급작스럽게 부드러워지지는 않았을 것이다.

그렇다. 병선을 빼앗으려는 싸움에서 병선이 그만 사라져 버렸으니 더 싸울 의미조차 없어진 것이 아닌가.

수련은 화숙의 고개를 고이 들어서 베개를 받쳐 주고 이불을 끌어와 덮어 주었다. 화숙의 정신이 들기만 기다리는 동안 얼른 옷을 챙겨 입고 다시 화숙의 손발을 주무르기 시작했다. 화숙은 눈을 감고는 있었지만 점점 정신이 돌아오고 있었다. 수련이 자신의 수족을 다정하게 주물러 주고 있다는 것도 알고 있었다.

'저 여자가 잘못했다고 할 수는 없지. 저 여자나 나나 병선을 좋아하기는 같으니까.'

오직 원통하고 분한 것은 병선의 경박한 태도였다. 화숙도 차차 냉정한 판단이 들자 수련에게 싸움을 걸었던 자신의 어리석음을 뉘우치게 되었다.

'그러면 병선을 어찌해야 할까.'

화숙은 마음이 변한 병선을 어쩌면 좋을까 싶었다. 고생 없이 만난 애인이나 눈물 없이 정이 든 사람이면 이 자리에서 마음을 접고 떼어 내 버리기라도 할 것이다. 그러나 화숙은 생각해 보면 모든 것이 너무 원통하고, 너무 속절없어서 이런 일을 보고도 당장 단념하기도 난처했다.

게다가 배 속에 든 아이는 어떻게 하며, 이대로 돌아가면 어머니나 오라버니는 또 어떻게 대할 것인가.

그렇다, 지금 화숙의 처지로서는 질투도, 감정도 모두 잊어야 한다.

그리고 어쨌든 매일 뒤집히기 쉬운 병선의 마음을 다시 쥐어 잡고 결혼으로 전력을 다해 달려가는 것이 가장 현명한 일일 것이다. 그렇게 하려면 비루한 계집도 되어야 하고, 뻔뻔한 계집 노릇도 해야 한다. 그러나 화숙은 오늘 이 자리에서 어떤 치욕을 겪었든 여러 사정을 헤아리니, '주저하지 말고 어서 병선을 다시 내 품으로 안아야 한다'는 한 가지 소리밖에는 들리지 않았다.

화숙의 마음에는 이렇게 병선을 차마 잊지 못해 연연하는 정념이 타올랐다. 정념이 타오르는 만큼 질투와 고민도 크다. 그러나 이제는 감정을 떠나서 냉정히 앞길을 내다보지 않으면 안 되었다.

화숙은 감았던 눈을 가늘게 떠 보았다. 눈앞에는 자신의 사랑을 빼앗아 간 미인이 앉아 있을 뿐 병선의 자취는 찾아볼 수 없었다.

"용서해 주세요. 모두 제가 잘못 생각했어요. 제가 모든 걸 단념할게요."

수련은 화숙을 불쌍하게 생각해서 애원하듯 소곤거렸다.

화숙의 눈에서는 눈물이 흘러내렸다. 그리고 수련의 손을 더듬어 꼭 쥐었다.

"그래요. 그렇게 말해 줘서 고마워요. 지금 제 배 속에는 병선 씨의 아이가 있답니다. 그리고 오늘에서야 겨우 어머니와 오라버니의 승낙을 얻어 결혼을 상의하러 왔는데, 이 모양이니 사람이 미치지 않겠어요. 피차 누구인지 모르고 한 일이니 우리끼리야 더 이상 무슨 감정이 남아 있겠어요."

수련은 다시 한 번 마음이 서늘해졌다. 임신까지 하고 결혼까지 하게 된 화숙의 사랑을 무리하게 빼앗으려 했던 죄악에 마음이 찔린 것이다.

"알았어요. 당신의 사정은 잘 알았습니다. 제가 지금 가서 병선 씨를 데려올게요. 이번 일은 모두 제가 철없이 군탓입니다. 저도 병선 씨를 사랑한 것은 사실입니다. 병선 씨의 사랑을 얻기 위해 얼마나 애를 썼는지 몰라요. 그러나 병선 씨는 당신께서 간도에 갔다는 말을 하면서 어쨌든 간도에서 당신이 오시기 전에 서로 남이 되자고 늘 입버릇처럼 말했답니다.

병선 씨에게 빠져 있던 저는 아무래도 상관없었어요. 우선 병선 씨의 사랑을 조금이라도 받는 것이 중요해서 그럭저럭 오늘까지 끌고 오긴 했지만 저 역시 당신이 돌아오시면 병선 씨는 도저히 만나기 어렵겠구나, 하는 불안이 없었던 건 아니에요.

정말로 오늘 말씀을 들으니 병선 씨와 당신은 도저히 떨어질 수 없는 사이로군요. 부끄러운 것을 모르던 저도 오늘 이 자리에서 당신을 만나게 되니 낯이 뜨거워요."

수련도 눈물을 흘렸다. 수련이 우는 것을 보자 화숙도 함께 울었다.

한 남자로 인해 두 여자가 서로 다른 생각을 가지고 눈물을 흘리는 기가 막힌 시간이었다.

"그러면 여기 가만히 누워서 정신을 차리고 계세요. 제가 곧 가서 병선 씨를 데려다 드릴게요."

수련은 도저히 화숙과 병선의 사랑을 자신이 빼앗을 수 없다고 단념해 버렸다.

그리고 나니 남는 것은 화숙이 가엾다는 생각이었다. 기왕 이렇게 되었으니 화숙의 사랑을 빼앗았던 것에 대한 속죄로 병선이나 끌고 와서 자신은 일단 높은 곳에 서서 두 사람의 사랑을 바라보는 처지나 지켜야겠다고 생각했다.

화숙은 가만히 눈을 움직여 수련에게 감사한 뜻을 보이며 물었다.

"어디 계신지 아시나요?"

"아마 촬영소나 회사 사람의 집에 있겠지요."

이렇게 말하며 수련은 바깥으로 뛰어나가 촬영사무소로 갔다. 그러나 거기에는 사무실을 지키는 아이밖에는 없었다. 그녀는 다시 이곳저곳 회사 친구의 집으로 돌아다니다가 이삼득의 여관으로 들어섰다. 과연 병선은 거기 있었다. 삼득의 방에서는 삼득이 병선을 꾸짖는 소리가 들렸다.

수련은 잠시 걸음을 멈췄지만 이런 일에 삼득 보기를 부끄러워할 수는 없었다. 그녀는 문을 열었다.

"큰일 났어요. 화숙 씨가 기절을 했어요."

그녀는 우선 소리를 질렀다.

병선과 삼득은 벌떡 일어섰다.

"그래서 어떻게 되었소!"

두 사람은 함께 소리를 질렀다.

"어떻게 되긴 뭘 어떻게 되어요. 그대로 뉘어 놓고 왔지요."

"그럼 큰일인데."

병선은 이렇게 말하며 삼득을 보았다.

"그것 보게, 이 사람아. 생각이 없구만."

삼득은 병선을 보고 꾸짖다시피 소리를 질렀다. 병선은 그만 벌벌 떨고 있었다. 그렇지 않아도 두 여자가 맞붙어 싸운 통에 겁이 나서 도망을 쳐 나오기는 했으나 장차 뒷일을 어떻게 수습할지 몰라 발 빠르게 삼득을 찾아가 전후 사정을 실토하고 한참 그에게 핀잔을 듣고 앉아 있던 터라 정신이 아찔해졌다.

"자, 아무 말 말고 얼른 가 보세."

삼득은 이렇게 말하며 잠옷 위에 그대로 외투를 입고 나섰다. 병선도 하는 수 없이 따라 나왔고, 문 앞에 서 있던 수련도 뒤를 따라갔다.

세 사람은 급하게 병선이 살고 있는 관철동 집 문간방으로 뛰어 들어갔다. 삼득이 먼저 들어가자 뒤를 따라 들어가려는 병선의 외투 뒷자락을 수련이 잡아끌었다.

"괜찮아요. 이리 잠깐 와 보아요."

수련의 눈에는 눈물이 그렁그렁 맺혔다. 병선은 또 무슨 일인지 몰라 그대로 끌려갔다. 수련은 부엌 모퉁이 기둥 앞으로 가더니 병선의 품에 안겼다.

"병선 씨, 이제는 제가 약속을 지킬게요. 화숙 씨가 오셨으니 저는 이 시간부터 당신과는 아예 남이 되었네요. 화숙 씨는 부모님의 승낙을 얻어 가지고 결혼할 일을 의논하러 왔다고 해요. 게다가 임신 중이라는데 저 같은 뜨내기 애인이 애를 태운들 무슨 소용이 있겠어요. 자, 이제 우리는 남이에요. 어서 들어가 보아요. 아아…….”

수련은 차마 안타까운 듯 병선의 허리를 꼭 안고 눈을 감았다. 병선은 마음이 아직도 갈대 같아서 수련을 차마 내치기 어려웠다. 그러나 화숙을 버릴 수는 없었다. 그러자니 수련이 불쌍해졌다. 어쨌든 자신을 이처럼 좋아하는 여자를 내치기에는 그의 마음이 너무 부드러웠던 것이다.

“수련 씨, 이러지 마시고 어서 집으로 가시오. 제가 다 경솔하게 몸을 움직인 탓이오. 당신이 이러면 내 마음은 한층 더 무너진답니다.”

그는 거의 빌다시피 그녀를 달랬다. 이때 방에서 삼득의 볼멘소리가 들렸다.

“병선이! 병선이!”

“들어가네!”

병선과 수련은 서로 품에서 벗어났다.

“자, 그럼 저는 갑니다. 행복하세요.”

수련은 이렇게 말하며 거침없이 가 버렸다. 병선은 다시 붙들어 말할 정신도 없었다.

“병선이! 거기서 도대체 뭐하나!”

삼득이 다시 소리를 질렀다. 병선은 그제야 방으로 들어갔다. 혼절했다는 화숙은 어느 틈에 일어나서 책상 앞에서 울고 있었다. 이제는 수련도 마지막 말을 남기고 스스로 물러갔고, 갖은 풍파를 함께 겪은 사랑이 눈앞에서 울고 앉아 있는 것을 보니 병선의 가슴은 무수한 가시에 찔리는 것 같았다.

화숙도 병선을 향해 독한 말과 넋두리를 하고 싶었지만 한시바삐 병선을 데리고 갈 생각이 들자 그런 소리를 할 시간조차 없었다.

괜히 이 자리에서 시기와 질투로 인해 병선과 싸움이나 해서 만사 끝이 난다면 그때에 화숙의 생명은 끊어지고 말 것이다.

여러 해 기생 노릇에 속 썩기를 일과로 삼던 화숙에게는 병선은 따르지 못하는 요령이 있었다.

"삼득 씨, 세상에 누구를 믿을 수 있을까요. 저는 그래도 이런 줄 모르고 어제 간도에서 돌아오는 길로 오라버니와 어머님을 졸라서 겨우 결혼 승낙을 받았어요. 그래서 병선 씨를 빨리 기쁘게 해 드리려고 새벽같이 왔는데 이 모양이네요. 그래도 이까짓 것 남자가 흥이 될 것이 뭐가 있을까요. 여자랑은 달라서 따라다니며 애걸하는 계집을 차마 떼어 버리지 못할 수도 있겠지요. 그러나 결혼까지 해서 다시 그러면 그땐 어떻게 할지 모르겠어요."

화숙은 침착하게 말했다. 힘 있는 목소리를 일부러 조곤조곤 병선이 들으라는 듯 삼득에게 하소연을 했다.

삼득은 감개무량한 표정으로 병선을 보며 말했다.

"이보게, 이 군. 이게 무슨 꼴인가. 자, 어서 화숙 씨에게 다시는 그런 짓을 하지 않겠다고 맹세를 하게. 아무리 부부 사이라도 잘못한 것은 분명하게 사과를 해야지."

"……."

"왜 말이 없나?"

삼득은 병선의 수그린 얼굴을 물끄러미 바라보았다.

"이보게, 어서 말 좀 해 보게."

삼득은 병선의 무릎을 흔들며 조급하게 굴었다.

"잘못했네."

병선은 마침내 손등으로 눈물을 닦으며 말했다. 그가 비록 수련과 한순간의 열정을 불태웠다 한들 한순간도 화숙을 잊은 적은 없었다. 다시 말해 그는 화숙은 일생토록 버리지 못할 본부인이고, 수련은 아침에 시들었다가 저녁에 피어오르는 거리의 꽃이나 다름없다고 생각한 것이 사실이었다.

집 안에 믿을 만한 현모양처가 있으니 비로소 안식을 찾고 단조로운 가족의 삶의 우울함을 풀기 위해 기생도 때때로 데리고 논다는 현대의 오입쟁이들 논리와 다를 바 없었던 것이다. 그러나 순간 실없이 놀았던 결과가 이렇게 크고 이렇게 심각해지고 보니 마음이 부드러운 병선으로서는 차마 화숙에게 할 말이 없어 눈물부터 났던 것이다.

애를 써서 오라버니와 어머니의 양해를 얻어 결혼을 상의하러 왔다는 화숙의 말에 그는 더욱더 감동을 받아 가슴이 저리는 후회를 맞이하게 된 것이다.

눈물에 젖는 사람들

"병선 씨, 이만한 일에 대장부가 뭘 그렇게 의기소침해 있어요? 아무튼 집에서 오라버니가 당신을 한번 만나 보자고 기다리시니 어서 가요. 그렇게 속을 썩여 오다가 이제 겨우 소원을 성취하게 된 날인데 서로 이래서야 지금까지 지내 온 것이 너무 원통하지 않아요?"

그녀는 책상 위의 시계를 바라보며 서둘렀다.

"자, 어서 가요. 벌써 열 시가 넘었는데."

화숙이 먼저 일어서서 병선의 팔을 잡아끌었다. 병선은 못 이기는 체하며 따라 일어섰다. 화숙은 어이가 없어서 웃음을 지었다.

"당신도 이제는 내 속 좀 그만 태워요. 내가 불쌍하지도 않아요?"

그녀가 이렇게 말하자 이 모습을 물끄러미 보고 있던 삼득이 피식 웃으며 말했다.

"망할 놈. 애인에게 끌려가는 재미를 보려고 버티고 앉아 있었구나."

화숙이 병선을 이렇게 달래고 어르기는 이번이 처음은 아니었다. 처음 만날 때는 병선이 화숙을 어르고 꾀고 하였으나 화숙의 성격이 점차 서글서글해지고 눈치도 빨라지자 점점 병선이 화숙의 손에서 놀아나게 된 것이다.

병선은 가난하고도 얼굴 잘생긴 청년 특유의 자격지심으로 가득했고, 언제나 한숨을 잘 쉬었다. 이런 태도를 볼 때마다 화숙은 자신의 속을 썩여 가면서도 눈물겨운 애인의 마음을 곱게 북돋아 주기 위해 달래기도 하고 웃기도 했던 것이다.

오늘도 그대로 내버려 두다가는 해가 져도 속 시원한 대답을 듣지 못할 것 같아서 그녀는 하는 수 없이 가슴이 미어지든 말든 어찌했든 간에 밝은 표정으로 병선을 끌고 나선 것이다.

두 사람은 대문을 나서며 삼득과 작별을 하고 바로 전찻길로 나가다가 우미관 뒤 양식집으로 들어갔다. 두 사람은 아직 아침도 먹지 않은 데다가 화숙의 오빠를 만나서 해야 할 말을 서로 상의해서 일에 차질이 없게 하려는 것이다.

너무 이른 시간이라 아무런 음식도 되지 못한다는 것을 우유차랑 빵을 가져다 달라고 해서 두 사람은 겨우 자리를 잡고 다정히 결혼에 대해 상의를 했다.

화숙은 이 말 저 말 끝에 병선의 목에 매인 빨간색 넥타이를 유심히 보았다.

"왜 그렇게 보시오?"

병선이 이상해서 물었다.

"다른 넥타이 없어요?"

"몇 개 있지."

"무슨 색이에요?"

"어, 하나는 까만색인데 밝은 점이 박힌 것, 또 하나는 초록색."

"그럼 안 되겠네요."

"왜?"

"우리 오빠는 그런 난잡한 차림은 싫어하는데 처음 만나는 날 그렇게 차려입으면 되겠어요?"

"글쎄, 어떻게 해야 하나."

병선도 비로소 걱정이 되었다.

"별수 있나. 가다가 아무거나 싼 걸 하나 사서 매야지. 그런데 돈이 있나."

"내게 몇 원 있어요."

병선은 너무 감동해서 웃음이 나왔다.

"젠장, 선보기 힘들군."

화숙도 따라 웃었다.

두 사람은 수련의 사건이 있었다는 것이 기억조차 나지 않는 듯 열띤 의논을 하고는 차를 마시고 잡화상을 찾아갔다. 병선의 마음은 어떠한 경우든 이같이 화숙의 손에만 잡혀 있으면 항상 본래의 자리에 들어간 것처럼 화숙 외의 일은 모두 잊어버렸다.

여러 차례 경험을 통해 병선의 마음을 알고 있는 화숙은 '그래, 뜨내기 계집애 가지고 시기는 다 뭐람. 이대로 꼭 붙들고 지내면 아무도 얼씬거리지 못할 텐데.' 이런 확신이 있어서 오늘 아침 그녀는 늘 잡고 있다가 잠시 놓쳤던 병선의 마음이나 다시 굳게 잡으려고 은근히 노력하고 있었다.

넥타이는 결국 화숙이 고르는 대로 고동색에 살짝 검은 줄이 새겨진, 사십 이상의 노인이나 매는 것을 일 원에 사게 되었다.

"그걸 매시니 아주 유지 신사 같네요."

화숙은 잡화상을 나오며 병선을 놀렸다.

"넥타이가 바로 매어지긴 했소?"

병선은 거울을 못 보고 맨 것이 마음에 걸렸는지 이렇게 물었다.

"아주 잘 매어졌어요. 어서 전차를 타요."

두 사람은 결혼 승낙을 받기 위해 시외에 있는 박홍식의 집으로 길을 재촉했다. 전차에서 내려 화숙은 아침에 밟았던 길을 다시 걸었다. 소나무 사이로 언덕이 비탈진 곳을 둘이 오르다가 화숙이 미끄러졌다. 병선은 깜작 놀라 화숙의 손을 잡아끌었다. 반갑고 기쁜 시간이 가까워 오면서 화숙의 걸음은 마음보다 앞서게 되어 미끄러지는 촌극까지 벌어지게 된 것이다.

"왜 이리 급하시오."

병선이 화숙의 손을 끌어 언덕 위로 올려 세우며 웃었다.

"그럼, 좋은 길은 급히 가는 게 좋잖아요!"

이렇게 말하며 화숙도 같이 웃었다. 이제 두 사람은 아무 생각도 없었다. 오직 결혼! 결혼 생각만이 있을 뿐이다.

홍식의 집에 도착하자 화숙은 병선을 문 앞에 세우고 먼저 들어가더니 한참 만에 병선을 불러들였다.

병선은 용규의 얼굴을 안다. 그러나 용규는 병선의 얼굴을 모른다. 아랫방에 용규와 어머니가 모여 앉아 병선을 불렀다. 병선은 참으로 잘생기고 순한 청년이다. 속을 들여다보면 별로 똑똑한 사람은 아니요, 마음이 견실한 청년도 아니었지만 겉만 보아서는 어느 가정에서든 사위를 삼고 싶어 할 사람이었다.

어머니는 먼저 안심을 했다. 외모 하나로 일단 모든 문제를 판단했다.

그러나 용규는 좀 경박하다는 느낌이 없지는 않았다. 그러나 이제 와서 이러니저러니 불평불만을 늘어놓을 때는 아니었다. 오직 사람 하나 순한 것이나마 다행이라고 생각하는 것 외에는 도리가 없었다.

네 식구가 앉아서 이런 이야기, 저런 이야기 끝이 없었다. 이러는 동안 점심때가 되자 홍식도 학교에서 돌아오고 세탁을 하던 은주도 여유가 생겼다. 일가족이 모두 응접실에 모여 점심을 먹게 되었다. 병선도 비로소 이날부터 이 자리에 한자리를 차지하게 된 것이다.

식사가 시작되자 홍식과 용규가 나란히 앉고 홍식의 부인과 용규의 어머니가 마주 앉고 그 사이로 젊은이들이 앉았다.

"참, 김 군. 시흥 예배당 경영에 대해서 아침에 감리교 사람들과 상의를 했네. 자네가 당연히 학교를 그만두고 시흥에 가서 전도에 일신을 바친다고 하면 매달 상당한 생활비와 경영비는 언제든 보조를 하겠다고 승낙을 했네."

"너무 애써 줘서 고맙네."

"물론 학교 일은 이제 영원히 단념을 해야겠지. 그러면 어쨌든 교회 일이나 힘써서 원조를 해 주시게."

옆에 앉아 있던 어머니는 며느리와 사위가 한꺼번에 생기는 바람에 기뻤다.

"그래, 혼인은 언제쯤 하겠니?"

어머니는 이렇게 말하며 용규를 보았다. 은주와 화숙은 고개를 함께 숙였다.

"글쎄요. 예배당이 완성되거든 시흥에서 한다고 말씀드렸잖아요. 그러니 아무래도 음력 3월 초순은 되어야 할 듯합니다."

이때 홍식이 화숙과 병선을 번갈아 가며 바라보더니 말했다.

"이보게, 좋은 수가 있네. 누이의 혼인도 같은 날 하면 좋을 것 같지 않나? 형제나 남매간에는 많이 하는 일이니."

"그것도 좋지."

용규가 가볍게 대답을 했다.

여러 의견이 화목한 식탁을 둘러싸고 차례차례 결론이 내려졌다.

병선도 이제는 화숙의 집에 데릴사위처럼 아주 들어와

살게 되었고, 용규도 오직 은주의 따뜻한 사랑에 싸인 채 서러움과 눈물에 젖은 조선의 꼬락서니, 조선의 부르짖음을 영문으로 기록하여 세계에 하소연하자는 비상한 결심을 다시 했다.

화숙과 은주의 기쁨은 말할 것도 없으며, 이 전말을 자세히 기록한 편지가 미국에 있는 브라운 박사의 손에 들어갔을 때, 산신령 같은 브라운 박사의 얼굴에는 겨우 안심하는 미소가 실렸을 것이다.

하루 이틀 지내는 동안 시흥의 예배당 공사는 착착 진행되어 3월경에 이르러 얼었던 땅이 녹음과 동시에 아담한 예수의 전당이 준공되었다.

오늘은 4월 초닷샛날. 용규와 은주, 병선과 화숙 두 남녀들의 즐거운 결혼식이 시흥 예배당에서 거행되는 날이다. 경성에서 모두 모여든 예배당 관계자며 은주의 친구, 병선의 친구들이 적막하던 시흥 읍내를 떠들썩하게 만들었다.

촌 부인네들은 간도로 떠났던 김유진의 딸과 아들이 한꺼번에 장가가고 시집간다는 바람에 앞다퉈 와 구름같이 모여들어 백 명밖에 수용하지 못하는 작은 예배당은 터질 지경이었다. 정동 예배당 김 목사의 주례하에 결혼식은 진중한 분위기에서 진행되었다.

용규의 어머니는 전에 알던 동네 부인네와 국수장국을 말아 내느라 분주했고, 형님 누님이 장가가고 시집가는 날을 맞이한 진규는 괜히 기뻐서 뛰어다녔다.

이제 오랫동안 눈물에 젖은 사람들은 겨우 시흥에 새로 건설된 평화의 전당, 사랑의 궁전에서 가난에 쪼들려 살던 몸에 평화로운 꿈을 찾을 수 있게 되었다.

용규의 고결한 인격, 온화한 태도는 어느 틈에 동네의 신앙을 얻어서 보이지 않는 예수보다는 용규를 사모하여 예배당으로 모여드는 사람이 많아졌다. 예배당에서 야학을 열고 가르쳐 동네 머슴애들의 문맹을 타파해 주겠다는 은주의 외침도 들려왔다.

새로 살고자 하는 뉘우침과 한탄에 싸인 조선의 품 안에는 무수한 청춘 남녀의 영혼들이 눈물에 젖고 한숨에 나부끼고 있다. 그러나 그것을 내버려 두는 것 외에는 도리가 없는 것일까.

간도 망향촌에 있는 동포들은 아직도 아침마다 피눈물을 뿌리며 고향을 바라보고 있을 것이요, 그들이 그리는 고국에서는 간도에 가 있는 동포들의 처지를 오히려 부러워하고 지내지 않는가.

강해지거라. 영리해지거라. 정신을 맑게 하거라. 그리하여 눈물에 젖은 눈을 뜨고 한시바삐 조선을 구하고자 하는 바를 살피라. 이것이 서재에 들어가 저술에 열중한 김용규의 말이었다.

(끝)

이서구와
『눈물에 젖는 사람들』에 관하여

모 희 준

1. 경성 공간의 탐색자, 이서구

이서구(李瑞求)는 극작가다. 1899년 한성 또는 안양에서 태어났다는 설이 있다. 이서구의 출생지에 대해서는 한성에서 태어났다는 논의와 안양에서 태어났다는 논의가 충돌하고 있는데, 기존 연구사1)에서는 이서구가 1931년 『별건곤』 제41호에 쓴 「백주대경성에서 '방갓'을 쓰고 본 세상」이라는 글을 근거로 그가 안양 출생이라고 짐작하고 있다. 『대한민국인사록』 등을 살펴보아도 그의 출생지가 경기도 시흥군이라고 표기되어 있으며, 『눈물에 젖는 사람들』에 시흥이 비중 있게 등장하는 것도 아마 그의 출생지와 연관이 있기 때문으로 추측되었으나 유족에 의해 안양 출생이 확인되었다.2)

이서구는 『동아일보』, 『조선일보』, 『매일신보』 등에서 기자로 활동했다. '고범(孤帆)'이라는 호는 춘원 이광수가 지어 주었다고 한다.3) 1922년 10월 박승희, 김기진 등과 함께 토월회를 결성한 이력이 있으나 1920년대에는 연극보다는

1) 김남석, 「식민지 시대의 연극인 이서구 연구 ―1930년대 조선 연극계 관련 활동을 중심으로」, 『현대문학이론연구』 43권 0호, 현대문학이론학회, 2010, 344면.
2) 이서구 극작가의 장녀인 이효순 여사는 전화 통화에서 이서구 작가의 출생지가 안양임을 확인시켜 주었다.
3) 「항일·반공·반독재의 산 역사를 고발한 사건기자 반세기」, 『동아일보』, 1975. 4. 1., 11면.

기자로서의 활동이 주가 되었다. 이런 이서구가 영화, 연극에 본격적으로 관여하게 된 것은 1930년대 초반이라 할 수 있다. 그러나 그 이전, 1929년에 이서구는 『조선영화연감』을 발행한 바 있으며,[4] 박승희, 김기진과 함께 동양영화주식회사 발기인으로 참여하기도 한 것으로 보아 이 무렵부터 영화, 연극과 관련된 일에 본격적으로 관여하게 된 것으로 보인다. 1931년 희곡 「동백꽃」을 시작으로 희곡작가로서의 길을 걷게 되었으며, 이후 한국영화데이터베이스(KMDb) 기준 38편의 원작, 2편의 각본, 1편의 스텝으로 참여해 영화사에 그의 족적을 남기게 되었다.

이와 같은 경력에 비해 우리 문학사에서 희곡작가 이서구에 대한 연구는 미비하다. 대중가요 〈홍도야 우지마라〉에 대해 들어 본 사람들은 있을 수 있으나 작사가가 이서구라는 사실을 아는 사람은 많지 않을 것이다. 이서구에 대한 연구가 밀도 있게 진행되지 못한 이유에 대해서는 여러 가지가 있을 수 있겠으나, 현대에 이르러 극작가에 대한 연구가 활성화되지 못했다는 점, 그리고 이서구가 친일반민족행위자 명단에 올라가 있다는 점이 큰 이유일 것이다.

그럼에도 불구하고, 1920~1930년대 무렵의 이서구에 대해서는 조금 더 세밀하게 살펴보아야 할 필요가 있다. 특히

4) 「조선영화연감발행」, 『동아일보』, 1929. 5. 2., 3면.

그가 일련의 대중잡지들에 기고한 글들은 뒤에 소개할『눈물에 젖는 사람들』을 살펴보는 데 있어 밑바탕이라 할 수 있다.

이서구는 대중잡지에 몇 편의 글들을 기고했는데, 주로 영화나 음악, 그리고 경성의 묘사나 세태, 유행 등에 대한 글이었다. 1929년『별건곤』제23호에서 경성에 유행하던 '재즈'에 대한 글을 기고했으며, 1932년『별건곤』제51호에서는「모뽀모껄의 신춘행락 경제학」이라는 글을 통해 애인을 만나 데이트를 할 때 쓰는 비용에 대해 이야기하기도 했다. 또한 1932년『제일선』제2권 제7호에 기고한「대경성 에로행진곡」에서는 경성의 거리 문화, 특히 한강에서 보트를 타고 유흥을 즐기는 것에 대해 묘사했으며, 1934년에는『개벽』신간 제1호의「종로야화」라는 글을 통해 당시 유행하던 고급 다방 '멕시코'와 '화신백화점' 내부에 있었던 '화신식당'의 풍경을 그럴듯하게 묘사했다.

이서구는 이렇듯 경성의 거리를 탐색하는 탐색자였다. 이는 박태원의「소설가 구보 씨의 일일」에 나오는 탐색과는 다소 차이가 있다. 박태원이 종로의 거리를 관조하듯 살펴보고 향유했다면, 이서구는 좀 더 현실적이고 약간은 냉소적인 시선으로 경성을 바라보았다고 할 수 있다. 그의 장편 소설『눈물에 젖는 사람들』에 등장하는 경성, 간도의 배경 묘사가 비교적 섬세한 것도 이러한 부분들과 무관하지는 않을 것이다.

이서구는 글에서 도시를 면밀하게 살피고, 유행을 좇고, 거기에 유머를 부여한다.『개벽』신간 제1호의「긴자야화(銀座夜話)」에서는 거리 여성과의 만남에 대해 상당히 세밀하게 묘사하고 있다. "그러나 잘못 걸어 다니다가는 '긴자불량소녀모임'이나 횡빈(일본 요코하마)에서 원정 온 '혼모쿠 매춘부'에게 속아서 모처럼 멋있게 오입 한번 하려다가 주머니가 털리고 얼굴에 상처를 입는 개망신 당하기 십상이니 여색을 경계하라!"[5]라고 경고하기도 한다. 도시가 갖는 긍정적인 면이 아닌, 그 이면에 걸쳐 있는 부정적인 모습을 동시에 보여 주고 있다.

이서구는 도시의 향락에 관심을 가지고 있었지만 그렇다고 선정성에만 주목하지는 않았다. 도시가 가진 빛과 그림자 양면을 모두 바라보았다. 도시, 여자, 영화계의 화려함과 그 이면에 감춰져 있는 현실을 그는 밤의 도시를 돌아다니는 산책자의 시선으로 바라보았다. 이러한 탐색자로서의 면과 기자 출신이라는 경력, 연극과 영화계에 몸담았던 이력을 모아서 발표한 장편 소설『눈물에 젖는 사람들』만으로도 그는 우

---

5) "그러나 잘못걸니다가는 銀座不良少女團幹部이나 橫濱서 원정온 本牧賣春婦에게 속아서 못처럼 멋있는 외입 한번 하려다가 주머니털님 얼골에 상처! 개망신하기는 十上八九이니 女難을 경계하라!" 이서구,「긴자야화(銀座夜話)」,『개벽』신간 제1호, 개벽사, 1934, 89면.

리가 좀 더 살펴보고 재검토해 보아야 할 작가다.

2. 극작가 이서구의 소설『눈물에 젖는 사람들』

이서구는 1927년 11월 24일부터 1928년 2월 17일까지 총 79회에 걸쳐『매일신보』에『눈물에 젖는 사람들』[6]이라는 소설을 연재한다. 삽화가는 이승만(李承萬, 1903~1975) 인데, 그는 이서구와 같은 토월회 출신이며 서울 종로 기독교청년회 내에 있는 고려화회에서 안석주, 구본웅 등과 문하생으로 수업을 받았다. 그는 박종화의 소설『금삼의 피』(1935),『임진왜란』(1954~1957),『세종대왕』(1969~1975) 등의 삽화를 맡아 그렸다. 이승만은 또한『매일신보』의 전담 삽화가로 활동하기도 했다.[7]

　여기서 흥미로운 점은 이서구나 이승만의 이력 어디에도『눈물에 젖는 사람들』에 대한 이야기는 나오지 않는다는 것이다. '소설가 이서구'가 아닌, '극작가 이서구'로 더 잘 알려져 있는 만큼, 희곡이 아닌 장편 소설로 창작된『눈물에 젖는

6) 원제는 "눈물에 젓는 사람들"이지만 이 글에서는 현대어로 바꾼 "눈물에 젖는 사람들"로 표기하기로 한다.
7) 김선, 「매일신보 역사소설 삽화의 구성과 재현 양상 – 삽화가 이승만의 작품을 중심으로」,『춘원연구학보』(12), 춘원연구학회, 2018, 128면.

사람들』이 주목을 받지 못했기 때문이라고 추정된다.

기존의 이승만에 대한 연구사 역시 1930년대 이후의 활동을 주목하고 있고, 이서구 또한 영화계에 몸담았던 1930년대를 시작으로 관심을 받게 되었기 때문에 시기적인 이유로도 1927년에 발표된『눈물에 젖는 사람들』이 주목을 받지 못했던 것은 당연하다고 할 수 있겠다.

『매일신보』는 1927년 11월 22~23일 이틀에 걸쳐『눈물에 젖는 사람들』의 연재를 광고하고 있는데, 내용은 다음과 같다.

차회연재소설예고(次回連載小說豫告)

눈물에 젖는 사람들

모레 24일부터 본지 3면 연재

작품은 상상에 대한 정신의 험난한[8] 승리이다.『눈물에 젖는 사람들』을 쓰는 이서구 군은 그가 먼저 눈물에 젖은 사람이다. 현대의 인생은 '멜랑콜리'한 감각의 연쇄이다. 누가 눈물에 젖지 않았으랴. 이 눈물에 젖은 가련한 인생을, 눈물에 젖은 미묘한 마음으로 묘사한 인생의 애사가 곧이 일면의 소설이요, 또한 작자의 눈물의 승리이다. 더욱이 독자에게 가장 친절한 성의를 가진 작자는 그 곱고도 가여운 독특한 필치로 적

8) 원문은 '곤난한'

막한 우리 문단에 신기축9)을 지어 대중문예를 시작한 것이다. 보라. 전편을 통해 쫓기는 인생의 애끓는 노래가 눈물에 젖은 우울한 감정에 무엇을 비춰주나.10)

예고에서 알 수 있다시피 『눈물에 젖는 사람들』의 내용은 지극히 암울하다고 할 수 있다. '신파'의 영역이나 '계몽'적인 부분에서 자유롭지는 않으나 우울함, 절망 등의 감정 등이 작품 전반에 걸쳐 드러나고 있다.

『눈물에 젖는 사람들』에는 크게 두 개의 사건이 존재한다. 첫째는 미국에서 신학을 공부하고 돌아온 '김용규'가 자신의 여동생 '김화숙'이 기생으로 살고 있다는 사실을 알고 절망하면서도 여동생을 기생의 삶에서 벗어날 수 있도록 하는 내용이다. 이 과정에서 주인공인 김용규는 자신의 신앙과 여동생이 처한 현실 사이에서 갈등한다. 또한 서울대학의 신학과 교수가 되고, 그의 사정(여동생이 기생이라는 사실)을 알게 된 서울대학 학생들의 도움을 받게 되며, 악역으로 등장하는 반도일일신문사의 사주인 '김석황'과의 갈등 또한 해결하게 된다.

---

9) 기존의 것과 다른 방법이나 체제
10) 「次回連載小說豫告 눈물에 젖는 사람들 來卄四日부터 本紙三面連載」, 『매일신보』, 1927. 11. 22., 2면.

둘째는 간도로 간 김용규의 가족을 찾아가는 과정이다. 김용규가 미국으로 유학을 간 이후 김용규의 가족들은 수차례 고난을 겪게 된다. 그 과정에서 화숙만 남기고 가족들은 모두 간도로 떠나며, 아버지는 죽음을 맞이한다.

김용규는 기생의 삶에서 벗어난 여동생 김화숙과 함께 간도의 가족들을 찾아가는데, 그 과정에서 간도로 이주하는 조선인들의 참혹한 모습과, 간도에 도착해서도 비참한 삶을 살고 있는 이주민들의 모습이 적나라하게 묘사되어 있다. 또한 또 다른 여동생 '김인숙'의 처참한 죽음을 대면한 김용규의 가족들과 이를 극복하는 과정을 보여 주고 있다.

전반부 서사에서는 기생이 된 여동생과의 만남을 통해 도덕적으로 고뇌하는 주인공 김용규의 심리 상태를 살펴볼 수 있다. 신학을 공부한 김용규는 기생이 된 여동생과의 만남에서 일종의 수치심과 측은함을 동시에 느낀다. 그는 자신의 가족이 기생이라는, 당시 시대 상황에서 환영받지 못하는 직업을 갖게 된 것이 자신의 신앙에 반한다는 점에서 비참함을 느낀다. 이러한 당대 사회적 시선은 이후 그가 교수가 되는 서울대학 신학과 학생들에게서도 볼 수 있는데, 자신들을 가르치는 신학 교수의 여동생이 기생이라는 점에 대해 반감을 갖는다.

"이거 재미있는데."

"○○대학 김○○이 누구지?"

"이봐, ○○대학이라면, 경성에 대학이라고는 우리 대학하고 제국대학밖에 더 있나?"

"그렇지, 그래. 제국대학에는 조선 사람 교수가 없으니, 결국 우리 대학을 말하는 것이 분명해."

"가만있자, 그러면 대관절 누구를 말하는 거냐?"

"뻔하지. 요새 온 김용규 선생이지. 그 말고 김가가 또 있나. 서기 노릇 하는 김가야 포함되지 않고."

여러 학생들은 놀라서 서로 얼굴을 마주 보았다.

"김 선생의 누이가 기생이라니. 이게 될 말인가."

"사람 일을 누가 아나. 뭔가 사정이 있겠지."

"제군들, 그럼 우리는 이 사건에 대해 어떤 입장을 가져야 옳을까."

"별수 없지. 우선 김용규 선생에게 사실을 물어보자. 그뒤에 김 선생을 박멸하든지, 그렇지 않으면 반도일일신문을 집어치우자." (120~121쪽)

반도일일신문의 사주인 김석황은 사회부장 '강팔'을 이용해 선정적인 기사를 내도록 둔다. 자신이 평소 사모하던 김화숙과 그녀의 오빠인 김용규, 그리고 김용규의 친구인 '박홍식'

과 그의 여동생이자 소설가인 '박은주'의 사정은 신문 기사화되어 서울대학 학생들이 읽게 된다. 그들은 자신들을 가르치는 선생의 여동생이 기생이라는 사실에 경악하는 한편 그 이면에 숨겨진 진실에 대해 궁금해한다. 학생들은 아침 기도 시간에 김용규에게 사실 확인을 요구하고, 김용규 대신 박홍식이 김용규의 사정을 이야기함으로써 갈등은 해결된다.

학생들은 자발적으로 돈을 모아 김화숙을 기생에서 빼내고, 더 나아가 반도일일신문의 사주인 김석황의 집을 찾아가 그에게 정정 보도를 요구한다. 이와 같은 서사는 일견 권선징악적 요소가 포함되어 있으며, 소설 전반부의 김용규가 겪는 내적 갈등을 해소시키는 역할을 하는데, 이러한 신문사의 횡포는 당시 신문 기자로 활동하던 이서구의 시선이 어느 정도 반영된 것으로 보인다.

이서구는 1927년 발행된 『별건곤』 제10호 「신문오보에 대한 사견, 신문강연 제3석」이라는 글에서 다음과 같이 말했다.

현대의 과학문명이 찢어져 결딴이 날 정도까지 진보가 되어야, 「오보를 쓰지 않는 신문 기자를 제조하는 공작소」가 생기기 전까지 우리의 신문지상에 오보가 사라질 수는 없을 것이올시다.

신문에 나타나는 오보의 원인은 두 가지가 있으니 하나는 기자가 과연 잘못 알고 쓴 것과 또는 알면서도 사사로운 감정이 있어서 또는 제3자의 책동에 빠져서 일부러 없는 사실도 만들고, 적은 사실을 크게 쓰며 옳은 것을 그르다고 쓰는 것이올시다. 그리하여 전자에 있어서는 그 의사는 미워할 것이 없으나 지상에 나타나는 결과에 있어서는 다를 것이 없는지라 저는 이 두 가지를 통틀어 오보라고 보겠습니다.

세계가 한집안같이 살아가는 오늘날 신문은 한시라도 없어서는 못 쓸 것이올시다. 이같이 소중한 민중의 친우인 신문에 오보가 있음으로 인하야 세상에서는 얼마나 많은 남녀가 실망하고 몰락되고 제외됩니까? 저는 전후 7개년 동안 신문사 사회부기자생애를 쌓는 동안에 한 기자의 작은 부주의 한 개인의 크지 않은 고의에서 나아온 오보가 얼마나 인생에게 가장 애달프고 쓰린 길을 열어주는가 - 그것을 가슴이 저리도록 체험을 하였습니다.[11]

이서구는 '오보'에 두 종류가 있다고 전제했다. 첫 번째는 본의 아니게 실수로 낸 '오보'이고, 두 번째는 사심을 가지고 일부러 만든 기사를 '오보'라고 했다. 『눈물에 젖는 사람들』

11) 이서구, 「신문오보에 대한 사견, 신문강연 제3석」, 『별건곤』 제10호, 1927, 62-63면.

전반부에 김석황의 악의가 담겨 있는 신문 기사는 이러한 이서구의 오보에 대한 심경을 대변한다고 볼 수 있다. 그러나 작품 속에서는 이와 같은 오보로 인해 주인공의 갈등이 해결되었고, 결국은 주인공이 원하던 간도의 가족을 찾아가는 여행이 현실화되는 촉매제로 작용한다.

한편 『눈물에 젖는 사람들』의 전반부 서사에서는 김화숙의 사랑 이야기도 동시에 진행된다. 김화숙이 사랑하는 연인은 태양키네마의 남자배우 '이병선'이다. 이병선은 배우로서의 화려한 삶을 살고 있는 것처럼 보이지만 실은 허름한 단칸방에서 가난하게 사는 인물로 등장한다. 또한 김화숙이 오빠인 김용규를 따라 간도로 간 사이, 다른 여배우와 만나는 등 경박한 행동을 하는 인물이기도 하다.

사실 이병선은 주인공 김용규와는 대척점에 놓여 있는 인물이라 할 수 있다. 김용규는 미국에서 신학을 공부했고, 그래서 신앙에 따라 움직이는 인물이다. 융통성이 없는 고지식한 성품을 지녔다. 자신의 여동생이 기생이라는 사실을 알게 된 이후, 여동생을 창피해하며 향후 자신의 앞길을 걱정하기도 한다. 반면에 이병선은 자유분방한 인물로 키네마 친구들과 함께 술집에서 행패를 부리기도 한다. 뭇 여성들에게 선망의 대상이면서 점잖은 삶을 거부하는 인물이다. 그 사이에 위치한 김화숙은 성격이 전혀 다른 두 남성 사이에서 갈

등하고 고민하면서 기생으로 살아오며 몸에 밴 습관을 종종 보여 주기도 한다.

이서구는 이 작품을 발표하던 시점에도 매일신보 기자로 활동하고 있었지만,[12] 그 이전부터 꾸준히 영화계에서 활동하고 있었으므로 영화계의 이면에 대해 비교적 잘 알았고, 이러한 경험을 작품 속에 담아낸 것이다. 이서구는 이 작품을 통해 '언론'과 '영화계'의 어두운 이면을 모두 보여 주었다.

『눈물에 젖는 사람들』의 전반부 서사는 주인공 김용규와 주변 인물들의 고뇌와 갈등, 그리고 해결의 순서로 진행이 된다. 이 과정에서 한밤중의 왁자지껄한 경성, 그리고 밤을 함께 지새우고 새벽의 경성 거리를 걷는 연인들의 모습이 비교적 자세히 묘사되어 있다. '교수', '신문사 사주'와 같이 세인의 존경을 받는 직업과 '기생', '영화배우'와 같이 사회적 편견이 깃든 직업을 모두 보여 줌으로써, 당대 조선 사회의 일면을 세밀하게 그려냈다는 점이 이 소설의 전반부 서사가 갖는 특징이라 할 수 있겠다.

---

12) 『조선일보』 1928년 3월 18일 1면 '인사소식'에서 이서구를 '매일신보 사회부장'으로 소개하고 있다.

3. 간도와 눈물에 젖은 조선인들

이서구가 왜 '간도'를 소설의 배경으로 했는지에 대해서는 명확한 근거를 찾기 어렵다. 예를 들어, 1975년 4월 1일 『동아일보』의 「항일·반공·반독재의 산 역사를 고발한 사건기자 반세기」라는 대담에서 이서구는 "사건 기사 취재 중 가장 어려웠던 것은 상해, 간도 등 해외에서 검거돼 압송돼 오는 독립투사들의 수사를 뒤쫓는 일"[13]이라고 회상한 바 있다. 기자 생활을 하다가 일본군의 한국인 대학살을 취재하던 중 일본군에게 살해당한 장덕준의 영향이 있었을지도 모르겠다. 그러나 이서구가 직접적으로 간도를 방문했다는 근거는 찾기 어렵다.

당시 많은 조선인들이 간도로 이주를 했는데, 그러한 당대 현실을 반영한 듯하다. 이 소설 후반부에서는 간도 이주민들의 처참한 삶을 비교적 자세하게 묘사하고 있다.

그는 먼저 자신의 가족이 간도로 떠나갈 때도 저 꼬락서니였으리라 추측했다. 갓을 젖혀 쓰고 동저고리 바람으로 선원에게 몰리며 허둥대는 노인이 마치 자신의 부친이 밟아 간 길을

13) 「항일·반공·반독재의 산 역사를 고발한 사건기자 반세기」, 『동아일보』, 1975. 4. 1., 11면.

이어서 밟는 것 같아 가슴이 뭉클했다.

"오빠, 저 사람들도 간도로 가는 거지요?"

"그래, 우리하고 같이 갈 사람들이다. 아버지께서도 저렇게 가셨겠지."

"네, 그때도 어떻게나 많이 갔는지 몰라요. 청량리 정거장에서만 그날 백 명이 탔나, 그랬어요."

"흥, 간도가 아무리 넓다 해도 아무나 가면 살 수 있나."

"그래도 좋다는 소문이 있으니 저리들 가지요."

이때, 옆에 있던 목사가 말했다.

"좋긴 뭐가 좋습니까. 저렇게 간 사람들이 몇 달 뒤에는 가지고 간 바가지는 고사하고 귀여운 딸까지 중국 지주에게 빼앗기고 다시 고향을 찾아온답니다. 그러니 살길이 없어서 가는 것을 가지 말라고 할 수도 없고, 그렇다고 그대로 내버려 둘 수도 없고, 그야말로 딱한 일이지요." (211~212쪽)

간도는 서간도와 동간도(북간도)로 나뉘어져 있는데, 이 작품에 등장하는 간도는 훈춘, 황청, 연길, 화룡으로 이루어져 있는 동간도, 즉 두만강 북부의 만주 땅인 북간도 지역을 의미한다. 간도로 이주한 조선인들은 대부분 일제의 탄압을 참지 못해 간도로 이주했는데, 이 작품이 연재된 『매일신보』는 1910년대에는 조선인이 간도·만주 등으로 이주하는 것을 반대하는 입장이었다.14) 사실 『매일신보』는 당시 조선총독부의 기관지 역할을 했으므로 이러한 조선인들의 이주 움직임에 민감하게 반응했다. 그런데 한 가지 특이한 점은 『매일신보』가 1915년 이후부터는 조선인들의 만주 이주에 대해 기존의 논지를 철회하고 상당히 긍정적인 시각으로 바라보고 있다는 점이다.15) 따라서 『눈물에 젖는 사람들』의 주인공 김용규가 바라보는 간도 이주민들의 모습과 간도의 처참한 면모는 소설이 연재되는 『매일신보』의 간도에 대한 기본적인 논지에 영향을 받았을 것이라 짐작할 수 있다.

어쨌든 김용규와 김화숙은 가족을 찾아 간도로 향하고, 그들이 도달한 간도는 "조선 이주자의 일부가 새로 건설한 피와 눈물의 구렁텅이"(223쪽)였다. 그들은 결국 가족들과 만나지만, 어머니와 남동생은 바닥은 흙이고 벽에는 성에가 서려 있으며 신문지로 도배해 놓은, 집이라고 할 수조차 없는 곳에서 살고 있었으며, 심지어 또 다른 여동생 김인숙은 중국인들에게 팔려가 있는 상태였다. 김용규는 중국인들을 찾아가 김인숙을 다시 데려오지만, 이미 병들어 있던 김인숙은 집으로 돌아오는 길에 죽음을 맞이하고 만다.

14) 이명종, 「1910년대 조선 농민의 만주 이주와 《매일신보》 등에서의 '만주식민지'」, 『한국근현대사연구』 제78집, 한국근현대사학회, 2016, 138면.
15) 이명종, 위의 글, 같은 면.

소설 속에서 김인숙의 운명은 앞서 인용문에 등장한 목사의 말에서 이미 어느 정도 예측할 수 있다. 또한 그녀의 죽음은 동네 사람들에게 "창피"한, "영광"스럽지 못한 죽음(249쪽)이다. 간도에서 중국인에게 팔려가 병에 걸려 죽는 죽음은 '창피하고 영광스럽지 못한' 죽음인 것이다. 이는 간도에서 살고 있는 이주민들의 운명이기도 하다.

김용규의 가족은 당시 간도 이주민들의 모습을 압축해 놓은 것이라 볼 수 있는데, 이러한 간도의 비극적인 모습은 소설 전반부에 묘사되는 조선의 모습, 그러니까 화려한 경성의 모습, 연인들이 사랑을 속삭이며 청년들이 대학 생활을 하는 모습 등과 대비되어 나타나고 있다. 짐작컨대 일제 치하에 놓여 있던 조선과, 일제의 탄압을 벗어나 간도로 이주한 조선인들의 삶을 비교선상에 놓음으로써 일제의 조선 식민지화에 대한 정당성을 부여하고자 함이며, 이는 조선총독부 기관지라는 『매일신보』의 성격에 비춰 볼 때 어느 정도 타당한 추정이라 할 수 있겠다. 이는 김용규의 가족이 간도를 떠나 경성으로 돌아갈 때 마을 사람들이 "여보, 그래도 진규 어머니는 고향 구경 하시는구려. 우리는 아마 여기서 이대로 시들고 얼어 죽을까 보오."(250쪽)라고 말하는 장면에서도 간접적으로 드러나 있다.

결국 이 소설에서 간도는 비교적 짧게 등장하지만, 소설이 말하고자 하는 핵심을 보여 주기 위한 공간이라고 할 수 있다. 김용규는 소설에서 내내 간도를 찾아가 가족들을 데리고 오겠다는 강한 목표를 지니고 있다. 그리고 그 목표가 성사되었을 때, 그러니까 '간도'라는 지옥과도 같은 곳을 벗어나 다시 '조선'으로 돌아온 김용규의 가족은 여동생 김인숙의 죽음에도 불구하고 풍요롭고 행복한 삶을 산다. 여기서 간도는 식민지 상태에 놓여 있는 조선을 더 돋보이게 만드는 역할을 하고 있으며, 이는 서두에서 설명한 대로 무척이나 도시적인 인물이었던 이서구가 '왜 간도를 소설의 배경으로 하였는가?'에 대한 대답이기도 하다.

소설의 결말은 그래서 모두가 행복한 상태로 끝이 난다. 김용규는 친구 박홍식의 여동생이자 여류 작가인 박은주와 결혼하고, 김화숙은 영화배우 이병선과 결혼하며 소설의 말미에 이르러서는 주인공인 김용규가 집필 중인 글의 한 구절로 끝이 난다.

> 간도 망향촌에 있는 동포들은 아직도 아침마다 피눈물을 뿌리며 고향을 바라보고 있을 것이요, 그들이 그리는 고국에서는 간도에 가 있는 동포들의 처지를 오히려 부러워하고 지내지 않는가.
>
> 강해지거라. 영리해지거라. 정신을 맑게 하거라. 그리하여 눈

물에 젖은 눈을 뜨고 한시바삐 조선을 구하고자 하는 바를 살피라. 이것이 서재에 들어가 저술에 열중한 김용규의 말이었다. (295쪽)

김용규는 성직자로서, 여전히 간도의 조선인들을 생각한다. 그들은 "아침마다 피눈물을 뿌리며 고향을 바라보고" 있다. 그리고 조선에서는 간도의 동포들을 부러워하고 있다. 김용규는 "눈물에 젖은" 눈을 뜨고 조선을 구해야 한다고 말하고 있다. 그러나 이 시점에서, 과연 김용규가 이야기하는 '조선을 구한다'는 의미가 무엇인지 생각해 보아야 할 필요가 있다. 김용규는 간도가 부러워할 곳이 아니라는 것을 몸소 경험했다. 어쩌면 김용규가 말하는 '조선의 구원'은 간도에 있는 조선 이주민들을 이야기하는 것일지도 모른다. 고향을 등진 채, 척박한 곳을 개척해 나가며 궁핍하게 살아가는 간도 이주민들이 김용규에게는 '구원의 대상'인 것이다.

4. 마치며

『눈물에 젖는 사람들』은 이서구의 이력에는 등장하지 않는다. 앞에서도 언급했지만, 이서구는 이 작품을 집필하는 동안 매일신보사에서 여전히 기자로 활동하고 있었다. 그렇다면 『눈물에 젖는 사람들』은 당시 사회적 이슈라고 할 수 있는 간도 이주와 관련되어 기획된 것은 아닐까. 조선총독부 기관지로서의 『매일신보』의 성격, 그리고 해당 신문사의 기자로서 이서구의 활동으로 미뤄 보아 매일신보사가 어떤 의도를 가지고 기획한 작품일 수도 있음을 조심스럽게 짐작해 볼 수 있다.

한편 작품 자체로만 보면 『눈물에 젖는 사람들』은 흥미로운 작품이다. 이 작품이 갖는 의의는 잘 알려진 극작가로서의 이서구가 아닌, 우리가 잘 모르는 소설가 이서구가 쓴 장편 소설이라는 점에 있다. 이서구는 이 작품을 연재한 이후에는 주로 희곡을 창작했으며 소설은 더 이상 창작하지 않았다. 이서구는 서두에서도 언급했듯 친일반민족행위자로 등록되어 있으나 당시에는 다양한 분야에서 활동을 하였고, 특히 1920년대 후반에서 1930년대 중반까지는 경성이라는 도시를 자신만의 시선으로 바라보았던 인물이기도 했다.

이 작품이 갖는 가장 큰 의의는 당시를 살아가던 여러 사람들과 경성이라는 공간, 그리고 간도라는 공간이 갖는 양면성을 적절하게 담아냈다는 점이다. 즉 경성은 사람들이 살아가는 데 부족함이 없는, 때로는 낭만적이기도 한 공간인 반면, 간도는 고향인 조선을 떠나온 사람들이 처참하게 살아가는 공간으로, 경성과 간도 두 곳에서 펼쳐지는 삶의 모습이 비교가 되도록 소설의 전반부와 후반부로 각각 나눠 묘사한 것이다.

특히 소설 중후반부에 김용규와 김화숙이 간도로 가는 여정을 세밀하게 담아냈으며, 마치 신문 기자가 취재를 하듯, 두 남매가 간도로 가는 배에 몸을 실은 조선인과 대화를 나누는 장면에서는 일견 일간지의 사회면 기사를 읽는 것 같은 느낌을 주기도 한다. 간도가 갖는 상징성과 배경의 무게에 비하면 꽤 짧게 등장하기는 하지만 독자들에게는 간도의 이미지가 상당히 강렬하게 다가오는 것도 특징이라 할 수 있겠다. 또한 언론사와의 갈등, 연예인의 스캔들과 같은 사건들은 지금 시대와 크게 다르지 않다는 점도 주목할 만하다.

소설의 제목처럼 등장인물 대부분은 어떤 이유로든 '눈물'을 흘린다. 그 눈물은 기쁨의 눈물도 있지만, 대부분은 그 시대를 살아가며 겪는 풍파로 인한 눈물이다. 그래서 표면적으로는 『눈물에 젖는 사람들』이 당시의 소설들이 그러했듯, 신파와 계몽성을 동시에 내포하고 있으나 그렇다고 해서 이 작품을 단순한 신파로 판단해서는 안 된다. 일제 강점기라는 시대적 비극 속에서 언론에 대한 사회 고발적 성격과 당시 경성의 세태 풍자, 특정 직업에 대한 편견 어린 시선 등이 약간의 낭만성과 함께 표현된 사회성 짙은 작품이다.

지금에 이르러서도 여전히 '눈물에 젖는 사람들'은 존재한다. 아마 어떤 시대에 살더라도 우리는 '눈물'에서 벗어나지 못할 것이다. 그래서 『눈물에 젖는 사람들』은 시간의 간격을 뛰어넘어, '삶의 이면'을 다루고 있다는 점에서 우리가 한 번쯤은 읽어 보아야 할 작품이기도 하다.

한국근대대중문학총서 기획편집위원

김동식(인하대 교수)
문한별(선문대 교수)
박진영(성균관대 교수)
이경림(서울대 연구교수)
함태영(한국근대문학관 관장 직무 대리)

책임편집 및 해설

모희준(선문대 문학이후연구소
전임연구원)

한국근대대중문학총서 틈 05

눈물에 젖는 사람들

제1판 1쇄   2021년 11월 22일

지은이   이서구
발행인   홍성택
기획   인천문화재단 한국근대문학관
편집   김유진
디자인   박선주
마케팅   김영란
인쇄제작   새한문화사

㈜홍시커뮤니케이션
서울시 강남구 선릉로103길 14, 202호
T. 82-2-6916-4403 F. 82-2-6916-4478
editor@hongdesign.com hongc.kr

ISBN   979-11-86198-75-9   03810